हिन्द पॉकेट बुक्स

नारी और क्रांति

ओशो विश्व-विख्यात भारतीय विचारक, धर्मगुरु और रजनीश आंदोलन के प्रणेता थे। वे धार्मिक रूढ़िवादिता के बहुत कठोर आलोचक थे, जिसकी वजह से वे विवादित हो गए और ताउम्र विवादित ही रहे। 1960 के दशक में उन्होंने पूरे भारत में एक सार्वजनिक वक्ता के रूप में यात्रा की और वे समाजवाद, महात्मा गाँधी और धार्मिक रूढ़िवाद के प्रखर आलोचक रहे। उन्होंने मानव कामुकता के प्रति एक ज्यादा खुले रवैए की वकालत की, जिसके कारण वे भारत तथा पश्चिमी देशों में भी आलोचना के पात्र रहे। ओशो ने अपने विचारों का प्रचार करना मुम्बई में शुरू किया, जिसके बाद उन्होंने पुणे में अपना एक आश्रम स्थापित किया।

नारी और क्रांति

ओशो

हिन्द पॉकेट बुक्स
पेंगुइन रैंडम हाउस इम्प्रिंट

हिन्द पॉकेट बुक्स

यूएसए | कनाडा | यूके | आयरलैंड | ऑस्ट्रेलिया | सिंगापुर
न्यू ज़ीलैंड | भारत | दक्षिण अफ्रीका | चीन

हिन्द पॉकेट बुक्स, पेंगुइन रैंडम हाउस ग्रुप ऑफ़ कम्पनीज़ का हिस्सा है,
जिसका पता global.penguinrandomhouse.com पर मिलेगा

पेंगुइन रैंडम हाउस इंडिया प्रा. लि.,
चौथी मंजिल, कैपिटल टावर -1, एम जी रोड,
गुड़गांव 122 002, हरियाणा, भारत

पेंगुइन
रैंडम हाउस
इंडिया

प्रथम संस्करण हिन्द पॉकेट बुक्स द्वारा 2007 में प्रकाशित
यह संस्करण हिन्द पॉकेट बुक्स में पेंगुइन रैंडम हाउस द्वारा 2022 में प्रकाशित

10 9 8 7 6 5 4 3 2

इस पुस्तक में व्यक्त विचार लेखक के अपने हैं, जिनका यथासंभव तथ्यात्मक
सत्यापन किया गया है, और इस संबंध में प्रकाशक एवं सहयोगी
प्रकाशक किसी भी रूप में उत्तरदायी नहीं हैं।

ISBN 9789353496166
मुद्रकः रेप्रो इंडिया लिमिटेड

www.penguin.co.in

FSC www.fsc.org MIX Paper from responsible sources FSC® C047271

This is a legitimate digitally printed version of the book and therefore might not
have certain extra finishing on the cover.

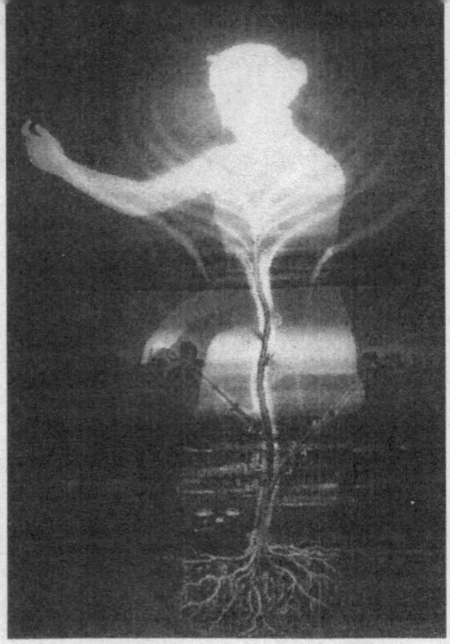

नारी और क्रांति

'नारी और क्रांति', इस संबंध में बोलने का सोचता हूं, तो पहले यही खयाल आता है कि नारी कहां है? नारी का कोई अस्तित्व ही नहीं है। मां का अस्तित्व है, बहन का अस्तित्व है, बेटी का अस्तित्व है, पत्नी का अस्तित्व है, नारी का कोई भी अस्तित्व नहीं है। नारी जैसा कोई व्यक्तित्व ही नहीं है। नारी की अपनी कोई अलग पहचान नहीं है। नारी का अस्तित्व उतना ही है जिस मात्रा में वह पुरुष से संबंधित होती है। पुरुष का संबंध ही उसका अस्तित्व है। उसकी अपनी कोई आत्मा नहीं है।

यह बहुत आश्चर्यजनक है ! लेकिन यह कड़वा सत्य है कि नारी का अस्तित्व उसी मात्रा और उसी अनुपात में होता है, जिस अनुपात में वह पुरुष से संबंधित होती है। पुरुष से संबंधित नहीं हो तो ऐसी नारी का कोई अस्तित्व नहीं है। और नारी का अस्तित्व ही न हो तो क्रांति की क्या बात करनी है?

इसलिए पहली बात यह समझ लेनी जरूरी है कि नारी अब तक अपने अस्तित्व को भी—अपने अस्तित्व को—स्थापित नहीं कर पाई है। उसका अस्तित्व पुरुष के अस्तित्व में लीन है। पुरुष का एक हिस्सा है उसका अस्तित्व।....

पहली बात, नारी का अपना कोई अस्तित्व नहीं है। और उसे अस्तित्व की अगर घोषणा करनी हो तो उसे कहना चाहिए कि मैं मैं हूं-किसी की पत्नी नहीं; वह पत्नी होना गौण है। मैं मैं हूं-किसी की मां नहीं; मां होना गौण है। मैं मैं हूं—किसी की बहन नहीं; बहन होना गौण है। वह मेरा अस्तित्व नहीं है, मेरे अस्तित्व के अनंत संबंधों में से एक संबंध है। वह संबंध है, रिलेशनशिप है, वह मैं नहीं हूं। यह स्पष्ट भाव आने वाली पीढ़ी की एक-एक लड़की में, एक-एक युवती में, एक-एक नारी में होना चाहिए-मेरा भी अपना अस्तित्व है।....

दूसरी बात यह कहना चाहता हूं कि अगर स्त्रियां अपनी आत्मा खोजना चाहती हैं, उन्हें स्पष्ट यह समझ लेना चाहिए कि बिना प्रेम के, बिना विवाह के रह जाना बेहतर है, लेकिन बिना प्रेम के विवाह करना पाप है, अपराध है।....

बिना प्रेम के एक व्यक्ति के साथ बंध जाना कैसी अशोभन बात है ! बिना प्रेम के एक व्यक्ति के साथ जीवन भर जीने की चेष्टा करनी, कितनी यांत्रिक बात है !....

आने वाली बच्चियों को, आने वाली भविष्य की स्त्रियों को, आने वाले नारी के नये-नये रूपों को यह मन में बहुत साफ होना चाहिए कि प्रेम है, तो पीछे विवाह है; प्रेम नहीं है, तो विवाह नहीं है। अगर नहीं है प्रेम, तो विवाह की कोई जरूरत नहीं है। प्रेम आएगा, प्रतीक्षा करनी पड़ेगी।..

अगर नारियों को यह स्पष्ट खयाल हो जाए कि उनके व्यक्तित्व की प्रेम असली आवाज है, तो आने वाली बच्चियों के व्यक्तित्व में प्रेम की पूरी संभावना को विकसित करने में मां को सहयोगी, मित्र और साथी बनना चाहिए। और यह ध्यान रखना चाहिए कि प्रेम के बाद ही विवाह आए, प्रेम के पहले नहीं। जिस दिन प्रेम के पीछे विवाह आएगा, उसी दिन नारी को अपनी आत्मा मिल जाएगी। प्रेम से ही उसे आत्मा मिल सकती है।

ये थोड़ी सी बातें मैंने कहीं, इस आशा में कि एक क्रांति नारी के व्यक्तित्व में उपस्थित हो। अगर यह क्रांति उपस्थित नहीं होती है, तो नारी को जो अनुदान देना चाहिए मनुष्य की सभ्यता के लिए, वह नहीं दे पाती है। और नारी के जीवन में जो प्रफुल्लता, शांति और आनंद होना चाहिए, वह उसे उपलब्ध नहीं हो पाता है। और नारी का आनंद बहुत अर्थपूर्ण है, क्योंकि वह घर का केंद्र है। अगर घर का केंद्र उदास, दीन-हीन, थका हुआ, हारा हुआ है, तो सारा घर, सारा परिवार, जो उसकी परिधि पर घूमता है, वह सब दीन-हीन, उदास और हारा हुआ हो जाएगा।

एक हंसती हुई, मुस्कुराती हुई नारी जिस घर में है, जिसके कदमों में प्रेम के गीत हैं, जिसके चलने में झंकार है, जिसके दिल में खुशी है, जिसे जीने का एक आनंद मिल रहा है, जिसकी श्वास-श्वास प्रेम से भरी है, ऐसी नारी जिस घर के केंद्र पर है, उस सारे घर में एक नई सुवास, एक नया संगीत पैदा हो जाएगा। और एक घर का सवाल नहीं है; यह प्रत्येक घर का सवाल है। अगर प्रत्येक घर में यह संभव हो सके, तो एक समाज पैदा होगा—जो शांत हो, आनंदित हो, प्रफुल्लित हो।....

इस बड़ी क्रांति में कि यह मनष्य का समाज परमात्मा के निकट पहंचे, नारी बहत अर्थों में सहयोगी हो सकती है। उस क्रांति के ये थोड़े से सूत्र मैंने कहे। नारी को अपनी आत्मा और अपने अस्तित्व की घोषणा करनी है। नारी को संपत्ति होने से इनकार करना है। नारी को पुरुष के द्वारा बनाए गए विधानों को वर्गीय घोषित करना है और उसे निर्मित करना है कि वह क्या विधान अपने लिए खड़ा करे। नारी को प्रेम के अतिरिक्त जीवन की सारी व्यवस्था को अनैतिक स्वीकार करना है। प्रेम ही नैतिकता का मूल मंत्र है। अगर यह इतना हो सके तो एक नई नारी का जन्म हो सकता है।

ओशो

अनुक्रम

1. नारी : दीनता से विद्रोह 10

2. नारी : प्रेम की पवित्रता 38

3. नारी : जीवन का आनंद 56

4. नारी : नई सभ्यता का केंद्र 78

5. नारी : पुरुष की दासता से मुक्ति 98

6. नारी : अपने अस्तित्व की घोषणा ... 118

पहला प्रवचन

नारीः दीनता से विद्रोह

मेरे प्रिय आत्मन् !

इस देश की जिंदगी में बहुत से दुर्भाग्य गुजरे हैं। और बड़े से बड़े जिस दुर्भाग्य का हम विचार करना चाहें वह यह है कि हम हजारों वर्षों से विश्वास करने वाले लोग हैं। हमने कभी सोचा नहीं है, हमने कभी विचारा नहीं है, हम अंधे की तरह मानते रहे हैं। और हमारा अंधे की तरह मानना ही हमारे जीवन का सूर्यास्त बन गया। हमें समझाया ही यही गया है कि जो मान लेता है वह जान लेता है।

इससे ज्यादा कोई झूठी बात नहीं हो सकती। मानने से कोई कभी जानने तक नहीं पहुंचता। और जिसे जानना हो उसे न मानने से शुरू करना पड़ता है। संदेह के अतिरिक्त सत्य की कोई खोज नहीं है। संदेह मिटता है, लेकिन सत्य को पाकर मिटता है। और जो पहले से ही संदेह करना बंद कर देते हैं वे अंधे ही रह जाते हैं, वे सत्य तक कभी भी नहीं पहुंचते हैं।

लेकिन हमें समझाया गया है विश्वास, बिलीफ, फेथ। हमें कभी नहीं समझाया गया डाउट, हमें कभी नहीं समझाया गया संदेह। इसलिए देश का मन ठहर गया और रुक गया है और गुलाम बन गया है।

और ध्यान रहे, शरीर के ऊपर पड़ी हुई जंजीरें इतनी खतरनाक नहीं होती, आत्मा के ऊपर पड़ी हुई जंजीरें बहुत खतरनाक सिद्ध होती हैं। इस देश की आत्मा गुलाम है। शरीर से तो हम शायद मुक्त हो गए हैं, लेकिन आत्मा से मुक्त होने में हमें बहुत कठिनाई मालूम पड़ेगी। आत्मा की गुलामी तोड़े बिना इस देश के जीवन में सूर्य का उदय नहीं होगा। और इस संबंध में ही थोड़ी बात मैं आपसे कहना चाहूंगा कि आत्मा की गुलामी के आधार क्या हैं और हम उन गुलामियों को कैसे तोड़ सकते हैं।

पहला मनुष्य की आत्मा की गुलामी का आधार है—विश्वास, श्रद्धा, फेथ, बिलीफ। जो आदमी भी किसी पर भरोसा और विश्वास कर लेता है अंधे की तरह वह सदा के लिए गुलाम हो जाता है। जो आदमी भी संदेह करना नहीं सीख पाता वह कभी स्वतंत्रता की यात्रा पर नहीं निकल पाता है। संदेह का अर्थ? संदेह का अर्थ है कि जो स्वीकृत है, जिसे हमने माना हुआ है, उस पर प्रश्न उठाने की क्षमता, उसके ऊपर प्रश्न खड़े करने की क्षमता।

इस देश में विज्ञान पैदा नहीं हुआ, क्योंकि हमने प्रश्न नहीं उठाए। हम प्रश्न उठाने में बहुत कमजोर हो गए हैं। हमने जो उत्तर एक बार मान लिए हैं, हम उन्हें माने ही चले जाते हैं। हजारों साल बीत जाते हैं, हमारी किताबें नहीं बदलती हैं। हजारों साल बीत जाते हैं, हमारी श्रद्धाएं नहीं बदलती हैं। हजारों साल बीत जाते हैं, हमारा मन ऐसा हो गया है जैसे कोई तालाब बन जाए—बंद; सड़ता है, लेकिन बहता नहीं। नदी की तरह हम नहीं रह गए हैं, हम तालाब की तरह बंद हो गए हैं। और जिंदगी है बहने में, और जिंदगी है रोज नये की खोज में, और जिंदगी है रोज अनजाने रास्तों की तलाश में।

निश्चित ही, जिंदगी में खतरे हैं, और जिंदगी में जोखिम हैं, और जिंदगी में अपरिचित मार्गों पर भटक जाने की संभावना है। लेकिन अपरिचित मार्गों पर भटकने की संभावना से ही हम नये मार्गों को बनाने में सफल भी हो पाते हैं। जिन कौमों ने विकास किया है वे वे कौमें हैं जो संदेह करती हैं। और जिन कौमों ने कोई विकास नहीं किया वे वे कौमें हैं जो विश्वास करती हैं। जिन्होंने संदेह किया वे चांद पर पहुंच गए हैं और जिन्होंने विश्वास किया है वे जमीन पर भी रहने के योग्य नहीं रह गए हैं।

हम विश्वास करने वाले लोग, हमारे मस्तिष्क की सारी शक्ति सोई पड़ी रह जाती है। उस पर चोट नहीं पड़ती। उस पर चुनौती भी नहीं होती, उसको चैलेंज भी नहीं मिलता। न हमारे शिक्षक चाहते हैं कि बच्चे पूछे; न हमारे मां-बाप चाहते हैं कि बेटे और बेटियां पूछे; न हमारे नेता चाहते हैं कि अनुयायी पूछे। कोई भी नहीं चाहता कि प्रश्न उठाए जाएं। क्योंकि प्रश्न पुरानी पीढ़ी को मुश्किल में डाल देते हैं। पुरानी पीढ़ियां चाहती हैं कि चुपचाप भरोसा किया जाए। पुरानी पीढ़ियों को भरोसा करने में सुविधा है, क्योंकि उनके ज्ञान पर संदेह पैदा नहीं होता।

लेकिन अगर सभी नई पीढ़ियां पुरानी पीढ़ियों को मानती चली जाएं, तो फिर दुनिया में नई पीढ़ियों की जिंदगी खतम हो जाती है, पुरानी पीढ़ियां ही जाती हैं नये के नाम से। इस देश में पुरानी पीढ़ी बहुत भयभीत पीढ़ी है। कोई मां नहीं चाहती कि बेटी ऐसे सवाल उठाए जिसके मां उत्तर न दे सके।

अभी मैं आया तो आपके प्रिंसिपल ने मुझे कहा कि पिछली बार आप आए थे, आप ऐसी बातें उठा गए कि लड़कियां बड़े प्रश्न उठाने लगीं। आप जरा आज ऐसी बातें कहिए कि किसी के मन में दुविधा पैदा न हो।

मैंने कहा, यह असंभव है। यह असंभव है, क्योंकि मेरे आने का कोई अर्थ नहीं है अगर मैं थोड़े से प्रश्न न उठा पाऊं। अगर मैं चिंतन को पैदा न कर पाऊं तो मेरा आना

फिजूल है। मैं आपके मन को मारने के लिए यहां नहीं आया हूं; आपके मन को जगाने के लिए आया हूं। और जगता है मन प्रश्नों के साथ।

लेकिन आपके शिक्षकों को परेशानी होगी। मैं उनको परेशानी देना चाहता हूं। असल में मैं चाहता हूं इस मुल्क का एक-एक शिक्षक परेशानी में पड़ जाए, बच्चे इतने प्रश्न उठा दें। उनकी परेशानी से रास्ता निकल आएगा। क्योंकि जब हम प्रश्न पूछते हैं और शिक्षक को परेशानी में डालते हैं और बेटे सवाल पूछते हैं और बाप मुश्किल में पड़ जाता है, तो हमें जवाब खोजने पड़ते हैं। फिर पुराने जवाब काम के नहीं रह जाते, नये जवाब खोजने पड़ते हैं। नये जवाबों की खोज ही विकास है। पुराने जवाब पर प्रश्न मत उठाओ, तो हम रुके रह जाते हैं, राजी रह जाते हैं, वहीं ठहरे रह जाते हैं, फिर आगे कोई गति नहीं हो पाती। हालांकि कोई भी नहीं चाहता कि कोई परेशानी में पड़े। कोई भी नहीं चाहता। जिंदगी चुपचाप जैसी है वैसी ठीक है। इसलिए हमने न मालूम कितनी नासमझियों की बातें स्वीकार कर रखी हैं जिन पर हम सवाल नहीं उठाते।

अब जैसे, चूंकि यह तो लड़कियों का कालेज है, यह सवाल उठाने जैसा है। हमने यह स्वीकार कर रखा है कि पुरुष जो है वह स्त्री से श्रेष्ठ है। इस पर कोई सवाल नहीं उठाया जाता। इसे हमने चुपचाप मान रखा है।

यह खतरनाक बात है। क्योंकि जिस देश में आधी स्त्रियां हों—सभी देशों में आधे से स्त्रियां थोड़ी ज्यादा हैं—अगर उस देश में मनुष्यता का आधा हिस्सा अपने को नीचा मानता हो और आधा हिस्सा अपने को ऊंचा मानता हो तो उस देश में विकास नहीं हो सकता। और बड़े मजे की बात है कि जिस देश में स्त्री अपने को नीचा मान ले उस देश में पुरुष कभी ऊंचा नहीं हो सकता, क्योंकि सब पुरुषों को स्त्री से ही जन्म लेना पड़ता है। और जिस मुल्क में मां दीन हो उस मुल्क में बेटे बहुत गौरवशाली नहीं हो सकते। यह असंभव है। असल में स्त्री जब तक गौरवान्वित नहीं होती तब तक पुरुष कभी गौरवान्वित हो नहीं सकता, क्योंकि स्त्री से ही सभी पुरुषों को जन्म लेना पड़ता है। और वैज्ञानिक तो कहते हैं कि बहुत जल्दी ऐसा वक्त आ जाएगा शायद बच्चे के जन्म के लिए पुरुष की उतनी जरूरत न रह जाए। अभी भी बहुत थोड़ी ही जरूरत है, उतनी भी जरूरत न रह जाए। स्त्री सीधे ही बच्चे को जन्म देने में समर्थ हो सकती है बीस साल के भीतर। पुरुष बिलकुल गैर-जरूरी हो सकता है।

लेकिन स्त्री की दीनता हमने स्वीकार कर ली है। पुरुषों ने स्वीकार कर ली है, यह तो समझ में आता है। स्त्रियों ने भी स्वीकार कर ली है। वे भी मन के भीतर इस बात को मान कर राजी हो गई हैं कि कहीं पुरुष से वे कुछ कम हैं।

भिन्न हैं जरूर, कम जरा भी नहीं हैं। लेकिन भिन्नता और असमानता में फर्क है। स्त्रियां पुरुष से भिन्न हैं, यह सच है। उनमें बहुत भेद हैं, यह भी सच है। लेकिन असमान वे नहीं हैं। और हीन तो बिलकुल नहीं हैं। बल्कि कुछ मामलों में तो पुरुष से ज्यादा उनकी क्षमताएं हैं।

जैसे, यह बहुत आश्चर्य की बात है कि स्त्रियों को आमतौर से हम समझते हैं कि वे शरीर से कमजोर हैं। यह थोड़ी दूर तक सच है। स्त्रियां पुरुष के मुकाबले शरीर से एक अर्थ में कमजोर हैं कि उनके पास मस्कुलर पावर, मसल्स की ताकत नहीं है। लेकिन एक दूसरे अर्थ में स्त्रियां पुरुषों से ज्यादा शक्तिशाली हैं, उनके पास रेसिस्टेंस की ताकत पुरुष से ज्यादा है। अगर एक ही बीमारी स्त्री और पुरुष दोनों को लग जाए तो पुरुष जल्दी टूट जाता है, स्त्री देर से टूटती है। स्त्रियां पुरुषों से कम बीमार पड़ती हैं और स्त्रियों की उम्र पुरुषों से सारी दुनिया में ज्यादा है। और चूंकि हम पुरुष और स्त्री के विवाह में थोड़े उम्र का फासला रखते हैं, अगर लड़का बीस वर्ष का होता है तो लड़की हम सत्रह और सोलह वर्ष की चुनते हैं, इसलिए दुनिया विधवाओं से भर गई है। पुरुष चार-पांच साल पहले मर जाते हैं, स्त्रियां पांच साल ज्यादा देर तक जिंदा रहती हैं।

स्त्री के पास शरीर में रेसिस्टेंस की, प्रतिरोध की ताकत पुरुष से ज्यादा है। स्वभावतः प्रकृति ने उसे यह ताकत दी है, क्योंकि उसे नौ महीने बच्चे को पेट में रखना पड़ता है। जो कि कोई पुरुष को भी रखना पड़े तो पुरुष जिंदा रहने से इनकार कर दे। नौ महीने एक जीवित व्यक्तित्व को अपने भीतर विकसित करने के लिए उसे जितनी पीड़ा झेलनी पड़ती है, उतनी पीड़ा झेलने की शक्ति भी उसके पास है। उसे प्रसव की जितनी पीड़ा झेलनी पड़ती है, उसको भी झेलने की शक्ति उसके पास है। और बच्चे को पैदा करना तो ठीक ही है, बच्चे को बड़ा करना भी एक बहुत बड़ा संघर्ष है। अगर पुरुष के पास रात को बच्चों को सोने के लिए छोड़ा जाए तो या तो बच्चों की गर्दन पुरुष दबा देंगे या अपनी गर्दन दबा लेंगे। तब उनको पता चलेगा कि एक बच्चे को रात भर सुलाए रखना पास कैसे उपद्रव की घटना है। स्त्री के पास पीड़ा को झेलने की क्षमता पुरुष से ज्यादा है।

यह जान कर आप हैरान होंगे कि एक सौ पंद्रह लड़के पैदा होते हैं जन्म के समय और सौ लड़कियां पैदा होती हैं। जन्म के समय लड़कों की संख्या पंद्रह ज्यादा होती है, लड़कियों की पंद्रह कम होती है। लेकिन विवाह की उम्र पाते-पाते सौ लड़कियां रह जाती हैं, सौ लड़के रह जाते हैं। पंद्रह लड़के खत्म हो जाते हैं। लड़कों की मृत्यु दर लड़कियों से ज्यादा है। इसलिए प्रकृति को पंद्रह लड़के ज्यादा पैदा करने पड़ते हैं। क्योंकि शादी की उम्र तक पंद्रह लड़के तो जा चुके होंगे।

एक दृष्टि से पुरुष ताकतवर है, क्योंकि उसके पास मस्कुलर ताकत है, वह ज्यादा बड़ा पत्थर उठा सकता है। लेकिन दूसरे अर्थों में पुरुष कमजोर है, वह ज्यादा बड़ी पीड़ा नहीं झेल सकता। और ध्यान रहे, इसलिए स्त्रियों का भविष्य पुरुष से ज्यादा उज्ज्वल है। क्योंकि मसल्स का काम तो मशीन करने लगी है, लेकिन पीड़ा झेलने का काम अभी कोई मशीन नहीं कर सकती। पुरुष की ताकत रोज बेमानी होती जा रही है। इसलिए पुरुष की मसल्स खोती जा रही हैं। क्योंकि अब पत्थर किसी पुरुष को नहीं उठाना है, वह क्रेन उठा देती है। और किसी बड़े वृक्ष को पुरुष को नहीं काटना है, वह आरा काट देता है। पुरुष के मसल्स की ताकत तो मशीन ने ले ली है। इसलिए पुरुष की शक्ति का अब भविष्य में

बहुत उपयोग नहीं है। न उसे तलवार चलाने की जरूरत है, न उसे लकड़ी चीरने की जरूरत है, न पत्थर फोड़ने की जरूरत है। लेकिन अभी स्त्री की शक्ति मशीन लेने में असमर्थ है। इसलिए मैं आपसे कहना चाहता हूं कि भविष्य में स्त्री रोज ताकतवर होती जाएगी और पुरुष रोज कमजोर होता जाएगा।

लेकिन पुरुष ने स्त्रियों को सिखा रखा है कि स्त्रियां कमजोर हैं। और स्त्रियां यह मान कर बैठ गई हैं कि वे कमजोर हैं और पुरुष यह मान कर बैठ गया है कि वह ताकतवर है।

असमान नहीं हैं दोनों, भिन्न हैं जरूर। पुरुषों के पास निश्चित ही तर्क करने की क्षमता स्त्रियों से थोड़ी ज्यादा है। वह थोड़ा ज्यादा तर्क कर सकता है। क्योंकि उसके पास भावना की क्षमता थोड़ी कम है। भावना की क्षमता स्त्रियों के पास ज्यादा है। वे ज्यादा प्रेम कर सकती हैं, ज्यादा संवेदनशील हो सकती हैं, ज्यादा अनुभूतिपूर्ण हो सकती हैं। पुरुष ज्यादा तर्क कर सकता है, ज्यादा गणित कर सकता है।

लेकिन इस वजह से कोई नीचा और ऊंचा नहीं है। और शायद लंबे अर्से में गणित उतना कीमती नहीं है जितना प्रेम कीमती है। शायद गणित से दुकान चल जाए, लेकिन जिंदगी नहीं चलती। और गणित से हो सकता है कि विज्ञान की लेबोरेटरी चल जाए, लेकिन जिंदगी की प्रयोगशाला में गणित बिलकुल बेकार हो जाता है। और हम बिना प्रयोगशाला के जी सकते हैं, लेकिन बिना हृदय के नहीं जी सकते।

लेकिन पुरुष ने यह समझाया है कि स्त्रियां मस्तिष्क के लिहाज से पिछड़ी हुई हैं। इसमें थोड़ी सच्चाई है, लेकिन इसमें झूठ भी है। अगर हम स्त्रियों की खोपड़ी का वजन नापें तो स्त्रियों की खोपड़ी का वजन पुरुष की खोपड़ी से कम है। लेकिन अभी तक हृदय को नापने का कोई उपाय नहीं हो सका, नहीं तो हम पाएंगे कि स्त्रियों के पास पुरुष से बड़ा हृदय है। हमने अब तक जो आंकड़े बनाए हैं वे पुरुष को नापने के आंकड़े हैं। हमने इंटेलिजेंस कोशंट तो बना लिया है, हम आदमी का बुद्धि अंक नाप लेते हैं कि आई क्यू कितना है आदमी का। लेकिन उसका लव कोशंट कितना है, उसका एल क्यू कितना है, उसकी प्रेम करने की क्षमता कितनी है, उसको नापने का हमने कोई उपाय नहीं किया। असल में पुरुष को उसकी फिकर नहीं है।

स्त्रियों को यह सिद्ध करना पड़ेगा कि बुद्धि उतनी कीमती नहीं है जितना हृदय कीमती है और अंततः मनुष्य हृदय से जीता है। बुद्धि से ज्यादा से ज्यादा जीने के उपाय खोज सकता है, लेकिन जीना हृदय में पड़ता है। और आजीविका और जीवन में बड़ा फर्क है। दुकान चलाना जीवन का साधन खोजना है। हिसाब लगाना जीवन का साधन खोजना है। मकान बनाना जीवन का साधन खोजना है। लेकिन ये साधन हैं, ये साध्य नहीं हैं। ये मीन्स हैं, एंड नहीं हैं। आखिर में उस मकान के भीतर रहना है; और उस दुकान से जो कमाया गया है उसे जीना है; और गणित से जो हिसाब लगाया गया है उस हिसाब के भीतर बेहिसाब प्रेम करना है। वह पुरुष के पास क्षमता बहुत कम है।

पुरुष के पास एक क्षमता है—गणित की, विचार की, तर्क की। स्त्री के पास एक

क्षमता है—प्रेम की, हृदय की, भाव की। कहना मुश्किल है कि इनमें श्रेष्ठ किसको कहें। लेकिन अब तक पुरुष यही समझाता रहा है कि वह श्रेष्ठ है।

मैंने सुना है कि एक बहुत बड़ा गणितज्ञ हुआ। उस गणितज्ञ ने पहली दफा एवरेज का सिद्धांत निकाला, औसत का सिद्धांत निकाला। अब हम सब औसत के सिद्धांत से परिचित होंगे। जैसे कि हम कह सकते हैं कि लुधियाना में औसत ऊंचाई का आदमी कौन है। तो हम नाप सकते हैं सारे लोगों की ऊंचाई, फिर सारे लोगों की संख्या से भाग दे सकते हैं, तो जो आएगा अंक वह औसत ऊंचाई, एवरेज हाइट होगी। हालांकि एवरेज हाइट का आदमी एक भी नहीं मिलेगा लुधियाना में। बिलकुल झूठा होगा एवरेज। एवरेज से ज्यादा झूठी कोई बात नहीं होती। एवरेज हाइट का आदमी मिलेगा ही नहीं। सब लोग अलग-अलग ऊंचाई के होंगे। सब लोगों की ऊंचाई का जोड़ और भाग जो होगा वह एवरेज है।

जिस आदमी ने पहले एवरेज का सिद्धांत निकाला वह यूनान का एक गणितज्ञ था। वह बहुत प्रसन्न हुआ। उसकी सारे यूनान में ख्याति हो गई। एक दिन छुट्टी के दिन अपनी पत्नी और अपने बच्चों को लेकर वह पिकनिक के लिए नदी के तट पर गया। जब वह नदी पार कर रहा था, उसकी पत्नी ने कहा कि तुम जरा ठीक से देख लो, नदी गहरी न हो, कोई बच्चा डूब न जाए।

उसने कहा कि ठहरो! मैं बच्चों की ऊंचाई नापे लेता हूं और नदी की औसत गहराई नापे लेता हूं। उसने अपने फुटे को निकाला और जाकर नदी की औसत गहराई नापी। कहीं नदी बहुत गहरी थी, कहीं नदी बहुत उथली थी। कहीं छह फीट पानी था, कहीं छह इंच पानी था। उसने औसत गहराई नाप ली। उसके पांच बच्चे थे। कोई बच्चा दो फीट का था, कोई तीन फीट का था, कोई पांच फीट का था। उसने उन सब बच्चों की औसत ऊंचाई नाप ली। फिर उसने कहा, बेफिक्र रहो, हमारे बच्चों की औसत ऊंचाई नदी की औसत गहराई से ज्यादा है। कोई बच्चा डूब नहीं सकता।

उसकी पत्नी को विश्वास तो नहीं आया। कम पत्नियों को पतियों की बातों पर विश्वास आता है। लेकिन मजबूरी है, मानना पड़ता है। पति ताकतवर है। उसको शक तो हुआ कि यह ऊंचाई और यह गहराई क्या बला है ! कोई बच्चा खो न जाए। लेकिन जब पति इतना बड़ा गणितज्ञ है और ऊंचाई और नीचाई के संबंध में इतना जानता है, तो शायद ठीक ही जानता होगा। पति आगे चला, बच्चे बीच में चले, पत्नी पीछे चली। फिर वह दो फीट का बच्चा कहीं डुबकी खाने लगा। पत्नी ने चिल्ला कर कहा कि मालूम होता है तुम्हारे गणित में कोई भूल रह गई, वह बच्चा डुबकी खा रहा है!

लेकिन वह पति बच्चे को डुबकी से बचाने के लिए नहीं दौड़ा, वह भागा वापस अपना फुटा लेने के लिए कि गलती हो नहीं सकती।

गलती हो नहीं सकती, वह एवरेज को जानने वाला आदमी है। करीब-करीब, उस गणितज्ञ ने जैसा अपने बच्चों को मुसीबत में डाल दिया था, वैसे ही पुरुष की बुद्धि ने सारी मनुष्यता को मुश्किल में डाल दिया है। अकेली बुद्धि बहुत खतरनाक सिद्ध हुई है। यह

ऐसा ही खतरनाक है कि हम कोई ऐसी दुनिया बनाएं जहां स्त्रियों को हम समाप्त कर दें और सिर्फ पुरुष उस दुनिया में रह जाएं। तो वह दुनिया जैसी बेहूदी होगी, उसका हम विचार कर सकते हैं। इससे उलटा भी इतना ही बेहूदा होगा। अगर हम कोई दुनिया बनाएं जिसमें पुरुष न हों और स्त्रियां ही रह जाएं, तो वह दुनिया भी बेहूदी होगी। असल में, पुरुष और स्त्री कांप्लीमेंट्री हैं, परिपूरक हैं। और जिस तरह पुरुष और स्त्री कांप्लीमेंट्री हैं और दोनों से मिल कर एक सुंदर दुनिया बनती है, ऐसे ही बुद्धि और भावना कांप्लीमेंट्री हैं, उन दोनों से मिल कर एक अच्छी दुनिया का निर्माण होता है।

लेकिन पुरुष ने जो दुनिया बनाई है वह पुरुष के मस्तिष्क से बनाई है। उसने गणित का फैलाव किया है। इसलिए जहां-जहां पुरुष का बल चलता है वहां-वहां वह गणित के आंकड़े बिठा देता है और जिंदगी मुश्किल में पड़ जाती है।

अगर मिलिटरी में जाकर आप देखें तो वहां आदमियों के नाम हम अलग कर देते हैं। मिलिटरी में नंबर रह जाते हैं। ग्यारह नंबर का सिपाही मर जाता है, तो खबर होती है कि ग्यारह नंबर गिर गया। नोटिस पर लग जाता है: ग्यारह नंबर गिर गया।

बड़े मजे की बात है, किसी आदमी का नंबर नहीं होता। कोई आदमी नंबर से नहीं नापा जा सकता। अगर मोहनलाल नाम का आदमी मरेगा, तो उसकी पत्नी भी होती है, उसकी मां भी होती है, उसका बेटा भी होता है। और अगर ग्यारह नंबर का आदमी मरा, तो ग्यारह नंबर की न पत्नी होती, न बेटा होता। मोहनलाल मरेगा तो दुख होता है, ग्यारह नंबर मरता है तो कोई दुख नहीं होता। ग्यारह नंबर रिप्लेस किया जा सकता है, दूसरा ग्यारह नंबर बिठाया जा सकता है। लेकिन मोहनलाल को रिप्लेस करना असंभव है। वह जिसका बेटा था उसको दूसरा बेटा कैसे दिया जा सकता है? और दूसरा बेटा कैसे बेटा बन सकेगा? वह जिसका पति था उसको पति कैसे दिया जा सकता है? और दूसरा व्यक्ति कैसे पति बन सकेगा? और वह जिसका भाई था उसको भाई कैसे दिया जा सकता है?

नहीं लेकिन, पुरुष जहां सोचता है वह गणित में सोचता है। अगर पुरुष का बस चले तो पूरी जिंदगी को मिलिटरी की तरह बना देगा। उसमें से सब भाव विदा हो जाएगा। सीधे सूखे गणित के हिसाब रह जाएंगे।

स्त्री को इस संबंध में विद्रोह करना जरूरी है। स्त्री को जरूरी है कि वह सवाल उठाए कि पुरुष ने जो दुनिया बनाई है वह अकेले पुरुष के ख्याल से बनी है, वह अधूरी दुनिया है। इसलिए आदमी के द्वारा बनाई गई दुनिया में युद्ध के अतिरिक्त कुछ भी नहीं होता। अगर हम मनुष्य-जाति के तीन हजार साल का इतिहास देखें तो हम घबड़ा जाएंगे। तीन हजार साल में साढ़े चौदह हजार युद्ध हुए हैं! तीन हजार साल में पंद्रह हजार युद्ध! हर साल पांच युद्धों का आंकड़ा है। अगर हम आदमी का इतिहास देखें तो एकाध दिन भी खोजना मुश्किल है जब जमीन के किसी कोने पर युद्ध न हो रहा हो और आदमी आदमी को न काट रहा हो। पुरुष के द्वारा बनाई गई दुनिया में आक्रमण होगा, हिंसा होगी, प्रेम नहीं हो सकता। असल में स्त्री को अस्वीकार कर दिया गया है। स्त्री की बनाई दुनिया में

प्रेम के लिए जगह होगी, फूल के लिए जगह होगी, संगीत के लिए जगह होगी, वीणा और नृत्य प्रवेश कर जाएंगे, तलवार अकेली सच्चाई नहीं रह जाएगी।

लेकिन स्त्री है दीन। उसको पुरुष ने कह रखा है कि तुम दीन हो। और मजा यह है कि स्त्री ने भी मान रखा है कि वह दीन है।

असल में हजारों साल तक अगर कोई झूठ प्रचारित किया जाए तो वह स्वीकृत हो जाता है। हजारों साल तक हिंदुस्तान में शूद्र समझता था कि वह शूद्र है; क्योंकि हजारों साल तक ब्राह्मणों ने समझाया था कि तुम शूद्र हो। अंबेदकर के पहले, शूद्रों के पांच हजार साल के इतिहास में एक कीमती आदमी शूद्रों में पैदा नहीं हुआ। इसका यह मतलब नहीं कि शूद्रों में बुद्धि न थी और अंबेदकर पहले पैदा नहीं हो सकता था। पहले पैदा हो सकता था, लेकिन शूद्रों ने मान रखा था कि उनमें कभी कोई पैदा हो ही नहीं सकता। वे शूद्र हैं, उनके पास बुद्धि हो नहीं सकती। अंबेदकर भी पैदा न होता, अगर अंग्रेजों ने आकर इस मुल्क के दिमाग में थोड़ा हेर-फेर न कर दिया होता तो अंबेदकर भी पैदा नहीं हो सकता था। हालांकि जब हमको हिंदुस्तान का विधान बनाना पड़ा, कांस्टिटयूशन बनाना पड़ा, तो ब्राह्मण काम नहीं पड़ा, वह शूद्र अंबेदकर काम पड़ा। वह बुद्धिमान से बुद्धिमान आदमी सिद्ध हो सका। लेकिन दो सौ साल पहले वह हिंदुस्तान में पैदा नहीं हो सकता था। क्योंकि शूद्रों ने स्वीकार कर लिया था, खुद ही स्वीकार कर लिया था कि उनके पास बुद्धि नहीं है।

स्त्रियों ने भी स्वीकार कर रखा है कि वे किसी न किसी सीमा पर हीन हैं।

शायद आप मुझसे कहेंगी कि नहीं, हम ऐसा स्वीकार नहीं करते हैं। नई लड़कियां कह सकती हैं कि हम ऐसा स्वीकार नहीं करते हैं।

लेकिन जितना ही मैं गौर से अध्ययन करता हूं उतना ही मुझे मालूम पड़ता है कि हम स्वीकार करते हैं। यह स्वीकृति बहुत गहरी और डीप रूटेड है। इसे ऊपर से पहचानना मुश्किल है।

अब जैसे अगर एक ट्रेन है, तो उसमें स्त्रियों के लिए एक अलग डिब्बा है। स्त्रियां पुरुष के डिब्बे में बैठ सकती हैं, लेकिन स्त्रियों के डिब्बे में पुरुष नहीं बैठ सकता। कोई स्त्री इनकार नहीं करती कि हमारे लिए अलग डिब्बा हमारी हीनता का सूचक है, हम अलग डिब्बा बरदाश्त नहीं करेंगे। इसका मतलब है कि स्त्रियों के लिए स्पेशल प्रोटेक्शन चाहिए। उसका मतलब क्या होता है? स्पेशल प्रोटेक्शन होने चाहिए जो कमजोर हैं और दीन हैं और पिछड़े हुए हैं। स्त्रियों को इनकार कर देना चाहिए कि अलग डिब्बा हमें नहीं चाहिए।

सारे यूरोप में और अब तो सारी दुनिया में हम लेडीज फर्स्ट के खयाल को मानते हैं। लेकिन वह हीनता का सूचक है। अगर कहीं एक क्यू लगा है और लोग टिकटें खरीद रहे हैं और एक लड़की वहां पहुंच जाए, तो वे सब जगह देकर उसको आगे खड़ा कर देंगे। शायद वह लड़की सोचती हो कि उसका बड़ा सम्मान किया गया। उसे पता नहीं, इससे ज्यादा अपमानजनक और कोई बात नहीं हो सकती। असल में वे पुरुष यह कह रहे हैं कि तम कमजोर हो, तुमसे हमारी क्या प्रतियोगिता है? हम पीछे हटे जाते हैं, तुम आगे खड़ी

हो जाओ। तुमसे लड़ना बेकार है, क्योंकि तुम तो जीत ही नहीं सकतीं, इसलिए तुम्हें हम आगे किए देते हैं। तुम हारी ही हुई हो।

अगर जब कोई कहे लेडीज फर्स्ट, तो स्त्रियों को इनकार कर देना चाहिए—कि नहीं, जो स्थिति पुरुष की है वही स्त्रियों की है। अगर हम पांचवें नंबर पर आए हैं तो हम पांचवें नंबर पर ही खड़े होंगे, हम पहले नंबर पर खड़े होने का विशेष अधिकार नहीं चाहते हैं। क्योंकि विशेष अधिकार सिर्फ कमजोरों को दिए जाते हैं, ताकतवरों को विशेष अधिकार नहीं दिए जाते।

लेकिन स्त्रियों ने स्वीकार कर लिया है। बल्कि शायद उन्होंने स्वीकार करते-करते यह भी खयाल कर लिया है कि इसमें कुछ विशेष गौरव है।

यह विशेष गौरव नहीं है। यह खतरनाक बात है। अब मैं तो मानता है कि लडकियों के लिए अलग कालेज, जैसे आपका कालेज है, गलत बात है। लड़कियों के लिए अलग कालेज नहीं होना चाहिए। क्योंकि जब तक हम स्त्री और पुरुष को अलग-अलग रखेंगे, तब तक हम अच्छी दुनिया नहीं बना सकते। जब तक हम स्त्री और पुरुष को अलग-अलग बड़ा करेंगे, तब तक हम उनके बीच जो समानता की स्थिति निर्मित होनी चाहिए, वह निर्मित नहीं कर सकते। जब तक हम स्त्रियों को अलग शिक्षित करेंगे, अलग ढंग से बड़ा करेंगे, अलग घेरे में बांध कर बड़ा करेंगे, तब तक वे बड़ी पुरुषों की दुनिया में जाकर अपने को कमजोर अनुभव करेंगी। यहां तो उन्हें पता नहीं चलेगा। यहां तुम्हें पता नहीं चलेगा, क्योंकि सारी लड़कियां हैं। लेकिन जब तुम लड़कों की और युवकों की और परुषों की दुनिया में जाओगी तब तुम पाओगी कि वहां तकलीफ होनी शुरू हो गई।

नहीं, बचपन से प्रत्येक लड़की को यह हक मांगना चाहिए कि वह लड़के के साथ बराबर बड़ी होगी। वह लड़के के साथ पढ़ेगी, लड़के के साथ दौड़ेगी, लड़के के साथ तैरेगी। लड़के के साथ उसकी जिंदगी है; उसको उसके साथ बड़ा होना है। तभी हम एक ऐसी दुनिया बना पाएंगे जहां स्त्री और पुरुष के बीच दीनता का भाव मिट जाए। अन्यथा नहीं मिट पाएगा।

अगर लड़के और लड़कियां इकट्ठे भी पढ़ते हैं कालेज में, तो भी वे अलग-अलग बैठते हैं। मैं बहुत दिन तक युनिवर्सिटी में शिक्षक था। मैंने अपनी क्लासेज में कहा कि मैं क्लास नहीं लूंगा जब तक ये लड़के और लड़कियां अलग बैठेंगे। क्योंकि को-एजुकेशन का क्या मतलब है? आधी सीटों पर लड़कियां बैठी हुई हैं, आधी पर लड़के बैठे हुए हैं और बीच में वह जो प्रोफेसर है वह पुलिसवाले की तरह खड़ा हुआ है। यह बेहूदगी है, यह अशिष्टता है। यह खबर दे रही है हमारे असंस्कृत होने की, अनकल्चर्ड होने की।

असल में जो कौम अपने बच्चे और बच्चियों को साथ नहीं बिठा पाती वह बताती है कि उसका चित्त बहुत कामुक है, उसका चित्त बहुत सेक्सुअल है। जो कौम अपने लड़के और लड़कियों को एक साथ दौड़ा नहीं सकती, एक साथ खेलने नहीं दे सकती, मित्रता नहीं बनाने देती, मानना चाहिए कि उस कौम के चित्त में बड़ी बीमारियां हैं। और हम इन

बीमारियों को तब तक न मिटा पाएंगे, जब तक हम इन बीमारियों के डर से अलग-अलग स्थान बनाए चले जा रहे हैं।

नहीं, लड़कियों को इनकार कर देना चाहिए कि जब दुनिया पुरुष और स्त्री की इकट्ठी है तो शिक्षा अलग-अलग क्यों हो? जब दुनिया इकट्ठी है तो शिक्षा अलग-अलग होगी तो खतरनाक है। जब जिंदगी इकट्ठी है तो शिक्षा अलग-अलग कैसे हो सकती है? और जब जीना साथ है तो अलग-अलग नहीं रहा जा सकता।

इसके खतरनाक परिणाम हुए हैं। जहां तक मैं जानता हूं, सारे नगरों की यह हालत है हिंदुस्तान में, एक लड़की अकेली नहीं निकल सकती है। कहीं न कहीं कोई उसे धक्का देगा, कहीं न कहीं कोई बदतमीजी करेगा, कहीं न कहीं कोई गाली देगा, कहीं न कहीं कोई अपशब्द बोलेगा। यह तब तक जारी रहेगा, जब तक लड़के और लड़कियों को हम अलग रखते हैं। तब तक यह नहीं रुक सकता। इसे अगर मिटाना हो—और मिटाना एकदम जरूरी है, अन्यथा स्त्री के भीतर जो ऊर्जा है, उसके भीतर जो इनर्जी है, उसे विकास के पूरे मौके नहीं मिल सकते—इसे अगर हमें मिटाना है तो स्त्री को अपने सारे विशेष अधिकारों से इनकार कर देना होगा और उसे ठीक पुरुष के साथ उसके किनारे, जहां पुरुष खड़ा है वहां खड़ा होना पड़ेगा।

इसका यह मतलब नहीं है कि स्त्री पुरुष जैसी हो जाए। नहीं, स्त्री का भेद निश्चित है। उसके आयाम अलग हैं। उसकी भीतरी जिंदगी में पुरुष की भीतरी जिंदगी से कुछ फर्क है। लेकिन उन दोनों फर्कों को साथ-साथ विकसित होना चाहिए।

लेकिन कितना अजीब है कि पांच हजार साल की दुनिया की शिक्षा, संस्कृति, धर्म के बाद भी अभी तक हम स्त्री और पुरुष के बीच मित्रता की संभावना नहीं बना पाए हैं। आज भी अगर एक स्त्री एक युवक के साथ रास्ते पर हो और वे किसी को कह दें कि हम दोनों मित्र हैं, तो सारी सड़क चौंक कर खड़ी हो जाएगी। क्योंकि मित्रता को हम स्वीकार नहीं करते स्त्री-पुरुष के बीच। स्त्री और पुरुष के बीच कोई न कोई संबंध होना ही चाहिए। संबंध के बिना हम किसी तरह की मित्रता को स्वीकार नहीं करते। वह बेटी होनी चाहिए, बहन होनी चाहिए, पत्नी होनी चाहिए, मां होनी चाहिए। लेकिन कोई न कोई संबंध होना चाहिए।

कभी हमने सोचा कि बेटी, मां, पत्नी, सब सेक्स रिलेशनशिप्स हैं! सब यौन संबंध हैं। और यह मुल्क, जो इतना अपने को अध्यात्मवादी कहता है, वह भी कहता है कि स्त्री और पुरुष के बीच यौन संबंध के अतिरिक्त कोई संबंध को हम स्वीकार नहीं करते हैं। कितनी दुखद बात है कि स्त्री-पुरुष करोड़ों वर्ष से पृथ्वी पर साथ हैं, लेकिन उनके बीच मित्रता नहीं हो सकती। ये दो अलग जाति के जानवर हैं? इनके बीच मित्रता नहीं हो सकती? इनके बीच मैत्री का कोई संबंध नहीं हो सकता? हम इतने भयभीत क्यों हैं? हम इतने डरे हुए क्यों हैं? हमारी इतनी परेशानी क्यों है?

हमने उन दोनों को अलग-अलग बड़ा किया है। हमने उन्हें इतने अलग-अलग बड़ा किया है कि वे दोनों करीब-करीब एक-दूसरे से अपरिचित बड़े होते हैं। और यह

अपरिचय की धारा इतनी मजबूत हो जाती है कि कल जब एक युवती एक युवक से विवाहित होती है, तब भी यह अपरिचय की धारा टूटती नहीं, यह बीच में सदा खड़ी ही रहती है। मैंने बहुत कम ऐसे पति-पत्नी देखे हैं, हजारों-लाखों पति-पत्नियों से मैं निकटतम रूप से परिचित हूं, लेकिन मैंने ऐसे पति-पत्नी नहीं देखे हैं जो मित्रता को उपलब्ध हो सके हों। पति-पत्नी मैं उन लोगों को कहता हूं जो लड़ते हैं और फिर भी साथ रहते हैं। मित्रता बड़ी मुश्किल बात है। किसी के साथ रहना और लड़ना एक बात है और किसी के साथ मैत्रीपूर्ण होना बिलकुल दूसरी बात है।

मैंने तो सुना है...एक छोटी सी कहानी मुझे याद आती है...मैंने सुना है कि एक आदमी की पत्नी मर गई। वह छाती पीट कर रो रहा है और चिल्ला रहा है कि उस पर बड़ा दुख का पहाड़ टूट पड़ा है। सभी उसके मित्र उसे समझा रहे हैं कि मत घबड़ाओ। लेकिन वह और रोए जा रहा है। सभी मित्र सोच रहे हैं कि बहुत सदमा उसे पहुंचा है। फिर उसकी पत्नी की अरथी उठाई गई, ताबूत में उसकी लाश रखी गई और अरथी उठाई गई। जैसे ही अरथी बाहर निकली तो बीच आंगन में एक नीम का दरख्त था, वह अरथी उससे टकरा गई। और अचानक भीतर से आवाज आई, ऐसा लगा कि वह स्त्री अभी मरी नहीं, जिंदा है। ताबूत खोला गया। वह स्त्री जिंदा थी। घर भर में खुशी छा गई, लेकिन पति एकदम और भी ज्यादा उदास हो गया।

फिर तीन साल बाद वह स्त्री दुबारा मरी। वह पति फिर चिल्लाने लगा, रोने लगा। फिर उसकी अरथी बांधी गई, वह रोता जा रहा था। और जब लोगों ने अरथी उठाई तो उसने कहा, जरा सम्हल कर उठाना, फिर नीम से मत टकरा देना। क्योंकि तुम्हारी भूल के लिए पिछले तीन साल मुझे परेशान होना पड़ा। तुमने तो अरथी टकराई, तीन साल मैंने मुसीबत झेली।

वे लोग कुछ भी न समझ सके, उन्होंने कहा कि तुम इतना रो रहे हो!

उसने कहा, रो रहा हूं जरूर, लेकिन साथ रह कर भी रो ही रहा था।

ऐसा नहीं है कि पति ही रो रहे हैं, पत्नियां और भी ज्यादा रो रही हैं, पतियों से ज्यादा रो रही हैं। असल में स्त्री-पुरुष के बीच हम इतने फासले खड़े करते हैं कि अचानक सात फेरे लगाने से वे फासले टूट नहीं सकते। हम इतने डिस्टेंस खड़े करते हैं कि अचानक रजिस्ट्री आफिस में दस्तखत करने से वे फासले टूट नहीं सकते। हम इतने फासले खड़े करते हैं कि किसी मंदिर में, किसी आर्यसमाज के मंदिर में, कि सनातन मंदिर में, कि किसी चर्च में विवाह कर देने से वे फासले टूट नहीं सकते। स्त्री और पुरुष को जो हम फासले सिखाते हैं वे जिंदगी भर उनका पीछा करते हैं। और स्त्री-पुरुष जब भी मिलते हैं तो बीच में फासला होता है। और वह फासला कभी भी उन्हें मिलने नहीं देता।

मनुष्य-जाति का बड़े से बड़ा दुर्भाग्य यह है कि हम स्त्री-पुरुष को अभी भी एक हार्मनी में, एक सामंजस्य में, एक संगीत में नहीं बांध पाए हैं। यह हम कभी न बांध पाएंगे। यह हम तब तक न बांध पाएंगे जब तक हम स्त्री और पुरुष के सह-जीवन को, उनकी

सह-शिक्षा को, उनकी सह-क्रीड़ा को, उनके साथ-साथ बड़े होने, खेलने और विकसित होने को स्वीकार नहीं करते हैं। जब तक हम स्त्री और पुरुष के बीच से सारे फासले नहीं गिरा देते हैं, तब तक हम कभी स्त्री और पुरुष के बीच संगीतपूर्ण संबंधों को निर्माण करने में सफल नहीं हो सकते हैं। और ध्यान रहे, जब तक स्त्री-पुरुष एक संगीतपूर्ण संबंध में न बंध जाएं, तब तक हम मनुष्य को अनेक-अनेक रोगों में ग्रसित करते रहेंगे।

मां और बाप जिंदगी भर लड़ते हैं। हालांकि इसे कोई कहता नहीं, हालांकि इसे कोई जाहिर नहीं करता। जो पति-पत्नी घर में लड़ते हैं वे भी शाम को जब घर के बाहर निकलते हैं तो दूसरे चेहरे लगा कर निकलते हैं। दूसरों के सामने वे जो चेहरे दिखलाते हैं वे चेहरे दूसरे हैं, वे असली चेहरे नहीं हैं। असली चेहरे बहुत दूसरे हैं। हम सबके पास नकली चेहरे होते हैं जो हम घर के बाहर लगा कर निकलते हैं। और स्त्रियां तो अपने नकली चेहरे अपने वैनिटी बैग में भी रखती हैं। कहीं भी जरूरत पड़े तो उसको तैयार कर लिया।

एक हमारा चेहरा है जो हमारा असली है, जो जिंदगी में है। वह बहुत दुखद है। और एक हमारा चेहरा है जो मुस्कुराता है झूठी मुसकानें। जो बाहर दिखाई पड़ता है—पाउडर और परफ्यूम्ड; सुगंधित मालूम होता है। लेकिन उतना सुगंधित चेहरा असली में नहीं है। हम दूसरों के सामने कुछ और हो जाते हैं जो हम नहीं हैं। लेकिन हमारे बच्चे तो हमें पकड़ लेते हैं। उनके सामने हमारे असली चेहरे प्रकट हो जाते हैं।

यह कितनी दुखद बात है कि इस पिछले बीस साल के खास-खास मनोवैज्ञानिकों का यह सुझाव है कि अगर मनुष्य-जाति को मानसिक रोगों से मुक्त करना हो तो बच्चों को मां-बाप से अलग पालना पड़ेगा। यह बड़ी अजीब सी बात मालूम पड़ती है, अगर मनोवैज्ञानिक यह कहते हैं कि मनुष्य-जाति को मानसिक रोगों से स्वस्थ करना है और लोगों को पागल होने से बचाना है तो बच्चों को मां-बाप से अलग पालना पड़ेगा। क्योंकि मां-बाप इतने उपद्रव में जीते हैं कि बच्चे जीने के पहले ही उपद्रव से भर जाते हैं। उनके मनों में मां-बाप के सारे झगड़े उतर जाते हैं।

और ध्यान रहे, चार साल की उम्र में बच्चा जितना सीख लेता है वह पचास प्रतिशत है पूरी जिंदगी के सीखने का। फिर बाकी जिंदगी में पचास प्रतिशत और सीखेगा। चार साल की उम्र में बच्चा अपनी जिंदगी की पचास प्रतिशत बातों के संबंध में ज्ञानपूर्ण हो जाता है। फिर बाकी बचता है पचास प्रतिशत। अगर वह चौरासी साल जीएगा तो चार साल में उसने जितना सीखा, बाकी अस्सी साल में उतना सीखेगा।

और चार साल—पहले चार साल—उसे मां-बाप को देख कर जीने पड़ते हैं। उनकी सारी कलह, उनका सारा संघर्ष, उनका सारा द्वेष, उनकी सारी ईर्ष्या, उनकी सारी घृणा, उनकी सारी गाली-गलौज, उनके तने हुए चेहरे, उनकी उदासियां, उनके आंसू, वह सब उस बच्चे में एब्जार्ब हो जाते हैं। वह बच्चा उन सबको पी जाता है। वह बच्चा फिर जिंदगी में उन्हीं बातों को दोहराता है। कहना चाहिए कि वह बच्चा कंप्यूटर बन गया, अपने मां-बाप का बिल्ट-इन कंप्यूटर हो गया। उसके मां-बाप ने जो-जो चार साल की उम्र तक

किया है वह उसके भीतर बैठ गया, अब वह उसी को दोहराएगा। लड़के अपने बाप का जिंदगी में अभिनय करते हैं; लड़कियां अपनी मां का अभिनय किए चली जाती हैं। इसलिए वही दुखद कहानी जो पिछली सदी में दोहरी थी, फिर दोहरती है, फिर दोहरती है। और आदमी को छुटकारा नहीं दिखाई पड़ता कि कैसे यह छुटकारा हो जाए।

नहीं, अगर हम स्त्री और पुरुष के बीच के संबंध नहीं बदलते, तो आज नहीं कल दुनिया को यह तय करना पड़ेगा कि बच्चों को मां-बाप से छीन लिया जाए। इसके सिवाय कोई रास्ता नहीं है।

इजरायल में इस पर प्रयोग किया गया और सुखद परिणाम हुए। इजरायल में बच्चों को मां-बाप से बड़ी संख्या में हटा लिया गया है और बच्चों को नर्सरीज में पाला जा रहा है। और जो बच्चे नर्सरीज में बड़े हुए हैं वे मां-बाप के पास पाले गए बच्चों से ज्यादा स्वस्थ, ज्यादा सबल, मानसिक रूप से ज्यादा आनंदित, ज्यादा प्रसन्न हैं।

बड़ी हैरानी की बात है। हमारी बहुत पुरानी मिथ कि मां-बाप के बिना बच्चे पलेंगे तो अच्छे नहीं हो सकते, गलत सिद्ध हुई है। लेकिन मैं मानता हूं कि अगर मां-बाप अच्छे हों तो उनके पास जो बच्चे पलेंगे वे नर्सरी में पले बच्चों से बहुत अच्छे हो सकते हैं।

लेकिन मां-बाप कैसे अच्छे हों? हम तो स्त्री और पुरुष को दूर रखे चले जाते हैं। हम उनके बीच फासला बनाए चले जाते हैं। घर में एक लड़की पैदा होती है तो घर के लोग और तरह से स्वीकार करते हैं और एक लड़का पैदा होता है तो और तरह से स्वीकार करते हैं। और मजे की बात यह है कि इस सारी स्वीकृति में स्त्रियों का बुनियादी हाथ है; नब्बे प्रतिशत उनका हाथ है; क्योंकि घर में स्त्री पूरी की पूरी मालिक है। लेकिन घर में अगर मां को लड़की पैदा हो जाए तो वह भी उदासी से उसका स्वागत करती है और अगर लड़का पैदा हो जाए तो वह भी नाच कर उसका स्वागत करती है। पता नहीं, स्त्रियां आने वाली स्त्रियों पर कब दया करेंगी? उनकी कठोरता का कब अंत होगा?

तो मैं तुमसे कहना चाहूंगा कि तुम अपनी बच्चियों के साथ सदव्यवहार करना। अब तक माताओं ने अपनी बच्चियों के साथ सदव्यवहार नहीं किया है। उन्होंने बेटों को विशेषता दी है। असल में माताएं भी पुरुषों से इतनी ज्यादा प्रभावित हैं कि उनको यह खयाल ही नहीं है कि बेटियों के साथ अन्याय हो रहा है। वह सब तरफ से अन्याय हो रहा है।

कोई फर्क करने की जरूरत नहीं है। दुनिया न तो बेटों के बिना चल सकती है और न बेटियों के बिना चल सकती है। दुनिया को चलाने के लिए दोनों एक से जरूरी हैं। दुनिया को चलाने के लिए दोनों एक से अनिवार्य हैं। दोनों का एक सा स्वागत समझ में आता है, लेकिन दोनों के संबंध में भेद बहुत खतरनाक है।

लड़कियों को हम शिक्षित भी कर रहे हैं तो भी हम इसलिए शिक्षित नहीं कर रहे हैं कि वे शिक्षा का कोई उपयोग करेंगी। लड़कियां इसलिए शिक्षित की जा रही हैं कि वे ठीक पतियों को पकड़ने में सफल हो जाएं। लड़कियों को हम इसलिए शिक्षित नहीं कर रहे हैं कि उनकी जिंदगी में शिक्षा का कोई प्रोडक्टिव, कोई क्रिएटिव, कोई सजनात्मक परिणाम होगा।

हम सिर्फ इसलिए शिक्षित कर रहे हैं कि उनकी मार्केट वैल्य, बाजार में उनकी कीमत बढ़ जाए। इससे ज्यादा हम लड़कियों को और किसी काम के लिए शिक्षित नहीं कर रहे हैं।

लेकिन अगर इतने से काम के लिए हम लड़कियों को शिक्षित कर रहे हैं तो हम शिक्षा फिजूल खो रहे हैं। और लड़कियों को बाजार की कीमत बढ़ाने के लिए अगर शिक्षित करना पड़े तो यह लड़कियों का अपमान है। उनकी बाजार की कीमत तो उनके लड़की होने से तय हो जाती है। इसके लिए कोई और अलग से शिक्षा देना खतरनाक बात है।

आज सारी दुनिया में स्त्रियां शिक्षित हो रही हैं, लेकिन जितने बड़े पैमाने पर शिक्षित हो रही हैं उतने बड़े पैमाने पर उसका कोई प्रोडक्टिव उपयोग नहीं हो रहा है। एक लड़की एम.ए. पढ़ कर जाएगी और फिर जाकर एक गृहिणी बन जाएगी। और मैं नहीं जानता कि उसकी शिक्षा का क्या उपयोग वह कर सकेगी? उसकी शिक्षा से क्या होगा? बल्कि मेरी अपनी समझ ऐसी है कि शायद वह अशिक्षित होती तो ज्यादा अच्छी गृहिणी बन सकती थी; शिक्षित होकर वह अच्छी गृहिणी भी न बन पाएगी। क्योंकि शिक्षित होने में उसे अच्छी गृहिणी बनने की तो कोई शिक्षा नहीं दी गई और जो शिक्षा दी गई है उससे अच्छी गृहिणी बनने का कोई संबंध नहीं है। और जो उसे शिक्षा दी गई है उसने उसे एक खास तरह की तैयारी दी है जिसका उसे उपयोग करने की इच्छा होगी और गृहिणी होने में उसको उसका उपयोग करने का कोई मौका नहीं होगा।

इसलिए आधुनिक शिक्षित लड़की जितनी फ्रस्ट्रेटेड है, जितनी विषाक्त और विषण्ण है और जितनी दुखी है, उतनी अशिक्षित स्त्रियां भी नहीं हैं। शिक्षित स्त्री को जिंदगी के लिए जो हमने तैयारी की है...जैसे एक आदमी को हम वीणा बजाने के लिए बीस साल तैयार करें और फिर जिंदगी भर उसे वीणा बजाने का मौका न मिले, तब वह आदमी ज्यादा दुखी हो जाएगा। आखिर बीस साल की तैयारी इसलिए थी कि कभी वह वीणा बजाएगा। बीस साल तैयार हुआ, परेशान हुआ और जब वीणा बजाने का मौका आया तब अचानक पता चला कि वीणा बजाने की कोई जरूरत नहीं है और वीणा बजाने का कोई अर्थ ही नहीं है। तो बीस साल की जो शिक्षा है, जिसमें उसकी जिंदगी खराब हुई, अगर उसका उपयोग न हो सके, तो हमने उसकी जिंदगी को बड़े खतरनाक मोड़ पर डाल दिया। और अब जो उसे करना पड़ेगा उसकी कोई शिक्षा नहीं है, उस मामले में वह बिलकुल अशिक्षित है। और जो उसे करना चाहिए था, जिसके लिए वह शिक्षित था, वह उसे करना नहीं पड़ेगा।

स्त्रियों के चित्त में स्किजोफ्रेनिक स्थिति पैदा हो गई है, उनके दो खंड हो गए हैं। एक खंड जो शिक्षित है जो अनुपयोगी हो गया और एक खंड जो अशिक्षित है जिसका उपयोग करना है। इसलिए शिक्षित गृहिणी अशिक्षित गृहिणी से भी बदतर हालत में पड़ जाती है।

मैं यह नहीं कह रहा हूं कि स्त्रियों को शिक्षा न दी जाए। मैं यह कह रहा हूं कि स्त्रियों को शिक्षा लेने के साथ शिक्षा के प्रोडक्टिव इंप्लीमेंटेशन, उसके उत्पादक विनिमय के लिए, उसके उत्पादक दिशाओं में सक्रिय होने की मांग करनी चाहिए। उन्हें कहना चाहिए कि शिक्षित होकर हम अपनी शिक्षा का पूरा उपयोग करना चाहते हैं।

और मेरी अपनी समझ यह है कि जिस दिन स्त्रियां जगत में उत्पादक हो जाएंगी उस दिन हम जगत को समृद्ध करने में बहुत बड़ा काम कर सकेंगे। आधी दुनिया कुछ भी न करे, तब अकेली आधी दुनिया से जगत समृद्ध नहीं हो सकता। स्त्रियों को कुछ सृजन करने में लगना पड़ेगा।

लेकिन पुरुषों के अहंकार को बड़ी चोट लगती है। यह पुरुषों का अहंकार है कि वे कहते हैं कि उनकी पत्नियां काम नहीं करेंगी। पुरुष को सदा से यह खयाल है कि पत्नी को सदा उस पर निर्भर होना चाहिए। इस खयाल में बड़ा राज है, इसमें बड़ा सीक्रेट है। असल में जिस स्त्री को गुलाम रखना हो उसे आर्थिक रूप से स्वतंत्र न होने देना बुनियादी तर्क है। अगर स्त्री को गुलाम रखना है तो वह निर्भर होनी चाहिए सब बातों पर पुरुष के ऊपर। साड़ी भी उसे चाहिए तो पुरुष पर निर्भर होना चाहिए, भोजन भी चाहिए तो पुरुष पर निर्भर होना चाहिए। जिंदगी के जीने के लिए उसे पुरुष पर निर्भर होना चाहिए।

इसलिए पुरुष अपनी स्त्री को काम नहीं करने देगा। बल्कि दूसरे पुरुष भी उसको कहेंगे कि तुम अपनी स्त्री से काम करवाते हो? जैसे यह कोई अपमानजनक बात है। जैसे स्त्री का काम करना कोई बुरी बात है। और पुरुष के अहंकार को चोट लगती है कि उसकी स्त्री काम कर रही है। उसका मतलब? उसका मतलब कि वह पूरी तरह से स्त्री को निर्भर नहीं बना पा रहा है, स्त्री आत्मनिर्भर हुई जा रही है। पुरुष स्त्रियों को शाखाओं, वल्लरियों की तरह चाहते हैं। कवियों ने कविताएं भी लिखी हैं, तुमने भी अपने कोर्सेज में पढ़ी होंगी कि पुरुष तो एक वृक्ष है और स्त्रियां लताएं हैं जो पुरुष का सहारा लेकर और वृक्ष पर फैलती हैं। वे सीधी खड़ी नहीं हो सकतीं, वे कोई वृक्ष नहीं हैं।

झूठी है यह बात। यह बिलकुल झूठी बात है, स्त्रियां खुद भी वृक्ष बन सकती हैं। और असल में जो लताओं की तरह हैं स्त्रियां, जो पुरुषों के सहारे ही खड़ी हो सकती हैं, वे गुलाम ही रहेंगी, वे कभी स्वतंत्र नहीं हो सकतीं। क्योंकि लताएं कैसे स्वतंत्र हो सकती हैं? स्त्रियों को भी वृक्ष बनना पड़ेगा अपनी हैसियत से।

इसका यह मतलब नहीं है कि दो वृक्षों में मैत्री नहीं हो सकती। मैत्री होने के लिए किसी का लता होना जरूरी है, ऐसा आवश्यक नहीं है।

अभी एक बहुत मजेदार घटना घटी। अमेरिका में पिछली बार जब जनगणना हुई, तो जनगणना के लिए जो कागज-पत्र छपते हैं वे तो पुरुषों की दुनिया के हैं, लेकिन अमेरिका में बहुत सी बदलाहट हो गई है। कागज-पत्र पुराने हैं।

यहां भी जब जनगणना होती है तो पूछा जाता है: घर का प्रमुख कौन है? तो आमतौर से प्रमुख अब तक दुनिया में पति ही होता रहा है। तो पति का नाम प्रमुख में लिखा जाता है कि पति प्रमुख है।

तो अमेरिका में वह जो जनगणना थी, उसमें जो लिखा हुआ था, जो फार्म भरना था उसमें लिखा था: घर का पति और प्रमुख कौन है? कई घरों में स्त्रियां प्रमुख हो गई हैं अमेरिका में, क्योंकि वे पति से ज्यादा कमा रही हैं। और कछ मार्गों पर स्त्रियां पतियों से

ज्यादा हमेशा कमा सकती हैं। कुछ दिशाओं में पति बिलकुल बेमानी हैं, उन दिशाओं में स्त्रियों की कमाई का कोई अंत नहीं हो सकता। कुछ दिशाओं में स्त्रियां ही ज्यादा प्रोडक्टिव हो सकती हैं। तो पतियों से ज्यादा कुछ पत्नियां कमा रही हैं। लेकिन उस फार्म में लिखा हुआ था कि घर का पति और प्रमुख कौन है?

प्रमुख तो स्त्री थी, लेकिन वह पति नहीं थी। तब बड़ी कठिनाई हो गई। इस बार अमेरिका के फार्म पर बड़ी गलत चीजें भरी गईं। उसमें यह भरना पड़ा कि प्रमुख तो पत्नी है, लेकिन पति वह नहीं है, पति कोई और है।

एक स्त्री ने अमेरिकी सीनेट से यह मांग की कि अगली दफा फार्म में ऐसा होना चाहिए कि जो प्रमुख है वही पति की जगह अपना नाम भरे, चाहे वह स्त्री हो। इससे कोई फर्क नहीं पड़ता। और जो गैर-प्रमुख है वह चाहे पति ही हो वह गैर-प्रमुख की जगह नाम भरे, चाहे पति हो और पत्नी की जगह नाम भरना पड़े। असल में, हसबेंड अब भविष्य में जरूरी रूप से पुरुष ही होगा, यह मानना आवश्यक नहीं है; हसबेंड स्त्री भी हो सकती है।

असल में जो प्रमुख है...पति का मतलब क्या होता है? कभी सोचा नहीं होगा कि पति का मतलब होता है स्वामी। उसका मतलब होता है मालिक, वह जो प्रमुख है। पति का मतलब होता है मालिक, वह जो प्रमुख है। इसलिए पति को स्वामी भी स्त्रियां कहती हैं। स्त्रियां चिट्ठी भी लिखती हैं अपने पति को तो लिखती हैं: आपकी दासी। और पति बड़े प्रसन्न होते हैं। और पति स्त्रियों को समझाते हैं कि हम परमात्मा हैं। और स्त्रियां स्वीकार भी करती हैं कि आप परमात्मा हैं और हम दासी हैं।

ये खतरनाक और विषाक्त बातें तोड़ देनी पड़ेंगी। इनका कोई भविष्य नहीं हो सकता। स्त्री को अपनी हैसियत से खड़ा होना पड़ेगा। लेकिन वह अपनी हैसियत से तभी खड़ी होगी जब अपनी शिक्षा को उत्पादक, अपनी शिक्षा को प्रोडक्टिव बनाने की मांग करे। तुम शिक्षित हो जाओगी कल, तब तुम शिक्षित होकर सिर्फ पत्नी बनने से राजी मत हो जाना। क्योंकि शिक्षित हो जाने के बाद सिर्फ पत्नी बनना मुल्क का बहुत बड़ा नुकसान करना है। तुम्हारे ऊपर जो शिक्षा में पैसा व्यय किया गया मुल्क का वह व्यर्थ गया। अरबों रुपया मुल्क का व्यर्थ गया और करोड़ों स्त्रियों की शक्ति व्यर्थ गई जो काम में आ सकती थी।

अब जैसे मैंने कहा कि कुछ दिशाएं हैं जो स्त्रियों के लिए ही होनी चाहिए। जैसे मेरा मानना है कि शिक्षण का अधिकतम काम स्त्रियों के हाथ में चला जाना चाहिए। शिक्षण का काम पुरुषों के हाथ में कम से कम रह जाना चाहिए। असल में पुरुष का होना शिक्षक होने में बाधा है। उसके कई कारण हैं। शिक्षक का काम है टु परसुएड। शिक्षक का काम है लोगों को समझाना, फुसलाना, बच्चों को कुछ बातें जानने के लिए राजी करना। असल में परसुएशन की, फुसलाने की ताकत जितनी स्त्री में है उतनी पुरुष में नहीं है। हमले की ताकत ज्यादा है। किसी पर आक्रमण करना हो तो पुरुष बहुत जरूरी है। लेकिन किसी को फुसलाना हो तो स्त्री जरूरी है। इसलिए फुसलाने के जितने काम हैं, परसुएशन के जितने काम हैं, वे सब स्त्रियों के हाथ में चले जाने चाहिए।

अगर एक दुकान पर कोई जूता पुरुष बेचता है और किसी दूसरे पुरुष के पैर में जूता डालता है, तो वह पुरुष कह सकता है—मुझे पसंद नहीं पड़ा। अगर कोई स्त्री उसके पैर में जूता डालती है और कहती है, पैर बहुत सुंदर मालूम पड़ रहा है ! तो इनकार करना मुश्किल हो जाता है। इसलिए सारी समझदार कौमों में सेल्समैन का काम स्त्री के हाथ में चला जा रहा है, वह पुरुष से छिनता जा रहा है। दुकानों पर काउंटर पर स्त्री आती जा रही है, पुरुष पीछे हटता जा रहा है। वह मैनेजर तो रह गया है, लेकिन सेल्समैन नहीं रह गया। क्योंकि यह पाया गया कि स्त्री ग्राहक को राजी करने में सक्षम है पुरुष से बहुत ज्यादा। पुरुष को इनकार किया जा सकता है, स्त्री को इनकार करना कठिन है।

इसलिए जितने काम परसुएशन के हैं—चाहे शिक्षा के, चाहे दुकान पर चीजें बेचने के, चाहे नर्सरी के, चाहे डाक्टर के—वे सारे के सारे धीरे-धीरे स्त्रियों के हाथ में चले जाने चाहिए। उस जगह से पुरुष को छोड़ देना चाहिए। यह बहुत आश्चर्य की बात है कि स्त्रियों की जो क्षमताएं हैं उनका अपशोषण ठीक से दुनिया में नहीं हो पाया। उनका अपशोषण पूरी तरह होना चाहिए। वे जो कर सकती हैं पुरुष से बेहतर, उन्हें निश्चित ही करना चाहिए। और मांग करनी चाहिए कि वे जगह पुरुष खाली कर दें।

स्वभावतः, स्त्रियों का युद्ध के मैदान पर कोई बहुत उपयोग नहीं हो सकता। और उन्हें युद्ध के मैदान पर नहीं ले जाना चाहिए। क्योंकि मैं मानता हूं कि स्त्री चाहे कितनी ही देशभक्त हो, जब किसी दूसरे की छाती में बंदूक मारने का खयाल आएगा तो दो बार उसके हाथ कंप जाएंगे। वह यह भूल जाएगी कि दूसरा आदमी दुश्मन है। उसे यही दिखाई पड़ने लगेगा—दूसरा भी आदमी है; उसकी भी कोई पत्नी होगी, उसका भी कोई बेटा होगा।

लेकिन हम अजीब हैं ! अगर हम स्त्रियों को शिक्षित भी करना चाहते हैं तो हम उनको एन सी सी की भी ट्रेनिंग दे रहे हैं, जो बिलकुल फिजूल और गलत है। उनको एन सी सी की ट्रेनिंग देने की कोई भी जरूरत नहीं है। उसका उनकी जिंदगी में कोई उपयोग होने वाला नहीं है। और उचित भी नहीं है कि हम उनसे वह उपयोग करवाएं। क्योंकि जो स्त्री युद्ध के मैदान में लड़ने में समर्थ हो जाएगी वह मां बनने में समर्थ नहीं रह जाएगी। और जो स्त्री युद्ध के मैदान पर बंदूक चला सकेगी वह अच्छी पत्नी नहीं हो सकेगी। उसका जीवन कठोर हो जाएगा, उसके भीतर कोई चीज सख्त हो जाएगी, पथरीली हो जाएगी। उसके भीतर वह जो करुणा है, वह जो ममता है, वह जो प्रेम है, वह सूख जाएगा।

न, स्त्री के हृदय की जो संभावनाएं हैं उनका हमें अपशोषण उन दिशाओं में करना चाहिए जहां वे उपयोगी हो सकती हैं।

अब मेरा मानना है कि शिक्षण, चिकित्सा, दुकान, इनका सारा का सारा काम स्त्रियों के हाथ में चला जाना चाहिए। यूरोप में या अमेरिका में, जहां भी स्त्रियों ने अपने को प्रकट करने की कोशिश की है, कुछ चीजें उनके हाथ में चली गई हैं। जैसे आज कोई भी बड़ी फर्म पुरुष से पत्र नहीं लिखवाएगी। सारी बड़ी फर्में यूरोप और अमेरिका की जो पत्र-व्यवहार कर रही हैं वह स्त्रियों से हो रहा है। स्त्री की क्षमता पत्र लिखने की, पुरुष

की क्षमता से बहुत ज्यादा गहरी है। असल में, पुरुषों ने कोई बहुत अच्छे पत्र आज तक नहीं लिखे। लंबे तो बहुत लिखे हैं, बहुत अच्छे पत्र नहीं लिखे। उसके पत्र भी उसके हिसाब-किताब के पत्र हो जाते हैं। स्त्री के साधारण पत्र भी उसके हृदय के पत्र हो जाते हैं, वे ज्यादा प्रभावी हो जाते हैं।

तो मैं यह कहना चाहूंगा कि अब तक स्त्री का जो रोल रहा है उस पर तम शक करना, संदेह करना, प्रश्न उठाना। और शिक्षित हो जाओ तो अपनी शिक्षा को उत्पादक दिशाओं में संलग्न करने की मांग करना। यह मांग सिर्फ इतने से पूरी न होगी कि स्त्रियों को समान मताधिकार मिल जाए। समान मताधिकार से कुछ बहुत हल न होगा, समान स्थिति भी चाहिए। और यह समान स्थिति तब तक नहीं मिल सकती जब तक स्त्रियां आर्थिक रूप से स्वतंत्र न हो जाएं।

एक अंतिम बात, फिर मैं अपनी बात पूरी कर दूंगा।

जहां तक मैं समझ सका हूं, मैंने यह अनुभव किया है कि जो स्त्री भी पुरुष के ऊपर निर्भर है वह पुरुष पर सदा के लिए नाराज होती है। होगी ही। जिस पर हम निर्भर होते हैं उस पर हम कभी प्रसन्न नहीं हो सकते। जिस पर हम निर्भर होते हैं उसके ऊपर हम सदा क्रोध से भरे होते हैं। असल में जिसके हम गुलाम हैं उसके हम मित्र नहीं हो सकते। मित्रता के लिए समान खड़ा हो जाना बहुत जरूरी है। मुझे ऐसा प्रतीत होता है, सारी स्त्रियां पुरुषों के प्रति क्रोध से भरी होती हैं। उनका क्रोध बहुत-बहुत रूपों में निकलता रहता है। उसके निकलने के रास्ते उन्हें खोजने पड़ते हैं, लेकिन वह क्रोध निकलता रहता है। पुरुष और उनके बीच प्रेम की स्थिति बनने में कठिनाई पड़ रही है, क्योंकि वे स्वतंत्र नहीं हैं। जिसे भी हमें मित्र बनाना हो उसे स्वतंत्र कर देना जरूरी है।

यह पुरुष के भी हित में है कि स्त्री पूरी तरह स्वतंत्र हो जाए, आर्थिक रूप से भी स्वतंत्र हो जाए। और यह स्त्री के भी हित में है कि वह पूरी तरह स्वतंत्र हो जाए। स्त्री और पुरुष दोनों स्वतंत्र रूप से जिस दिन मिलेंगे उस दिन उनके बीच एक मैत्रीपूर्ण, एक फ्रेंडली संबंधों का नया आयाम, नया अध्याय शुरू हो जाएगा। यह अध्याय जब तक शुरू नहीं होता तब तक हम आदमी को बहुत सुख और शांति में नहीं पहुंचा सकते हैं।

लेकिन पुरुष इतना उत्सुक नहीं होगा इन सारी बातों के लिए, क्योंकि इन सारी बातों के लिए पुरुष को कुछ जगहें छोड़नी पड़ेंगी। इन सारी बातों के लिए स्त्री को विद्रोही रुख लेना पड़ेगा। स्त्री को इन सारी बातों के लिए रिबेलियस होना पड़ेगा। स्त्री को इन सारी बातों के लिए क्रांति की तैयारी जुटानी पड़ेगी। लेकिन स्त्री शायद क्रांतिकारी होने में बड़ी कठिनाई अनुभव करती है। कठिनाई उसकी है। उसने कभी क्रांति की भाषा में नहीं सोचा है।

यह जान कर हैरानी होगी कि स्त्री ने बहुत ज्यादा इस दिशा में सोचा ही नहीं कि उसकी जो जीवन की स्थिति है वह अन्यथा हो सकती है या नहीं हो सकती। उसके पुरुष से जो संबंध हैं वे भिन्न हो सकते हैं या नहीं हो सकते। उसका जो परिवार है वह बदला जा सकता है या नहीं बदला जा सकता। उसने इस संबंध में कोई चिंतन नहीं किया है।

मैं यह कामना करूंगा कि तुम जब बड़ी हो जाओ—और बड़ी रोज होती चली जाओगी—तो तुम सोचना और तुम अपनी जिंदगी को उसी ढर्रे और ढांचे में मत डाल देना जिसमें अतीत की सारी स्त्रियों ने अपने को डाल दिया। तुम सवाल उठाना। सवाल उठाने से तुम्हें कठिनाइयां होंगी, तुम्हें मुश्किल पड़ेगी। हो सकता है कि एक-दो पीढ़ी की स्त्रियों को संक्रमण से गुजरना पड़े और बहुत सी तकलीफ झेलनी पड़े। लेकिन वह तकलीफ भी आनंदपूर्ण होगी। स्वतंत्रता के लिए झेले गए दुख भी आनंदपूर्ण हैं, परतंत्रता में झेले गए सुखों का भी बहुत सुख नहीं है।

सीता को अब बहुत दिन तक तुम आदर्श मत मानना। अब शक करना। और राम के दुर्व्यवहार पर भी थोड़ा शक करना। सीता को राम जिस दिन लेकर आए हैं लंका से, तो राम उनकी परीक्षा लेना चाहे। राम को शक है सीता के चरित्र पर, तो अग्नि-परीक्षा ली उन्होंने। सीता भी शक कर सकती थी। क्योंकि राम भी इतने दिन अकेले थे, सीता ही अकेली नहीं थी। सीता भी शक कर सकती थी। सीता भी कह सकती थी—अगर अग्नि-परीक्षा हो रही है तो हम दोनों ही इसमें से प्रवेश करें। लेकिन सीता ने यह शक नहीं किया। यह शक तुम भविष्य में करना। अगर यह परीक्षा है तो दोनों ही गुजरना।

और आश्चर्य की बात है कि सीता परीक्षा से भी गुजर गई-शांत, भली, लेकिन गैर-क्रांतिकारी स्त्री-और राम फिर भी अयोध्या आकर उसे घर के बाहर निकाल दिए, क्योंकि फिर किसी पुरुष ने शक कर दिया। परीक्षा से निकली हुई स्त्री फिर संदिग्ध हो गई। गर्भवती स्त्री, जिसके पेट में बच्चा था, उसको राम ने जंगल में छुड़वा दिया। फिर भी राम पूज्य बने हुए हैं—पुरुषों के लिए कम, स्त्रियों के लिए ज्यादा। मैं नहीं देखता कि राम के मंदिर में पुरुष ज्यादा दिखाई पड़ते हों। हां, अपनी पत्नियों के पीछे कुछ दो-चार पहुंच जाते हों, बात अलग। नहीं तो स्त्रियां ही दिखाई पड़ती हैं।

नहीं, यह सवाल अब पूछना जरूरी हो गया है। यह दुर्व्यवहार अब आगे नहीं होना चाहिए। सीता को अब आदर्श मत मानना। या सीता में धन क्रांति और जोड़ देना, प्लस रेवोल्यूशन और कर देना, तो भविष्य की ठीक-ठीक नारी पैदा हो पाएगी।

लेकिन पुरुष समझाए चले जाएंगे कि स्त्री को सीता जैसा होना चाहिए। उनका हित है इसमें, उनका वेस्टेड इंट्रेस्ट है, उनका स्वार्थ है इसमें, उनके हित में है कि वे स्त्रियों को समझाएं कि तुम सीता जैसी बनो। लेकिन तुम भी उनको समझाना कि कृपा करके आप राम जैसे मत बन जाना। और अगर अब तुम राम जैसे बने तो स्त्री सीता जैसा बनने से इनकार करती है।

इसलिए मैंने यह बात शुरू की थी कि यह मुल्क अब तक विश्वास पर जीता रहा है, इसने जीवन के किन्हीं पहलुओं पर प्रश्न नहीं उठाए, जिंदा सवाल। उनकी वजह से हम मुर्दा हो गए हैं। तुम्हारे संदर्भ में मैंने थोड़ी सी बातें कहीं कि तुम सवाल उठाना। हजार सवाल हैं, मैंने तो उदाहरण के लिए थोड़ी सी बातें कहीं। हजार सवाल हैं, जो जिंदगी में चारों तरफ से पूछे जाने योग्य हैं। और अगर हमने पूछना शुरू कर दिया तो उनके उत्तर देने

पड़ेंगे। और एक दफा गलत उत्तरों पर सवाल उठ गए तो उन उत्तरों को गिर जाना पड़ेगा और नये उत्तर पैदा हो सकेंगे।

नहीं, स्त्री को दासी नहीं होना है, भविष्य में उसे मित्र होना है। न पुरुष को परमात्मा होने की जरूरत है, आदमी होना काफी है।

लेकिन पुरुष परमात्मा होने की कोशिश में आदमी भी नहीं हो पाता, शैतान हो जाता है। और स्त्री को भी देवी बनाने की तरकीबें बंद की जाएं, देवी बनाने की कोई जरूरत नहीं है। हड्डी-मांस की स्त्री ठीक अर्थों में स्त्री हो सके तो काफी है। और जो ठीक स्त्री हो सके वह शायद कभी देवी भी हो जाए, लेकिन देवी होने की कोशिश में हो सकता है ठीक स्त्री भी न हो पाए। यही अब तक हुआ है। इसलिए बहुत ऊंचे आदर्शों की बात मत करना, जिंदगी और जमीन के आदर्शों को स्थापित करना है। आयडियल्स ऑफ दिस अर्थ, इस जमीन के, इस जिंदगी में जीने योग्य आदर्श स्थापित करना है।

बहुत बार ऐसा होता है, आकाश की बातें करने वाले लोग जमीन की जिंदगी को जीना भूल जाते हैं। ऐसा इस मुल्क में हुआ।

एक छोटी सी कहानी, अपनी बात मैं पूरी कर दूं।

मैंने सुना है कि यूनान में एक ज्योतिषी एक दिन रात अंधेरे में आकाश के तारे देखते हुए चल रहा था। एक कुएं में गिर पड़ा। स्वभावतः, आकाश के तारे देख रहा था, जमीन का कुआं दिखाई नहीं पड़ा होगा, गिर पड़ा कुएं में। बहुत चिल्लाया, बहुत रोया, पास किसी दूर खेत में एक बूढ़ी औरत भी थी, उसने आकर उसे बामुश्किल बाहर निकाला। वह ज्योतिषी बहुत बड़ा था। वह बूढ़ी साधारण किसान औरत थी।

उस ज्योतिषी ने उस बूढ़ी स्त्री से कहा, मां, शायद तुझे पता नहीं कि मैं यूनान का सबसे बड़ा ज्योतिषी हूं। मैं जितना जानता हूं चांद-तारों के संबंध में, शायद पृथ्वी पर कोई आदमी नहीं जानता। अगर तुझे कभी चांद-तारों के संबंध में कुछ जानना हो तो मेरे पास आ जाना। बड़े सम्राट पूछने आते हैं, सभी सम्राटों को मैं समय नहीं दे पाता। तुझे कभी पूछना हो तो तेरे लिए द्वार खुला होगा।

उस बूढ़ी स्त्री ने कहा, बेटा, मैं कभी नहीं आऊंगी। द्वार तू खुला मत रखना।

क्यों? उस लड़के ने पूछा, उस युवक ज्योतिषी ने पूछा।

उस बूढ़ी औरत ने कहा, इसलिए मैं नहीं आऊंगी कि जिसे अभी जमीन के गड्ढे नहीं दिखाई पड़ते उसके चांद-तारों के ज्ञान का भरोसा नहीं किया जा सकता।

इस देश में हम आकाश की बातें करते-करते जमीन पर खो गए हैं, सब गड्ढे में गिर गए हैं। इस जिंदगी को सीधे जमीन के हिसाब से बनाने की जरूरत है। इसलिए मैं तुमसे आखिरी यह बात कहना चाहूंगा कि पृथ्वी को आकाश के आदर्शों में ढालने की आवश्यकता नहीं है; पृथ्वी को अपने संभव आदर्श खोजने की जरूरत है। और यह भी मैं मानता हूं कि पुरुष की बजाय स्त्री जो है पृथ्वी के सदा ज्यादा करीब है। पुरुष अक्सर आकाश के आदर्शों में खो गया है। लेकिन स्त्री पृथ्वी के बहुत करीब है, वह ज्यादा

अर्थली है। कहना चाहिए कि वह ज्यादा प्रकृति और पृथ्वी के निकट है। अगर स्त्री अपने को पूरी तरह से अभिव्यक्त करे तो हम जमीन को सुंदर, स्वस्थ, युद्ध से शांत, आनंदपूर्ण बनाने में समर्थ हो सकते हैं।

मेरी ये बातें, इतनी शांति और प्रेम से सुनीं, उससे मैं बहुत अनुगृहीत हूं। और अंत में सबके भीतर बैठे प्रभु को प्रणाम करता हूं। मेरे प्रणाम स्वीकार करें।

प्रश्न: हिंदुस्तान में हम स्त्री को असमान नहीं मानते हैं, हम स्त्री को आदर का स्थान देते हैं। मैं पूछना चाहता हूं कि अमेरिका जैसे मुल्क में, जहां बचपन से सोसायटी में आदमी और औरत में कोई भी किस्म का फर्क नहीं होता है, जहां बच्चे उन्मुक्त वातावरण में मिलते हैं, खेलते हैं, क्या वहां पर जो लोग हैं वे आपस में एक-दूसरे के साथ प्रीति, प्रेम को उपलब्ध होते हैं? क्या वहां के बच्चे जो हैं अपने मां-बाप के जीवन के जो आदर्श हैं, जीवन का जो उद्देश्य है, उसके साथ बड़े होते हैं? हम लोग जहां तक जानते हैं, वहां पर जो जीवन है वह सुखी नहीं है। वहां के बच्चे रोज-रोज परिवार से टूट रहे हैं, परिवार बिखर रहा है। आपका इस संदर्भ में क्या कहना है?

दो-तीन बातें उठाईं, वे सब उपयोगी हैं और समझने जैसी हैं।

पहली बात तो यह कि हम इस भ्रम में सदा से रहे हैं कि हम स्त्री का आदर करते हैं। असल में आदर की बात बहुत धोखे की और डिसेप्शन की बात है। क्योंकि जिस स्त्री को हम आदर करते हैं, उसे हमने हजारों साल तक शिक्षा क्यों नहीं दी? जिस स्त्री को हम आदर करते हैं, उस स्त्री को हमने मोक्ष जाने का अधिकार नहीं दिया है। जिस स्त्री को हम आदर करते हैं, उस स्त्री को हमने ऊंचा उठाने के लिए पांच हजार सालों में क्या किया है? अगर आदर हार्दिक है तो उसके परिणाम दिखाई पड़ते। लेकिन उसके कोई परिणाम दिखाई नहीं पड़ते हैं। हां, आदर सीता जैसी स्त्रियों के लिए है। वह आदर इसलिए है कि उस आदर के माध्यम से हम स्त्री को पुरुष का गुलाम बनाने में समर्थ हो सके हैं। आदर बहुत तरकीब की बात है।

अभी मैं पटना में था, तो पुरी के जगतगुरु शंकराचार्य स्त्रियों की एक सभा में बोल रहे थे। मैं भी उस सभा में था। तो वे उन स्त्रियों को समझा रहे थे कि हम तो तुम्हें सदा से देवी मानते हैं। इसीलिए हमने तुम्हें शिक्षा नहीं दी, क्योंकि देवियों के लिए शिक्षा की क्या जरूरत! वे तो ज्ञान लेकर पैदा ही होती हैं। उन्होंने एक अत्यंत मूढ़ता की बात कही। और उन्होंने यह कहा कि हम तो हिंदू जाति इसीलिए स्त्रियों को शिक्षा नहीं देती कि हम तो मानते हैं कि स्त्री तो सदा से ज्ञानवान है ही। इसलिए हमने शिक्षा नहीं दी। उन्होंने यह भी बड़े मजे की बात कही कि हिंदुस्तान में तो अगर पंडित की पत्नी है तो पंडित की पत्नी होने से पंडिताइन हो जाती है। उसको अलग से पंडित होने की कोई जरूरत नहीं है।

यह कोई साधारण आदमी कह रहा होता तो हंसी में टाली जा सकती है। जब शंकराचार्य की हैसियत का कोई आदमी यह कहे तो विचारणीय मामला है। तब तो मैं कहूंगा कि कृपा करके अब स्त्रियों को आप आदर मत दें। और आदर उचित भी नहीं है। आदर का कोई कारण भी नहीं है। न तो स्त्रियों के पुरुषों को आदर दिए जाने का कोई कारण है, न पुरुषों के द्वारा स्त्रियों को आदर दिए जाने का कोई कारण है। स्त्री और पुरुष समान हैं, आदर का कोई सवाल ही नहीं उठता।

असल में जहां आदर है वहां अनादर भी होगा ही। समानता न अनादर करती है, न आदर करती है। दोनों की कोई जरूरत नहीं है। समानता पर्याप्त, पर्याप्त बात है। समानता का अर्थ है समादर। हम दोनों एक-दूसरे का उतना आदर करते हैं जितना दोनों की समानता में जरूरी है। इससे ज्यादा कोई आवश्यकता नहीं है। स्त्री को आकाश में उठाने की जरूरत नहीं है। क्योंकि उठाने का कोई कारण भी नहीं है। वह उतनी ही पार्थिव है, देवी वगैरह नहीं है, जितना आदमी पार्थिव है।

दूसरी बात उन्होंने ज्यादा महत्वपूर्ण उठाई है। वह सवाल है कि अमेरिका में परिवार ज्यादा दुखी है।

यह बात सच है। इसे मैं स्वीकार करता हूं कि अमेरिका में परिवार ज्यादा दुखी है। लेकिन दूसरी बात मैं स्वीकार नहीं करता कि हिंदुस्तान में परिवार ज्यादा सुखी है। और एक और कीमती बात आपको सुझाना चाहता हूं वह यह कि परिवार वहां दुखी इसीलिए है कि परिवार वहां सुखी होने की कोशिश कर रहा है। वहां परिवार के दुख का जो बोध है वह सुख की बढ़ती हुई इनटेंसिटी की वजह से है। असल में जिस मात्रा में हम सुख को बढ़ाते हैं उस मात्रा में दुख बढ़ जाता है। जिस मात्रा में हम सुख को बढ़ाते हैं उसी मात्रा में दुख बढ़ जाता है।

जैसे हिंदुस्तान परिवार कम दुखी है, क्योंकि परिवार कम सुखी भी है। हिंदुस्तान में हमने वे सारे खतरे ही अलग कर दिए हैं जिनसे सुख हो सकता था। अगर बाल-विवाह किया है किसी व्यक्ति का, तो उसकी जिंदगी में और भी परिवार कम दुख का होगा, क्योंकि और भी कम सुख का होगा। असल में जो चीज जितना सुख दे सकती है उतना ही दुख दे सकती है। दुख और सुख की क्षमताएं बराबर होती हैं।

अगर एक आदमी ने प्रेम करके विवाह किया है तो उसकी जिंदगी में दुख ज्यादा हो सकता है, क्योंकि उसने जिंदगी में ज्यादा सख पाने की कोशिश भी की है। जब मैं किसी को प्रेम करता हूं और उससे विवाह करता हूं, तो मैं जो सुख पाता हूं वह बाल-विवाह करने वाला आदमी सुख नहीं पा सकता। निश्चित ही, मैं जो दुख पाऊंगा अगर प्रेम टूट गया तो, बाल-विवाह करने वाला उस दुख को कभी नहीं पा सकता। क्योंकि प्रेम था ही नहीं, तो टूटेगा क्या खाक? टूटने के लिए भी प्रेम तो होना ही चाहिए।

एक गरीब आदमी अपनी गरीबी में उतना दुखी नहीं होता, अगर कोई अमीर आदमी गरीब हो जाए तो जितना दुखी होता है। निश्चित ही! क्योंकि अमीर आदमी ने सख भी

जाना, गरीब आदमी ने सुख ही नहीं जाना। एक अमीर आदमी अगर गरीब होता है, तब उसे गरीबी अखरती है। गरीब आदमी को उतनी कभी नहीं अखरती। लेकिन इसका क्या यह मतलब है कि हम लोगों से कहें कि अमीर होने की कोशिश मत करना, क्योंकि अगर कभी गरीब हो गए तो बहुत अखरेगा, इसलिए गरीब ही बने रहना।

नहीं, हिंदुस्तान की जो तरकीब थी, वह यह थी कि प्रेम एक बहत बड़ी इनटेंस फीलिंग है, प्रेम एक बहुत तीव्र प्रतीति है, उसका सुख बहुत गहरा है। लेकिन स्वभावतः इतने गहरे सुख को जो लेने जाएगा वह इतने गहरे सुख को अगर टूट जाए तो इतने ही गहरे दुख में भी पड़ेगा। इसलिए हमने प्रेम को हटा ही दिया था। हम पंडित से पूछ लेते थे, बाप तय करता था, मां तय करती थी, परिवार तय करता था। सिर्फ जिनका विवाह हो रहा था वे भर तय करने के बाहर थे, बाकी सारे लोग तय करते थे।

एक छह साल, आठ साल, दस साल के लड़के का, आठ साल, छह साल की लड़की से विवाह हो रहा है। ये दोनों पार्टी नहीं थे विवाह में, पार्टी दूसरी थीं जो विवाह कर रही हैं। इनकी जिंदगी में कभी दुख ज्यादा नहीं आएगा, क्योंकि इनकी जिंदगी में सुख कभी ज्यादा नहीं आएगा।

सुकरात से किसी ने मरने के पहले एक सवाल पूछा था कि तुम अगर संतुष्ट सुअर हो सको, तो तुम संतुष्ट सुअर होना पसंद करोगे कि असंतुष्ट सुकरात होना पसंद करोगे?

सुकरात ने कहा कि मैं असंतुष्ट सुकरात होना पसंद करूंगा। क्योंकि संतुष्ट सुअर को यह भी पता नहीं चलेगा कि वह संतुष्ट है। संतुष्ट होना पता चले, इसके लिए असंतुष्ट होने की क्षमता चाहिए।

तो मैं मानता हूं कि अमेरिका में ज्यादा दुख पैदा हुआ है, क्योंकि अमेरिका ने ज्यादा सुख चाहा है। और अमेरिका ज्यादा सुख की खोज कर रहा है, इसलिए ज्यादा दुखी भी होगा। आप ज्यादा दुखी नहीं हैं, क्योंकि आप ज्यादा सुख की खोज नहीं कर रहे। लेकिन आपकी हालत मैं बहुत बेहतर नहीं मानता। अगर मुझे आप और अमेरिका में चुनना पड़े तो मैं अमेरिका को चुनूंगा, आपको नहीं चुनूंगा। उसके कारण हैं। उसके कारण ये हैं कि अमेरिका जो खोज कर रहा है वह अभी बीस-पच्चीस-तीस साल की खोज है। अगर अमेरिका के प्रयोग को दो सौ साल का मौका मिला तो अमेरिका अधिकतम सुख को खोज लेगा। और आप पांच हजार साल से इस प्रयोग को कर रहे हैं और किसी तरह का सुख नहीं खोज पाए हैं। और आपका प्रयोग अच्छी तरह असफल हो गया है। अमेरिका के प्रयोग को मौका मिलने दें, वक्त मिलने दें।

और अमेरिका के दुख की जो बातें हिंदुस्तान में की जाती हैं, वह वे लोग करते हैं जो हिंदुस्तान की व्यवस्था को कायम रखना चाहते हैं। वे बताते हैं कि देखो वहां कितना दुख है!

निश्चित ही वहां दुख होगा। वहां दुख होना निश्चित है। उस दुख का कारण है कि उन्होंने सुख को मांगा है। जो भी सुख को मांगेगा वह दुख को भी बुला रहा है। अगर मैं पहाड़ पर चढ़ना चाहूंगा तो मैं खाई में गिरने का खतरा मोल लेता हूं। अगर खाई में न गिरना

हो तो सीधी जमीन पर चलना उचित है। सीधी जमीन पर चलने वाला कह सकता है कि देखो वह जो एवरेस्ट पर चढ़ रहा था, मर गया, खाई में गिर गया। हम कभी नहीं गिरते।

आप कभी नहीं गिरते, यह सच है। लेकिन आप कभी उठते भी नहीं, यह भी सच है। और आप गिरते इसीलिए नहीं कि आप कभी चढ़ते ही नहीं। पर मैं मानता हूं कि जोखिम, रिस्क लेनी ही चाहिए।

और यह भी मैं जानता हूं कि अमेरिका में परिवार सुस्थिर नहीं रह गया है, नहीं रह जाएगा। अगर परिवार को सुस्थिर रखना है तो प्रेम से बचाना जरूरी है। अगर परिवार को स्थिर रखना है तो प्रेम को काट कर परिवार बनाना जरूरी है। तब परिवार एक डेड इंस्टीटयूशन है जो मरेगी नहीं, क्योंकि वह पहले से मरी हुई है। मुर्दे कभी नहीं मरते। इसलिए हो सकता है कब्रों में गड़े मुर्दे यह सोचते हों कि हम बड़े मजे में हैं, क्योंकि हम कभी नहीं मरते। बस्ती में जो लोग हैं वे बड़े दुख में हैं, क्योंकि उन्हें मरना पड़ता है। असल में जो व्यवस्था मरी हुई होती है वह कभी नहीं मरती।

अमेरिका ने खतरा लिया है। और मैं चाहता हूं कि हिंदुस्तान के बेटे और बेटियां भी वह खतरा लें। क्यों मैं चाहता हूं? क्योंकि उस खतरे के लेने के साथ तकलीफ तो आएगी, जोखिम तो आएगी, लेकिन सुख की संभावना भी आएगी। और जब सुख और दुख की संभावना पूरी तरह आएगी तो हमारे हाथ में है कि हम क्या चुनते हैं। अगर हमें दुख चुनना है तो हम दुख चुन सकते हैं, अगर सुख चुनना है तो हम सुख चुन सकते हैं।

इसी मुल्क ने ऐसा इंतजाम किया है कि चुनाव आपके हाथ में ही नहीं है।

एक बड़ी मजेदार बात है। मां को हम बदल नहीं सकते कभी, मेरी मां जो है वह है। क्योंकि मैं पैदा हो गया; अब मां अपरिवर्तनीय है। पिता को मैं नहीं बदल सकता, वे मेरे पिता हैं, और होंगे। मैं अपने भाई को नहीं बदल सकता, बहन को नहीं बदल सकता। ये सब गिवेन फैक्टर्स हैं। इनको मैं पाता हूं। ये मेरे निर्णय नहीं हैं। सिर्फ एक निर्णय है मेरी जिंदगी में कि मैं एक पत्नी को चुन सकता हूं। और तो कोई निर्णय नहीं है। बाकी सब संबंध तय हैं। हिंदुस्तान की तरकीब ऐसी थी कि पत्नी को भी गिवेन बना दिया था। उसको भी चुनने का उपाय नहीं था। आदमी जब होश में आता तब वह पत्नी पाता कि है ही मौजूद। जब वह प्रेम करने योग्य होता, तब उसे पता चलता कि पत्नी मौजूद है, पति मौजूद है। ये भी गिवेन फैक्टर्स थे।

लेकिन ध्यान रहे, जिंदगी जितना चुनाव करती है उतनी मुक्त होती है। मैं मानता हूं कि यह व्यक्ति का एक अधिकार, बहुत बड़ा अधिकार भारत के परिवार ने छीन रखा था। यह व्यक्ति को मिलना चाहिए। निश्चित ही जहां अधिकार मिलता है वहां भूल होती है। जहां अधिकार होता है वहां भूल की संभावना है। कैदी कोई भूल नहीं करते, क्योंकि हाथ में जंजीरें होती हैं। भूल तो स्वतंत्र लोग करते हैं, जहां हाथ में जंजीरें नहीं होतीं। लेकिन फिर भी मैं राजी नहीं हूं कि कैदी होना बेहतर है, क्योंकि वहां कोई भूल नहीं होती। मैं राजी हूं कि सड़क पर होना बेहतर है, जहां भूल हो सकती है।

लेकिन वह भूल हम करें, यह जरूरी नहीं है। अमेरिका में जो भूल हो रही है वह हम करें, यह जरूरी नहीं है। और अमेरिका के बच्चे भी बहुत ज्यादा दिन तक करेंगे, यह जरूरी नहीं है। और अमेरिका के बच्चे जो भूल कर रहे हैं उसके लिए अमेरिका के बच्चे जिम्मेवार नहीं हैं, अमेरिका की मरी हुई हजारों पीढ़ियां जिम्मेवार हैं। उसका कारण है। अगर हम किन्हीं बच्चों को भूखा रखें सैकड़ों वर्ष तक और फिर एकदम से खाने की स्वतंत्रता मिल जाए, तो लोग अगर ज्यादा खा जाएं तो इसको खाने की स्वतंत्रता की जिम्मेवारी नहीं कहा जा सकता, यह हजारों साल की भूख का परिणाम है।

अमेरिका में हजारों साल तक जिस क्रिश्चियनिटी का प्रभाव था, सैकड़ों वर्षों से यूरोप में जो क्रिश्चियनिटी प्रभावी है, उसने लोगों को सेक्सुअली स्टार्व किया है। उसने लोगों के सेक्स को दमन करवाया है। अब एकदम से स्वतंत्रता मिली है तो लोग दूसरी अति पर चले गए हैं। लेकिन ज्यादा दिन तक इस अति पर नहीं रहेंगे, वे वापस लौट आएंगे।

हम भी उसी हालत में हैं। हमें भी बहुत डर लगता है कि अगर हमने प्रेम के लिए स्वतंत्रता दी तो परिवार कहीं टूट न जाए।

लेकिन मैं यह कहता हूं कि अगर प्रेम के बिना परिवार बचता हो तो भी बचाने योग्य नहीं है। क्योंकि किसलिए बचा रहे हैं उसे? और अगर प्रेम के साथ परिवार टूटता भी हो तो भी यह जोखिम उठाने जैसी है।

लेकिन मैं नहीं मानता कि प्रेम के साथ परिवार टूट ही जाएगा। सौ-पचास वर्षों के संक्रमण में, ट्रांसमिशन में परिवार उखड़ सकता है, लेकिन परिवार वापस लौट आएगा।

रूस में जब पहली दफा तलाक शुरू हुआ तो तलाक का आंकड़ा एकदम बढ़ गया। तीस और पैंतीस परसेंट तक तलाक चला गया। रूस के नेता बहुत घबड़ाए और उन्होंने कहा कि अगर ऐसा होगा तब तो सौ परसेंट तलाक हो जाएंगे। लेकिन उन्होंने हिम्मत जारी रखी, तलाक का आंकड़ा नीचे गिर गया। आज रूस में केवल पांच प्रतिशत तलाक रह गया। और रूस के विचारकों का खयाल है कि आने वाली सदी में यह तलाक और कम हो जाएगा।

असल में कोई भी बंधन से जब एकदम छूटता तो दूसरी अति पर चला जाता है। अमेरिका में वैसा हुआ है। वैसा हम भी करें, यह जरूरी नहीं है। लेकिन अगर हमने अपने बच्चों को बहुत दिन तक रोका तो वही होगा जो अमेरिका के बाप ने अपने बच्चों को रोक कर करवाया है।

अगर हिंदुस्तान के मां-बाप समझदार हैं तो उन्हें धीरे-धीरे शिथिलता कर देनी चाहिए और धीरे-धीरे बंधन ढीले कर देने चाहिए। एकदम से नहीं, बहुत आहिस्ता से बंधन गिर जाने चाहिए कि हमें कभी पता न चले कि हम कब बंधनों के बाहर हो गए। अगर एकदम से बंधन गिरते हैं तो खतरे होते हैं। अमेरिका में जो खतरा हुआ है वह हमें करने की जरूरत नहीं है। लेकिन अमेरिका के खतरे से डर कर, हम जो हैं, हमें वही बने रहने की तो और भी जरूरत नहीं है।

इसके और बहुत से पहलू हैं, जो मैं दुबारा आऊं तो आपसे बात कर सकूं। लेकिन एक बात, मैं जो भी कहता हूं वह मानने की आवश्यकता नहीं है। मैं जो भी कहता हूं वह सिर्फ सोचने के लिए पर्याप्त है। आप सोचें, इतना काफी है। मुझसे राजी हों, यह जरूरी नहीं है। मैं इतना ही कर पाऊं कि आप सोचने में प्रवृत्त हो जाएं, तो मेरा काम पूरा हो जाता है। आप मुझसे राजी होंगे, इसकी मेरी अपेक्षा नहीं है। जल्दी किसी से राजी होना भी नहीं चाहिए, वह कमजोर मस्तिष्क का सबूत है। सोचना चाहिए, लड़ना चाहिए, झगड़ना चाहिए। अपने मन में पूरी तरह लड़ें-झगड़ें मुझसे।

मैं तो आपके प्रिंसिपल को कहा हूं कि दुबारा जब आऊं, तो जितना मैं बोलूं उससे ज्यादा वक्त पीछे मुझसे प्रश्न करने के लिए छोड़ दें।

लेकिन मैं एक दुखद सूचना आपको दूं कि सवाल एक पुरुष ने ही पूछा, स्त्रियों ने नहीं पूछा। यह जरा दुखद बात है। अगली बार जब आऊं तो आपको सवाल पूछने चाहिए। क्योंकि पुरुष ही हमेशा सवाल और जवाब कर लेंगे आपस में तो आप कब निर्णायक बनेंगी? सवाल आपसे पूछा जाना चाहिए था। आपकी भी फिक्र एक पुरुष को ही करनी पड़ी कि कहीं परिवार न टूट जाए! परिवार स्त्री का प्राण है। कहीं बच्चे न बिगड़ जाएं! बच्चों की चिंता मां का हृदय है। लेकिन वह भी एक पुरुष को पूछना पड़ता है, वह भी स्त्रियां नहीं पूछतीं तो दुख होता है।

दुबारा जब आऊं तब मैं आशा रखूंगा कि आप बहुत से सवाल तैयार रखेंगी। और अच्छी तरह लड़ें! क्योंकि मैं कोई गुरु नहीं हूं जो कि मनवाने को उत्सुक है। मैं तो सिर्फ इसमें उत्सुक हूं कि सारा मुल्क पूछने लगे। अगर पूरा मुल्क पूछने लगे, तो जो सत्य है, हम उसके करीब रोज-रोज पहुंच सकते हैं।

दूसरा प्रवचन

नारी: प्रेम की पवित्रता

मैं थोड़े विचार में पड़ गया हूं, क्योंकि मुझे कहा गया कि विशेष रूप से स्त्रियों के जीवन के संबंध में कुछ कहूं।

जैसा मैं देखता हूं, स्त्री और पुरुष का आधारभूत जीवन भिन्न-भिन्न नहीं है। मनुष्य के जीवन की जो समस्याएं हैं, वे पुरुष और स्त्री की दोनों की समस्याएं हैं। और जब हम इस भांति सोचने लगते हैं कि स्त्रियों के जीवन के लिए कुछ विशिष्ट दिशा होगी, तभी भूल शुरू हो जाती है।

जीवन की जो मौलिक समस्या है—अशांति की, दुख की, पीड़ा की—वह स्त्री और पुरुष के लिए अलग-अलग नहीं है। पहले तो मैं उस मौलिक समस्या के संबंध में थोड़ी सी बात आपसे कहूं जो सभी की है। और फिर कुछ प्रश्न पूछे हुए हैं, जो शायद स्त्रियों के लिए ही विशेष अर्थ के होंगे, उनकी भी बात करूंगा।

मनुष्य के जीवन में इतनी घनीभूत अशांति है, इतनी पीड़ा है, इतना दुख है कि जो लोग भी विचार करते हैं उन्हें यह अनुभव होगा, जीवन की व्यर्थता का अनुभव होगा। ज्ञात होगा कि जैसे जीवन में कोई अर्थ नहीं। हम जीते हैं केवल इसलिए कि मरने में समर्थ नहीं हैं। जीए जाते हैं और मृत्यु की प्रतीक्षा करते हैं।

इस भांति जीना इतना व्यर्थ और बोझिल है कि करीब-करीब जीते जी ही हम मुर्दों की भांति हो जाते हैं। कोई रस, कोई आनंद, कोई जीवन में नृत्य और संगीत नहीं रह जाता। वह सब विनष्ट हो जाता है। जैसे किसी पौधे को हम उखाड़ लें, उसकी जड़ें टूट जाएं और पौधा कुम्हला जाए, उसके फूल मुरझा जाएं, करीब-करीब मनुष्य का जीवन ऐसा हो गया है—अपरूटेड। उसकी सारी जड़ें टूट गई हैं जमीन से।

इसलिए न तो ऐसी आंखें दिखाई पड़ती हैं जो शांत हों, न ऐसे हृदय दिखाई पड़ते हैं जो आनंद से भरे हों और न ऐसे जीवन दिखाई पड़ते हैं जिनमें प्रेम का संगीत हो।

यह जो इतनी उदास, इतनी दुख से भरी और पीड़ा से भरी स्थिति है, इसके लिए क्या किया जाए? क्या हो? कौन सा रास्ता, कौन सी विधि मनुष्य को प्रफुल्लित कर सके, आनंदित कर सके?

मैंने कहा, यह कोई पुरुष और स्त्री का अलग प्रश्न नहीं है। यह तो जीवन का प्रश्न है और सभी के लिए है।

एक इस संबंध में भी पूछा है कि जीवन में अशांति है, शांति कैसे उपलब्ध हो?

जीवन में अशांति है, यह तो हमें अनुभव होता है, लेकिन शायद यह हमें दिखाई नहीं पड़ता कि उस अशांति को हमारे अतिरिक्त और कोई पैदा नहीं करता है। जीवन में अशांति का एक तो मौलिक कारण यही है कि जब भी अशांति होती है तब हम सोचते हैं कोई और अशांति को पैदा कर रहा है। जो व्यक्ति भी इस भाषा में सोचता है कि कोई और अशांति को पैदा कर रहा है उसके जीवन में शांति कभी नहीं हो सकेगी।

एक छोटी सी कहानी कहूं, उससे मेरी बात समझ में आए और फिर आगे बढ़ा जा सके।

एक छोटे से गांव में, सुबह होने को थी, सूरज निकलने को था, एक घुड़सवार आकर रुका। गांव के बाहर ही, गांव की दीवाल के बाहर ही, एक बूढ़ा आदमी बैठा हुआ था। उस घुड़सवार ने उस बूढ़े आदमी से पूछा, मैं इस गांव में रहने का निर्णय करके आया हूं। पुराना गांव मैंने बदल लिया, मैं इस गांव में रहना चाहता हूं। क्या आप बता सकेंगे कि इस गांव के लोग कैसे हैं?

उस बूढ़े आदमी ने बड़ी समझदारी की बात पूछी। उसने कहा, इसके पहले कि मैं बताऊं कि इस गांव के लोग कैसे हैं, मैं तुमसे यह पूछना चाहूंगा कि जिस गांव को तुम छोड़ कर आ रहे हो उस गांव के लोग कैसे थे?

उस आदमी ने कहा, इसे पूछने से क्या प्रयोजन?।

उस बूढ़े ने कहा, उसके बिना उत्तर देना असंभव है। मुझे बताओ जिस गांव को तुम छोड़ कर आते हो, उस गांव के लोग कैसे थे?

उस व्यक्ति ने कहा, उनका नाम भी, उनकी स्मृति भी मेरे हृदय को घृणा से भर देती है। उस गांव के लोग बहुत दुष्ट थे, बहुत बुरे थे। उन्होंने ही मुझे इतना अशांत और पीड़ित किया कि उनके कारण मुझे उस गांव को छोड़ कर आना पड़ा है। उस गांव के लोगों का नाम न लें। उनका नाम आते ही मेरे हृदय में घृणा भर आती है।

उस बूढ़े आदमी ने कहा, मित्र, तुम किसी और गांव में जाओ, इस गांव के लोग उस गांव से भी ज्यादा बुरे हैं। यह गांव तुम्हें ठीक नहीं हो सकेगा। मैं सत्तर वर्ष से इस गांव में रहता हूं, मैं लोगों को जानता हूं, वे बहुत बुरे हैं। तुम्हारे गांव के लोग, जिनको तुम बुरा कह रहे हो, इनके सामने कुछ भी बुरे नहीं हैं। तुम कोई और गांव जाओ।

वह घुड़सवार आगे बढ़ गया। और उसके पीछे ही एक बैलगाड़ी आकर रुकी। उसमें भी एक परिवार आया हुआ था। और उस परिवार ने भी उस बूढ़े से पूछा कि इस गांव के कैसे लोग हैं? हम अपने गांव को छोड़ कर आते हैं और इस गांव में रहना चाहते हैं।

बूढ़े ने फिर वही प्रश्न दोहराया। उसने कहा, मुझे बताओ, तुम जिस गांव को छोड़ कर आते हो वहां के लोग कैसे थे?

उसने कहा, उनका नाम, उनकी स्मृति मेरे हृदय को आनंद से भर देती है। उतने भले लोग पृथ्वी पर शायद ही कहीं हों। मेरा चित्त दुखी है और मेरे आंसू अभी गीले हैं। उनको छोड़ कर आना पड़ा है, इससे मेरे प्राण बहुत-बहुत दुखी हैं।

उस बूढ़े ने कहा, आओ, हम तुम्हारा स्वागत करते हैं। इस गांव के लोगों को तुम उस गांव के लोगों से बेहतर पाओगे। सत्तर वर्ष का मेरा अनुभव है, इतने अच्छे आदमी और कहीं भी नहीं हैं।

यह छोटी सी कहानी आपसे कहना चाहता हूं। वही गांव था, लेकिन उन दो अलग-अलग लोगों को उस बूढ़े ने अलग-अलग उत्तर दिए। किस बात पर निर्भर करता है कि गांव कैसा होगा? इस बात पर निर्भर करता है कि मैं कैसा हूं।

अगर मैं अशांत हूं तो यह मत सोचना कि ये जीवन में सब तरफ बुरे लोग हैं, बुरी परिस्थितियां हैं, इसलिए अशांति है। अशांति का बुनियादी कारण मनुष्य के खुद के भीतर होता है। उसके व्यक्तित्व में होता है।

इसी जमीन पर, इसी तरह की परिस्थितियों में वे लोग भी हैं जो बहुत आनंदित हैं।

महावीर, बुद्ध, कृष्ण और क्राइस्ट भी हमारे बीच पैदा होते हैं और उनके जीवन में अपूर्व आनंद है। यही परिस्थितियां हैं, यही पृथ्वी है, यही आकाश है, यही चांद-तारे हैं, यही लोग हैं। इनके बीच ही कोई व्यक्ति परिपूर्ण आनंद को उपलब्ध होता है, शांति को उपलब्ध होता है। और हम हैं, इन्हीं लोगों के बीच दुखी और पीड़ित हो जाते हैं। जरूर हमारे देखने में और हमारे होने में कुछ भेद होगा। हमारे व्यक्तित्व में, हमारे सोचने के ढंग में, हमारी जीवन-विधि में कोई भूल होगी। हमारे सोचने का ढंग, हमारे जीवन जीने की पद्धति में कोई बुनियादी खामियां होंगी। अन्यथा यह कैसे हो सकता है?

एक फकीर था जापान में, उन्नीस सौ तीस में वहां यह घटना घटी। आधी रात को अपने झोपड़े में कुछ पत्र लिख रहा था। किसी आदमी ने द्वार को धक्का दिया, द्वार अटका हुआ था, खुल गया। जो आदमी भीतर आया उसने शायद सोचा होगा कि फकीर सोया हुआ है, लेकिन फकीर जागा था। आधी रात थी, वह चोर था जो आया था। वह घबड़ा गया, उसने जल्दी से अपना छुरा बाहर निकाल लिया। उस फकीर ने कहा कि मित्र, छुरे को बंद ही रखो, यहां कोई बुरे लोग नहीं रहते हैं कि छुरा निकालने की जरूरत पड़े। छुरे को बंद ही रखो और आओ, कैसे इतनी रात को आना हुआ?

वह चोर बहुत घबड़ा गया। उसने कहा, आप पूछते ही हैं तो मैं कह दूं, मैं तो चोर हूं और चोरी करने के विचार से आया हूं।

उस फकीर की आंखों में आंसू आ गए।

उस चोर ने पूछा, क्या हुआ? आप रोते क्यों हैं?

उस फकीर ने कहा, इसलिए रोता हूं कि तुम कितनी पीड़ा में और दुख में नहीं होओगे कि तुम चोरी करने को तैयार हुए! और तुम कितनी मजबूरी में नहीं होओगे कि आधी रात को गांव को छोड़ कर एक फकीर के झोपड़े में चोरी करने आए। तुम्हारी स्थिति मेरे मन में बहुत दुख और पीड़ा पैदा करती है। और इस कारण भी मैं दुखी हूं कि मेरे पास ज्यादा भी नहीं है, कोई दस-पांच रुपये पड़े हैं। तो तुम उन्हें निकाल लो और ले जाओ।

सामने के ताक पर से उसने रुपये उठाए। जब वह जाने को हुआ तो उस फकीर ने कहा, कृपा करो, कम से कम एक रुपया वापस छोड़ दो, सुबह मुझे जरूरत पड़ सकती है। उसने एक रुपया छोड़ा और वह चोर बाहर निकला। बाहर निकलते वक्त फकीर ने फिर उससे कहा, एक काम और करो, कम से कम मुझे धन्यवाद तो देते जाओ। उस चोर ने घबड़ाहट में धन्यवाद दिया और चला गया।

वर्ष भर बाद वह पकड़ा गया। अदालत में मुकदमा था। और भी बहुत चोरियां थीं, इस चोरी का भी अदालत को पता चल गया, तो उस फकीर को अदालत में जाना पड़ा। चोर घबड़ाया हुआ था। और सारे लोगों की गवाहियों का उतना मूल्य नहीं था, लेकिन अगर फकीर कह देगा कि यह चोरी करने आया। उस फकीर की बड़ी प्रतिष्ठा थी, सैकड़ों लोग उसको पूजते थे, उसकी बात को तो कोई गलत नहीं मानेगा। वह बहुत डरा हुआ था।

फकीर अदालत में गया। मजिस्ट्रेट ने पूछा कि क्या इस आदमी को आप पहचानते हैं?

उस फकीर ने कहा, बहुत भलीभांति, ये तो मेरे पुराने परिचित हैं और मित्र हैं।

चोर घबड़ाया। मजिस्ट्रेट ने पूछा कि क्या इन्होंने कभी आपके यहां चोरी की?

उस फकीर ने कहा कि नहीं, इन्होंने कभी मेरे यहां चोरी नहीं की। हां, एक बार मजबूरी में ये रात को मेरे घर आए थे, तो मैंने इनको कुछ रुपये दिए थे और उनके बदले में इन्होंने धन्यवाद दे दिया था, बात वहीं समाप्त हो गई थी, चोरी का कोई सवाल नहीं है।

चोर तो बहुत हैरान हुआ। बाद में जब वह छूट गया तो उस फकीर के पास गया और उसने कहा, मैं बहुत हैरान हूं। एक चोर को भी आप चोर न समझ पाए?

उस फकीर ने क्या कहा? उस फकीर ने कहा, जिस दिन मेरे भीतर का चोर मर गया, उस दिन के बाद किसी को चोर समझना मुश्किल हो गया है।

हमारे व्यक्तित्व में जो नहीं है वह हमें ये सारी दुनिया नहीं दे सकती है। और जो हमारे व्यक्तित्व में है उसे सारी दुनिया की ताकत हमसे छीन भी नहीं सकती है। अगर आप अशांत हैं तो इस बात को समझना, कोई और आपको अशांत नहीं कर रहा है। कोई और कारण नहीं हैं जो आपको अशांत कर रहे हों। आप अशांत हैं, यह आपके व्यक्तित्व की किसी बुनियादी भूल के कारण हैं। अगर यह बात खयाल में न आए तो हम परिस्थितियों को बदलने में, व्यक्तियों को बदलने में जीवन को गंवा देते हैं और स्वयं को बदलने की तरफ दृष्टि पैदा नहीं होती। अशांति है तो आप कारण हैं, शांति होगी तो आप कारण होंगे।

किन बातों से अशांति पैदा होती है व्यक्तित्व में?

जीवन के प्रति अंधकारपूर्ण दृष्टि से अशांति पैदा होती है। जीवन के प्रति आलोकपूर्ण दृष्टि से शांति पैदा होती है।

क्या मेरा अर्थ है अंधकारपूर्ण दृष्टि से?

जीवन को देखने का ढंग, जीवन के प्रति नजर, एटिट्यूड दो प्रकार के हो सकते हैं।

मैं एक घर में मेहमान होता था। जब मैं जाता, उस घर के सारे परिवार के लोग मुझे बहुत प्रेम करते। उस घर की गृहिणी तो इतना प्रेम करती कि जब मैं उनके घर में जाता, तो जिस दिन मैं जाता उसी दिन से वह रोना शुरू कर देती। मैं बहुत हैरान हुआ। मैंने पूछा कि यह रोना क्यों शुरू कर देती हो मेरे आने से?

उसने कहा, जैसे ही आप आते हैं, मुझे आपके जाने का डर और आप दो दिन बाद चले जाएंगे, इसकी पीड़ा और इतना दुख मुझे होने लगता है कि जब तक आप रहते हैं, मैं सिर्फ रोती ही रहती हूं।

एक और घर में मैं ठहरता था। कभी दिन को जाता, कभी दो दिन को उनके घर रुकता। उस घर में भी जो परिवार था, बहुत प्रेम करता। मैंने उनसे पूछा कि जब मैं आता हूं आप रोते हैं या नहीं?

उस घर की गृहिणी ने मुझे कहा. जब आप होते हैं तब हम आनंदित होते हैं और जब आप चले जाते हैं तो फिर हम अत्यंत आनंद से आपके आने की प्रतीक्षा करने लगते हैं।

मैंने उनसे कहा, जब मैं आपके घर में नहीं रहता हूं तब?

तो उसने कहा कि मैं प्रतीक्षा करती हूं आनंद से आपके पुनः आने की। जब आप होते हैं तब होने का आनंद, जब आप नहीं होते तब आने की प्रतीक्षा का प्रीतिपूर्ण आनंद।

और एक घर में एक गृहिणी ने मुझे कहा कि जब आप नहीं होते हैं तो मैं दुखी होती हूं कि कब आप आएंगे और जब आप आते हैं तो मैं दुखी रहती हूं कि कहीं आप, आज-कल में आप चले ही जाएंगे।

जीवन को देखने के दो ढंग होते हैं—जो हमारे पास होता है उसमें आनंदित होना और जो हमारे पास नहीं है उसके लिए दुखी होना।

अगर आपके एक दांत में दर्द हो जाए तो ऐसा लगेगा कि मेरे ऊपर नरक टूट पड़ा है और आप सोचेंगी कि अगर यह मेरे दांत का दर्द अलग हो जाए तो मुझे सब सुख मिल जाएगा। लेकिन जब दांत का दर्द दूर हो जाता है, आपको कौन सा सुख मिलता है? और अभी आपका कोई भी दांत नहीं दुख रहा है, आपको कौन सा सुख है?

एक दांत का दर्द नरक में डाल देता है, बत्तीस दांत में कोई भी नहीं दुख रहा है, लेकिन आप स्वर्ग में नहीं हैं। जो नहीं है, जिसका अभाव है, उससे तो हम दुखी और पीड़ित होते हैं; लेकिन जो है, जो उपलब्ध है, उससे हम आनंदित नहीं होते। तब तो जीवन एक दुख की लंबी कथा हो जाएगी।

एक घर में मैं, अभी कोई वर्ष हुआ, गया। छोटा मकान था, वे बहुत दुखी थे। और

मुझसे कहे, मकान बहुत छोटा है, अगली बार जब आप आएंगे तो हम बड़े मकान में चले गए होंगे। छोटे मकान से वे दुखी थे। मैंने कहा कि मैं जरूर अगली बार आऊंगा।

अगली बार मैं गया, वे बड़े मकान में पहुंच गए थे, लेकिन मुझे कोई सुखी नहीं दिखाई पड़े। मैंने उनसे पूछा कि बड़े मकान में आ गए हो, लेकिन सुखी नहीं मालूम पड़ते। उन्होंने कहा, मकान तो जरूर बड़ा है, पहले मकान से बड़ा है, लेकिन फिर भी एक फ्लैट है। और हम तो एक बंगले का विचार करते हैं। पांच साल के भीतर नया बंगला बना लेंगे, अलग दूर झाड़ियों के बीच में।

मैंने उनसे कहा, अगर मैं बचा और पांच साल के बाद भी आना संभव हुआ, तो मैं आऊंगा। मैं यह देखने आऊंगा कि उस बंगले में भी आनंद मिलता है या नहीं? इतना मैंने उनसे कहा कि उस बंगले में भी आनंद नहीं मिलेगा। क्योंकि जिस व्यक्ति को जो उपलब्ध है, अगर वह उसमें आनंद खोजने में असमर्थ है, तो उसे जो भी उपलब्ध हो जाएगा, उसमें भी वह आनंद खोजने में असमर्थ होगा।

आनंद तो हमारी खोज पर निर्भर करता है। जो है, अगर हम उसमें आनंद खोजने में समर्थ हो जाएं, तो जो भी हमारे पास होगा, हम उसमें भी आनंद खोजने में समर्थ होंगे। और अगर हमारे जीवन की दृष्टि, जो भी है, उसमें दुख खोजती हो, तो फिर जो भी हमारे पास होगा, हम उसमें दुख खोजते चले जाएंगे। ऐसे जीवन दुख की एक कथा हो जाती है और प्राणों में अशांति घिर जाती है।

अशांत होने का अर्थ है: हमने जीवन के अंधकारपूर्ण पहल को पकड़ना सीखा है, हमने जीवन के प्रकाशपूर्ण पहलू को पकड़ना और पहचानना नहीं सीखा।

एक और छोटी कहानी कहूं, इस खयाल से कि आप में से बहुत लोग नये होंगे, उनको मेरी बात ठीक से समझ में आ जाए।

दो साधु एक दिन सांझ को अपने झोपड़े पर वापस लौटे। वर्षा के दिन आने को थे, आकाश में बादल घिर गए थे, जोर के तूफान उठे हुए थे, हवाएं जोर से बह रही थी और बादलों के आगमन की प्रतीक्षा थी। वर्षा के दिन आने को थे। वे दोनों सांझ को अपने झोपड़े पर लौटे—गांव के बाहर नदी के पास।

पहला साधु जैसे ही अपने झोपड़े को देखा, हैरान हो गया। हवाओं ने आधे झोपड़े को उड़ा दिया था। आधे झोपड़े का छप्पर टूटा हुआ गिरा हुआ था, दूर पड़ा था। गरीब का झोपड़ा था, कोई बड़ी ताकत का झोपड़ा नहीं था। लकड़ी और बांस से बना हुआ था, आधा झोपड़ा उड़ गया था।

वह फकीर बोला, इन्हीं बातों से तो परमात्मा पर शक आ जाता है। इतना बड़ा गांव है, इतने बड़े मकान हैं, उनमें से तो किसी का मकान नहीं टूटा है। इस गरीब, साधुओं के मकान को भगवान ने तोड़ दिया! इसी से शक पैदा हो जाता है कि भगवान है भी या नहीं! पापियों के बड़े मकान खड़े हो जाते हैं और हम जो निरंतर प्रार्थना में समय बिता रहे हैं, उनका आधा झोपड़ा खराब हो गया। अब वर्षा में क्या होगा?

वह यह कह ही रहा था, अपने मन में सोच ही रहा था कि पीछे से दूसरा फकीर भी, जो उसके साथ ही रहता था, वह भी आया। उसके आते ही उसने कहा कि देखते हो हमारी सारी प्रार्थनाओं का फल! हमारे सारे उपवास, हमारी सारी पूजा यह फल लाई है कि वर्षा सिर पर खड़ी है, झोपड़े का छप्पर उड़ गया ! अब क्या होगा? इस वर्षा में कैसे दिन व्यतीत होंगे?

लेकिन वह दूसरा फकीर झोपड़े को देखते ही जैसे किसी आनंद से भर गया और नाचने लगा, जैसे पागल हो गया हो। और उसने एक गीत गाया और उसने कहा कि परमात्मा तेरा धन्यवाद है ! आंधियों का क्या भरोसा, पूरे झोपड़े को भी उड़ा कर ले जा सकती थीं। जरूर तूने ही बाधा दी होगी और आधे झोपड़े को बचाया। आंधियों का क्या भरोसा! आंधियां क्या देखती हैं कि किसका झोपड़ा है—गरीब फकीरों का! पूरा ही उड़ा ले जाती। जरूर तूने ही बाधा दी होगी, जरूर तूने ही रोका होगा, तब तो आधा रुक गया। और आधा तो काफी है, आधा तो बहुत है।

वह झोपड़े के भीतर गया और रात उसने एक गीत लिखा और उस गीत में उसने लिखा कि हमें तो पता ही नहीं था कि आधे छप्पर में इतना आनंद हो सकता है, नहीं तो हम खुद ही पहले आधा अलग कर देते। आज रात को सोए, आधे में सोए भी रहे और जब भी आंख खुली तो आधे खुले हुए छप्पर से आकाश में चमकते हुए तारे और चांद को भी देखते रहे। अब वर्षा आएगी, आधे में सोएंगे भी, आधे में वर्षा का गीत भी होता रहेगा, वर्षा की बूंदें भी टपकती रहेंगी। हमें पता होता काश तो हम खुद ही आधा अलग कर देते। भगवान, तूने वक्त पर ठीक किया।

उस रात वे दोनों उस झोपड़े में सोए। पहला फकीर बहुत दुखी सोया, बहुत परेशान सोया, रात नींद नहीं ले सका; क्योंकि शिकायत उसके मन में आ गई थी और जो हुआ था उससे वह दुखी हो गया था। वह रात भर अशांत था। दूसरा फकीर बहुत गहरी नींद में सोया, उसके मन में परमात्मा के लिए धन्यवाद था, ग्रेटिट्यूड था, कृतज्ञता थी, उसने बचाया था। वह सुबह आनंदित उठा।

घटना एक ही थी, देखने वाले आदमी दो थे। परिस्थिति एक ही थी, देखने की दृष्टियां दो थीं। कौन सी दृष्टि आपकी है, इस पर विचार करना। अगर पहले वाले साधु की दृष्टि है तो चित्त अशांत होगा। अगर दूसरे वाले साधु की दृष्टि है तो जीवन में बहुत आनंद है, बहुत-बहुत आनंद है। जीवन में बहुत कृतज्ञ होने जैसा है।

इस संबंध में इतना ही आपसे कहना चाहता हूं कि यह विचार करना कि आपकी दृष्टि कौन सी है? अगर पहले वाले साधु की दृष्टि हो तो इस जीवन में आपको नरक के सिवाय और कुछ भी उपलब्ध नहीं हो सकता। और उसका दोष जीवन को मत देना कि जीवन बुरा था। स्मरण रखना कि उसकी सारी की सारी बात जीवन के बुरे होने की न थी, वह दृष्टि के गलत होने की थी। और अगर आपकी दृष्टि दूसरे साधु की हो, तो इस जीवन में बहुत है, इस जीवन के पत्ते-पत्ते में संगीत है और कण-कण में एक अदभुत रहस्य है। लेकिन अगर

दृष्टि हो तो वह दिखाई पड़ना शुरू होता है। छोटे-छोटे प्रेम में बहुत प्रार्थनाएं हैं, छोटे-छोटे जीवन के संबंधों में बहुत आनंद है। लेकिन केवल उनको दिखाई पड़ेगा जो देखने में समर्थ होते हैं। उनको नहीं जो आंख बंद किए बैठे रहते हैं।

इस प्रश्न के उत्तर में, जो पूछा है: अशांत हैं, शांत कैसे हों? यह मैं कहना चाहता हूं। विचार करना, देखना कि किस तरह से जीवन को देखने का आपका ढंग है। और यह आपके हाथ में है कि अगर यह दिखाई पड़ जाए कि जीवन को देखने का ढंग मेरा गलत है और मैं अपने हाथ से अशांति के बीज बोए चला जाता हूं, और मैं अपने हाथ से जहां फूल भी हैं और कांटे भी हैं वहां केवल कांटों को ही देखता हूं, फूलों को नहीं, तो फिर कौन क्या करेगा? अगर यह खयाल आ जाए तो जीवन को बदलना आपके हाथ में है। क्योंकि कोई भी मनुष्य दुखी नहीं होना चाहता। कौन दुखी होना चाहता है? कोई भी दुखी नहीं होना चाहता।

अगर यह स्पष्ट समझ में आ जाए कि दुखी होना मेरी दृष्टि में है, तो उस दृष्टि से मुक्त होना कठिन नहीं है। यह बोध आते ही कि मेरी दृष्टि गलत है, जीवन में परिवर्तन शुरू हो जाता है। यह बोध आते ही कि अशांति के कारण मेरे देखने में छिपे हैं, देखने का ढंग बदलना शुरू हो जाता है। कुछ और करने की जरूरत नहीं, ठीक रूप से सत्य के प्रति जाग जाना जरूरी है कि मेरी अशांति मेरे जीवन-दृष्टिकोण में छिपी है।

जब तक दूसरों में हम अशांति के कारण खोजते रहेंगे...एक पत्नी खोजती रहेगी कि उसके पति के कारण वह अशांत है, वह गलती में है। एक मां सोचती रहे कि अपने बच्चों के कारण अशांत है, वह गलती में है। एक बहन सोचती रहे कि वह अपने संबंधियों के कारण अशांत है, वह गलती में है। जो भी यह सोचता हो कि वह किसी और के कारण अशांत है, वह एकदम गलत है। और इस भाति सोचने से उसके जीवन में कभी शांति संभव नहीं हो सकती। यह सोचना ही अशांति को जन्म देता है।

सोचने का ढंग बदलना जरूरी है। वह तभी बदल सकता है जब हम अपने व्यक्तित्व का ठीक से विश्लेषण करें, ठीक से अपने व्यक्तित्व को सोचें और समझें और देखें कि मेरी नजर में, मेरी दृष्टि में कहीं भूल तो नहीं है? कहीं बुनियादी भूल तो नहीं है?

और मैं समझता हूं कि हममें से प्रत्येक के पास इतनी समझ होती है कि अगर हम उसका उपयोग करें तो अपनी दृष्टि की भूल को देख पा सकते हैं। और वह देख ली जाए, उसका दर्शन हो जाए, तो जीवन में क्रांति होनी शुरू हो जाती है। वही होंगे दिन, वही होंगी रातें, वही होंगे पति, वही होंगे बच्चे, वही होगा परिवार, वही होगी दुनिया, लेकिन दृष्टि के बदलते ही वही सब जहां नरक था, स्वर्ग का आगमन शुरू हो जाता है।

स्वर्ग और नरक कोई भौगोलिक, कोई ज्यॉग्राफिकल स्थितियां नहीं हैं कि कहीं ज्यॉग्राफी में, कहीं भूगोल में खोजने से नरक और स्वर्ग मिल जाएंगे। स्वर्ग और नरक साइकोलाजिकल, मनुष्य की मानसिक स्थितियां हैं। जो मनुष्य जीवन को ठीक से देखने में समर्थ हो जाता है वह यहीं स्वर्ग में प्रविष्ट हो जाता है और जो गलत ढंग से देखता है वह नरक में प्रविष्ट हो जाता है।

कुछ और दो-एक प्रश्न पूछे हैं। बच्चों को अंतर्मुखी कैसे बनाया जाए?

पहली तो बात यह है कि बच्चों को कैसा बनाया जाए, इसकी बजाय हमेशा यह सोचना चाहिए, खुद को कैसा बनाया जाए। हमेशा हम यह सोचते हैं कि दूसरों को कैसा बनाया जाए। और मैं यह भी आपसे कहूं कि वही व्यक्ति यह पूछता है कि दूसरों को कैसा बनाया जाए, जो खुद ठीक से बनने में असमर्थ रहा है। अगर उसके खुद के व्यक्तित्व का ठीक-ठीक निर्माण हुआ हो, तो जीवन के जिन सूत्रों से उसने खुद को निर्मित किया है, खुद के जीवन में शांति को, स्वयं को पाने की दिशा खोजी है, खुद के जीवन में संगीत पाया है, उन्हीं सूत्रों से, उन्हीं सूत्रों के आधार पर, वह दूसरों के निर्माण के लिए भी अनायास अवसर बन जाता है।

लेकिन हम पूछते हैं कि बच्चों को कैसे बनाया जाए?

इसके पीछे पहली तो बात यह समझ लें कि आपकी बनावट कमजोर होगी, ठीक न होगी। और यह भी समझ लें कि किसी दूसरे को बनाना डायरेक्टली सीधे-सीधे असंभव है। हम जो भी कर पाते हैं दूसरों के लिए, वह बहुत इनडायरेक्ट, बहुत परोक्ष, बहुत पीछे के रास्ते से होता है, सामने के रास्ते से नहीं।

कोई मां अपने बच्चों को बनाना चाहे किसी खास ढंग का—अंतर्मुखी बनाना चाहे, सत्यवादी बनाना चाहे, चरित्रवान बनाना चाहे, परमात्मा की दिशा में ले जाना चाहे—तो इस भूल में कभी न पड़े कि वह सीधे-सीधे बच्चे को परमात्मा की दिशा में ले जा सकती है। क्योंकि जब भी हम किसी व्यक्ति को किसी दिशा में ले जाने लगते हैं, उसका अहंकार, उस व्यक्ति का अहंकार–चाहे वह छोटा बच्चा ही क्यों न हो–हमारे विरोध में खड़ा हो जाता है। क्योंकि दुनिया में कोई भी घसीटा जाना पसंद नहीं करता, छोटा बच्चा भी नहीं करता। जब हम उसे ले जाने लगते हैं कहीं और, कुछ बनाने लगते हैं, तब उसके भीतर उसकी अहंता, उसका अहंकार, उसका अभिमान हमारे विरोध में खड़ा हो जाता है। वह सख्ती से इस बात का विरोध करने लगता है। क्योंकि यह बात उसे आक्रामक, एग्रेसिव मालूम पड़ती है। इसमें आक्रमण है। और इस आक्रमण का वह विरोध करने लगता है। छोटा बच्चा है, जैसे उससे बनता है वह विरोध करता है। जिस-जिस बात के लिए इनकार किया जाता है, वही-वही करने को उत्सुक होता है। जिस-जिस बात से निषेध किया जाता है, वहीं-वहीं जाता है। जिन-जिन रास्तों पर रुकावट डाली जाती है, वे ही रास्ते उसके लिए आकर्षक हो जाते हैं।

फ्रायड एक बड़ा मनोवैज्ञानिक हुआ। अपनी पत्नी और अपने बच्चे के साथ एक दिन बगीचे में घूमने गया था। जब सांझ को वापस लौटने लगा, अंधेरा घिर गया, तो देखा दोनों ने कि बच्चा कहीं नदारद है। फ्रायड की पत्नी घबड़ाई, उसने कहा कि बच्चा तो साथ नहीं है, कहां गया? बड़ा बगीचा था मीलों लंबा, अब रात को उसे कहां खोजेंगे?

फ्रायड ने क्या कहा?

उसने कहा, तुमने उसे कहीं जाने को वर्जित तो नहीं किया था? कहीं जाने को मना तो नहीं किया था?

उसकी स्त्री ने कहा, हां, मैंने मना किया था, फव्वारे पर मत जाना!

तो उसने कहा, सबसे पहले फव्वारे पर चल कर देख लें। सौ में निन्यानबे मौके तो ये हैं कि वह वहीं मिल जाए, एक ही मौका है कि कहीं और हो।

उसकी पत्नी चुप रही। जाकर देखा, वह फव्वारे पर पैर लटकाए हुए बैठा हुआ था। उसकी पत्नी ने पूछा कि यह आपने कैसे जाना?

उसने कहा, यह तो सीधा गणित है। मां-बाप जिन बातों की तरफ जाने से रोकते हैं, वे बातें आकर्षक हो जाती हैं। बच्चा उन बातों को जानने के लिए उत्सुकता से भर जाता है कि जाने। जिन बातों की तरफ मां-बाप ले जाना चाहते हैं, बच्चे की उत्सुकता समाप्त हो जाती है, उसका अहंकार जग जाता है, वह रुकावट डालता है, वह जाना नहीं चाहता।

आप यह बात जान कर हैरान होंगी कि इस तथ्य ने आज तक मनुष्य के समाज को जितना नुकसान पहुंचाया है, किसी और ने नहीं। क्योंकि मां-बाप अच्छी बातों की तरफ ले जाना चाहते हैं, बच्चे का अहंकार अच्छी बातों के विरोध में हो जाता है। मां-बाप बुरी बातों से रोकते हैं, बच्चे की जिज्ञासा बुरी बातों की तरफ बढ़ जाती है। मां-बाप इस भांति अपने ही हाथों अपने बच्चों के शत्रु सिद्ध होते हैं।

इसलिए शायद कभी आपको यह खयाल न आया हो कि बहुत अच्छे घरों में बहुत अच्छे बच्चे पैदा नहीं होते। कभी नहीं होते। बहुत बड़े-बड़े लोगों के बच्चे तो बहुत निकम्मे साबित होते हैं। गांधी जैसे बड़े व्यक्ति का एक लड़का शराब पीया, मांस खाया, धर्म परिवर्तित किया। आश्चर्यजनक है! क्या हुआ यह? गांधी ने बहुत कोशिश की उसको अच्छा बनाने की, वह कोशिश दुश्मन बन गई।

तो एक बात तो यह समझ लें कि जिसको भी परिवर्तित करने का खयाल उठे, पहले तो स्वयं का जीवन उस दिशा में परिवर्तित हो जाना चाहिए। तो आपके जीवन की छाया, आपके जीवन का प्रभाव, बहुत अनजान रूप से बच्चे को प्रभावित करता है। आपकी बातें नहीं, आपके उपदेश नहीं। आपके जीवन की छाया बच्चे को परोक्ष रूप से प्रभावित करती है और उसके जीवन में परिवर्तन की बुनियाद बन जाती है।

और दूसरी बात, बच्चे को कभी भी दबाव डाल कर, आग्रह करके किसी अच्छी दिशा में ले जाने की कोशिश मत करना। वही बात अच्छी दिशा में जाने के लिए सबसे बड़ी दीवाल हो जाएगी। और हो भी सकता है, जब तक वह छोटा रहे, आपकी बात मान ले; क्योंकि कमजोर है और आप ताकतवर हैं, आप डरा सकते हैं, धमका सकते हैं, आप हिंसा कर सकते हैं उसके साथ। और यह मत सोचना कभी कि मां-बाप अपने बच्चों के साथ कैसे हिंसा करेंगे! मां-बाप ने इतनी हिंसा की है बच्चों के साथ जिसका कोई हिसाब नहीं है। दिखाई नहीं पड़ती। जब भी हम किसी को दबाते हैं तब हम हिंसा करते हैं। बच्चे के अहंकार को चोट लगती है। लेकिन वह कमजोर है, सहता है। आज नहीं कल जब वह

बड़ा हो जाएगा और ताकत उसके हाथ में आएगी, तब तक आप बूढ़े हो जाएंगे, तब आप कमजोर हो जाएंगे, तब वह बदला लेगा। बूढ़े मां-बाप के साथ बच्चों का जो दुर्व्यवहार है उसका कारण मां-बाप ही हैं। बचपन में उन्होंने बच्चों के साथ जो किया है, बुढ़ापे में बच्चे उनके साथ करेंगे।

इसलिए भूल कर भी दबाव मत डालना, भूल कर भी जबरदस्ती मत करना, भूल कर भी हिंसा मत करना। बहुत प्रेम से, अपने जीवन के परिवर्तन से, बहुत शांति से, बहुत सरलता से बच्चे को सुझाना। आदेश मत देना, यह मत कहना कि ऐसा करो। क्योंकि जब भी कोई ऐसा कहता है, ऐसा करो! तभी भीतर यह ध्वनि पैदा होती है सुनने वाले के कि नहीं करेंगे। यह बिलकुल सहज है। उससे यह मत कहना कि ऐसा करो। उससे यही कहना कि मैंने ऐसा किया और आनंद पाया; अगर तुम्हें आनंद पाना हो तो इस दिशा में सोचना। उसे समझाना, उसे सुझाव देना; आदेश नहीं, उपदेश नहीं। उपदेश और आदेश बड़े खतरनाक सिद्ध होते हैं। उपदेश और आदेश बड़े अपमानजनक सिद्ध होते हैं।

छोटे बच्चे का बहुत आदर करना। क्योंकि जिसका हम आदर करते हैं उसको ही केवल हम अपने हृदय के निकट ला पाते हैं। यह हैरानी की बात मालूम पड़ेगी। हम तो चाहते हैं कि छोटे बच्चे बड़ों का आदर करें। हम उनका कैसे आदर करें। लेकिन अगर हम चाहते हैं कि छोटे बच्चे आदर करें मां-बाप का, तो आदर देना पड़ेगा। यह असंभव है कि मां-बाप अनादर दें और बच्चों से आदर पा लें, यह असंभव है। बच्चों को आदर देना जरूरी है और बहुत आदर देना जरूरी है। उगते हुए अंकुर हैं, उगता हुआ सूरज हैं। हम तो व्यर्थ हो गए, हम तो चुक गए। अभी उसमें जीवन का विकास होने को है। वह परमात्मा ने एक नये व्यक्तित्व को भेजा है, वह उभर रहा है। उसके प्रति बहुत सम्मान, बहुत आदर जरूरी है। आदरपूर्वक, प्रेमपूर्वक, खुद के व्यक्तित्व के परिवर्तन के द्वारा उस बच्चे के जीवन को भी परिवर्तित किया जा सकता है।

अंतर्मुखी बनाने के लिए पूछा है। अंतर्मुखी तभी कोई बन सकता है जब भीतर आनंद की ध्वनि गूंजने लगे। हमारा चित्त वहीं चला जाता है जहां आनंद होता है। अभी मैं यहां बोल रहा हूं। अगर कोई वहां एक वीणा बजाने लगे और गीत गाने लगे, तो फिर आपको अपने मन को वहां ले जाना थोड़े ही पड़ेगा, वह चला जाएगा। आप अचानक पाएंगे कि आपका मन मुझे नहीं सुन रहा है, वह वीणा सुनने लगा। मन तो वहां जाता है जहां सुख है, जहां संगीत है, जहां रस है।

बच्चे बहिर्मुखी इसलिए हो जाते हैं कि वे मां-बाप को देखते हैं दौड़ते हुए बाहर की तरफ। एक मां को वे देखते हैं बहुत अच्छे कपड़ों की तरफ दौड़ते हुए, देखते हैं गहनों की तरफ दौड़ते हुए, देखते हैं बड़े मकान की तरफ दौड़ते हुए, देखते हैं बाहर की तरफ दौड़ते हुए। उन बच्चों का भी जीवन बहिर्मुखी हो जाता है।

अगर वे देखें एक मां को आंख बंद किए हुए, और उसके चेहरे पर आनंद झरते हुए देखें, और वे देखें एक मां को प्रेम से भरे हुए, और वे देखें एक मां को छोटे मकान में भी

प्रफुल्लित और आनंदित; और वे कभी-कभी देखें कि मां आंख बंद कर लेती है और किसी आनंद के लोक में चली जाती है। वे पूछेंगे कि यह क्या है? कहां चली जाती हो? वे अगर मां को ध्यान में और प्रार्थना में देखें, वे अगर किसी गहरी तल्लीनता में उसे डूबा हुआ देखें, वे अगर उसे बहुत गहरे प्रेम में देखें, तो वे जानना चाहेंगे कि कहां जाती हो? यह खुशी कहां से आती है? यह आंखों में शांति कहां से आती है? यह प्रफुल्लता चेहरे पर कहां से आती है? यह सौंदर्य, यह जीवन कहां से आ रहा है?

वे पूछेंगे, वे जानना चाहेंगे। और वही जानना, वही पूछना, वही जिज्ञासा, फिर उन्हें मार्ग दिया जा सकता है।

तो पहली तो जरूरत है कि अंतर्मुखी होना खुद सीखें। अंतर्मुखी होने का अर्थ है: घड़ी दो घड़ी को चौबीस घंटे के जीवन में सब भांति चुप हो जाएं, मौन हो जाएं। भीतर से आनंद को उठने दें, भीतर से शांति को उठने दें। सब तरह से मौन और शांत होकर घड़ी दो घड़ी को बैठ जाएं।

जो मां-बाप चौबीस घंटे में घंटे दो घंटे को भी मौन होकर नहीं बैठते, उनके बच्चों के जीवन में मौन नहीं हो सकता। जो मां-बाप घंटे दो घंटे को घर में प्रार्थना में लीन नहीं हो जाते हैं, ध्यान में नहीं चले जाते हैं, उनके बच्चे कैसे अंतर्मुखी हो सकेंगे?

बच्चे देखते हैं मां-बाप को कलह करते हुए, द्वंद्व करते हुए, संघर्ष करते हुए, लड़ते हुए, दुर्वचन बोलते हुए। बच्चे देखते हैं, मां-बाप के बीच कोई बहुत गहरा प्रेम का संबंध नहीं देखते, कोई शांति नहीं देखते, कोई आनंद नहीं देखते; उदासी, ऊब, घबड़ाहट, परेशानी देखते हैं। ठीक इसी तरह की जीवन की दिशा उनकी हो जाती है।

बच्चों को बदलना हो तो खुद को बदलना जरूरी है। अगर बच्चों से प्रेम हो तो खुद को बदल लेना एकदम जरूरी है। जब तक आपके कोई बच्चा नहीं था, तब तक आपकी कोई जिम्मेवारी नहीं थी। बच्चा होने के बाद एक अदभुत जिम्मेवारी आपके ऊपर आ गई। एक पूरा जीवन बनेगा या बिगड़ेगा। और वह आप पर निर्भर हो गया। अब आप जो भी करेंगी उसका परिणाम उस बच्चे पर होगा।

अगर वह बच्चा बिगड़ा, अगर वह गलत दिशाओं में गया, अगर दुख और पीड़ा में गया, तो उसका पाप किसके ऊपर होगा? बच्चे को पैदा करना आसान, लेकिन ठीक अर्थों में मां बनना बहुत कठिन है। बच्चे को पैदा करना तो बहुत आसान है। पशु-पक्षी भी करते हैं, मनुष्य भी करते हैं, भीड़ बढ़ती जाती है दुनिया में। लेकिन इस भीड़ से कोई हल नहीं है। मां होना बहुत कठिन है।

अगर दुनिया में कुछ स्त्रियां भी मां हो सकें तो सारी दुनिया दूसरी हो सकती है। मां होने का अर्थ है: इस बात का उत्तरदायित्व कि जिस जीवन को मैंने जन्म दिया है, अब उस जीवन को ऊंचे से ऊंचे स्तरों तक, परमात्मा तक पहुंचाने की दिशा पर ले जाना मेरा कर्तव्य है। और इस कर्तव्य की छाया में मुझे खुद को बदलना होगा। क्योंकि जो व्यक्ति भी दूसरे को बदलना चाहता हो उसे अपने को बदले बिना कोई रास्ता नहीं है।

एक और प्रश्न पूछा हुआ है, बहुत महत्वपूर्ण, पूछा है कि पत्नी की इच्छा के विरुद्ध, जब पति शारीरिक उपभोग करने के लिए बाध्य करते हैं, तो स्त्री की मानसिक हालत विक्षिप्त हो जाती है। उस तनावपूर्ण स्थिति में औरत का क्या कर्तव्य हो सकता है?

और भी बहुत सी बहन मुझे निरंतर पूछती हैं, बहुत स्त्रियों के जीवन में प्रश्न होगा। लेकिन शायद इस बात को कभी भी नहीं सोचा होगा कि पति के मन में कामेच्छा की बहुत प्रवृत्ति का पैदा होना किस बात का सबूत है। वह इस बात का सबूत है कि पति को प्रेम नहीं मिल रहा है।

यह सोच कर, शायद यह सुन कर हैरानी होगी। जो पत्नी अपने पति को जितना ज्यादा प्रेम दे सकेगी, उस पति के जीवन में सेक्सुअल डिजायर उतनी ही कम हो जाएगी। शायद यह कभी आपके खयाल में न आया हो। जिन लोगों के जीवन में जितना प्रेम कम होता है उतनी ही ज्यादा कामेषणा और सेक्सुअलिटी होती है। जिस व्यक्ति के जीवन में जितना ज्यादा प्रेम होता है उतना ही उसके जीवन में सेक्स नहीं होता, सेक्स धीरे-धीरे क्षीण होता चला जाता है।

तो पत्नी के ऊपर एक अदभुत कर्तव्य है, पति के ऊपर भी है। अगर पत्नी को लगता है कि पति बहुत कामातुर, कामेच्छा से पीड़ित होता है और उसे ऐसे उपभोग में ले जाता है जहां उसका चित्त दुखी होता है, शांति नहीं पाता, कष्ट पाता है और विक्षिप्तता आती है, पागलपन आता है, घबड़ाहट आती है, तो उसे जानना चाहिए कि पति के प्रति उसका प्रेम अधूरा होगा। वह पति को और गहरा प्रेम दे, वह इतना प्रेम दे कि प्रेम पति को शांत कर दे। जिस पति को प्रेम नहीं मिलता उसके भीतर अशांति घनीभूत होती है। और उस अशांति के निकास के लिए, रिलीज के लिए सिवाय सेक्स के और कुछ भी नहीं रह जाता। दुनिया में जितना प्रेम कम होता जा रहा है उतनी सेक्सुअलिटी बढ़ती जा रही है, उतनी कामोत्तेजना बढ़ती जा रही है। अगर पत्नी पति को परिपूर्ण प्रेम दे...

एक बहुत पुराने ऋषि ने एक अदभुत बात कही है। एक बहुत पुराने ऋषि को एक घर में आमंत्रित किया गया था। नया विवाह हुआ था और लड़की विदा हो रही थी। उस ऋषि ने उस लड़की को आशीर्वाद दिया कि मैं तुझे आशीर्वाद देता हूं कि तेरे दस पुत्र हों और अंत में तेरा पति भी तेरा ग्यारहवां पुत्र हो जाए।

स्त्री घबड़ा गई, उसके प्रियजन घबड़ा गए कि यह ऋषि ने क्या कहा! तो पूछा कि इसका अर्थ?

उसने कहा कि तू पति को इतना प्रेम करना, इतना प्रेम करना कि पति के प्रति तेरा प्रेम, तेरे प्रेम की पवित्रता, तेरे प्रेम की प्रार्थना पति के भीतर से सेक्स को विलीन कर दे और वह एक दिन तेरे पुत्र जैसा हो जाए। जीवन की सार्थकता और दांपत्य की परिपूर्ण निष्पत्ति तभी है जब पत्नी अंततः पाए कि पति भी उसका पुत्र हो गया है, वह उसकी मां हो गई है।

गांधी लंका गए थे। वहां किसी ने भूल से, बा भी उनके साथ थीं, किसी ने भूल से उनका परिचय दिया और कह दिया कि गांधी भी आए हैं और बड़े सौभाग्य की बात है, उनकी मां बा भी आई हैं।

बा भी घबड़ा गईं, गांधी के साथी भी सब परेशान हुए कि यह तो हमारी भूल हो गई, पहले बताना था। फिर गांधी बोलने ही बैठ गए थे तो कोई उपाय न था।

लेकिन गांधी ने क्या कहा? गांधी ने कहा कि किसी मित्र ने परिचय देते वक्त भूल से सच्ची बात कह दी है। बा पहले मेरी पत्नी थी, इधर दस वर्षों से मेरी मां हो गई है।

जो पत्नी पति की मां न बन पाए अंततः, जानना चाहिए उसका जीवन व्यर्थ गया।

प्रेम जितना घनीभूत होगा, प्रेम जितना गहरा होगा, उतना ही पवित्र होता चला जाता है, उतना ही सेक्स विलीन होता चला जाता है, एक बात।

दूसरी बात...यह तो लंबी प्रक्रिया से होगा...लेकिन पूछा है, पति अगर जबरदस्ती करे, तो आज ही तो यह नहीं हो सकता, आज क्या होगा? इस क्षण क्या हो सकता है? पति अगर जबरदस्ती करे और काम-उपभोग में ले जाए तो स्त्री क्या करे?

मेरा मानना है–इसे प्रयोग करें, समझें और सोचें–अगर पति जबरदस्ती ले जाता है काम-उपभोग में, तो ठीक काम-उपभोग के क्षण में, ठीक इंटरकोर्स के क्षण में अपने मन में पूरी प्रार्थना करें कि पति के जीवन में शांति हो, पति के जीवन में प्रेम हो। ठीक उस क्षण में प्रार्थना करें अपने मन में। उस क्षण में पत्नी और पति की आत्माएं अत्यंत निकट होती हैं, अत्यंत निकट होती हैं। उस क्षण में पत्नी के मन में जो भी उठेगा वह पति के मन तक संक्रमित हो जाता है। अगर उस क्षण में यह प्रार्थना की है कि पति के जीवन में शांति और प्रेम हो, सेक्स क्षीण हो, कामोत्तेजना क्षीण हो, उसके मन के विकार गिरें–अगर पत्नी ने यह बहुत प्रेमपूर्ण प्रार्थना की है–इसके फल तत्क्षण दिखाई पड़ने शुरू हो जाएंगे। क्योंकि उस क्षण पति और पत्नी दो शरीर ही होते हैं, उनकी आत्माएं अत्यंत निकट हो जाती हैं। और उस क्षण में जो भी भाव हों, वे एक-दूसरे में प्रविष्ट हो जाते हैं।

तात्कालिक करने के लिए मैं यह कहता हूं। लेकिन लंबे जीवन के प्रवाह में इतना प्रेम देने को कहता हूं कि प्रेम इतनी पवित्रता को पैदा कर दे कि सेक्स की कल्पना धीरे-धीरे क्षीण हो जाए और विलीन हो जाए।

ये जो बातें मैंने आपसे कहीं, इस खयाल से नहीं कि मैंने जो कहा है उसको वैसा ही मान लेना। मैं कोई गुरु नहीं हूं, मैं कोई उपदेशक नहीं हूं और मैं कोई प्रचारक नहीं हूं और मेरे मन में कोई आकांक्षा नहीं है कि मैं जो कहता हूं उसे कोई माने। फिर मैं क्यों कहता हूं? कहता हूं सिर्फ इस छोटी सी बात के कारण कि जो मैंने कहा है उसे कोई सोचे, विचारे।

तो जो मैंने कहा है उसे मान लेने की कोई जरूरत नहीं है। उसे सोचना, विचारना, उस पर थोड़ा जीवन में प्रयोग करना। और अगर उस प्रयोग से, उस सोच-विचार से उसमें से कोई सूत्र निकले, तो वह सूत्र फिर आपका हो जाएगा। वह फिर मेरा नहीं है। फिर वह आपका जीवन-दर्शन बन जाएगा, वह फिर आपके जीवन के लिए आधार बन जाएगा।

वह फिर मेरा नहीं है, फिर मुझे भूला जा सकता है और उस सूत्र के अनुसार जीवन को गति दी जा सकती है।

मैंने कुछ कहा है, इस खयाल से कि वह आपके भीतर विचार के लिए प्रेरणा बनेगा–विश्वास नहीं बनेगा आपका, विचार के लिए प्रेरणा बनेगा। मैंने कुछ कहा है, वह अवसर बनेगा कि आप उस पर सोचेंगे, चिंतन करेंगे। जितना चिंतन करेंगे, जितना जीवन में खोदेंगे और विचार करेंगे, उतनी ही ज्यादा संपदा मिलनी शुरू हो जाती है।

बहुत कुछ छिपा है जीवन में। जो विचार की कुदाली को लेकर खोदना शुरू करता है, वह बहुत बड़ी संपत्ति का मालिक हो जाता है। वह दरिद्र नहीं रह जाता फिर, वह दीन नहीं रह जाता। हो सकता है वस्त्र उसके पास बहुत बड़े न हों, मकान बहुत बड़े न हों, लेकिन उसके पास एक आत्मिक संपत्ति होती है जिसके आगे कोई भी संपत्ति नहीं है। और वैसी संपत्ति सबके भीतर छिपी है, जो भी खोजता है उसे मिल जाती है और जो बैठा रहता है वह खो देता है।

मेरी इन बातों को इतने प्रेम और शांति से सुना है, उससे बहुत-बहुत अनुगृहीत हूं। सबके भीतर बैठे परमात्मा को प्रणाम करता हूं। मेरे प्रणाम स्वीकार करें।

तीसरा प्रवचन

नारी : जीवन का आनंद

प्रिय बहनो !

मैं अत्यंत आनंदित हूं। अपने हृदय की थोड़ी सी बातें आपसे कह सकूंगा। जीवन में बहुत लोग इतनी नासमझी, इतने अज्ञान, इतने भूल भरे ढंग से जीते हैं कि न तो उन्हें जीवन के आनंद का अनुभव हो पाता है और न वे उस संगीत से परिचित हो पाते हैं जो उनकी हृदय की वीणा पर बज सकता था, और न वे उन फूलों की सुगंध को ही उपलब्ध होते हैं जो कि उनके प्राणों को सुवासित कर सकती थी। बहुत कम लोग, बहुत थोड़े से लोग, करोड़ों और अरबों लोगों में कोई एकाध जीवन के अर्थ और अभिप्राय को उपलब्ध होता है।

आज की इस चर्चा में तुम सबसे मैं इस संबंध में ही थोड़ी बात कहूं कि तुम्हारा जीवन कैसे उस कला को, उस आर्ट को सीख सके कि तुम्हारे जीवन में वैसा दुर्भाग्य फलित न हो जो कि अधिक लोगों का भाग्य बनता है। अभी तुम्हारे जीवन का प्रारंभ और शुरुआत है। कोई ठीक-ठीक बीज, कोई ठीक दिशा तुम्हारे जीवन को मिले, तो संभव है कि जो सबके साथ होता है वह तुम्हारे साथ न हो। और तुम्हारे भीतर जीवन अपनी परिपूर्णता में, अपने पूरे संगीत में विकसित हो सके। इसके पहले कि मैं कुछ उस संबंध में तुमसे कहूं, एक छोटी सी घटना कहूंगा, ताकि उससे बात शुरू हो सके।

माओत्से तुंग ने अपने बचपन का एक छोटा सा संस्मरण लिखा है। उसने लिखा है, मैं छोटा था, तो अपने बचपन की एक ही बात मुझे सबसे ज्यादा याद आती है और वह बात यह है कि मेरी मां की एक बहुत ही अदभुत बगिया थी। उसकी बगिया में जैसे फूल खिलते थे उन्हें दूर-दूर के गांव के लोग देखने आते थे। उसके फूलों की बड़ी प्रशंसा होती थी। और अपने बुढ़ापे में उसका वही आनंद था—उसके फूल, उसकी बगिया। लेकिन एक बार वह बीमार पड़ गई और वह इतनी ज्यादा बीमार पड़ गई कि पौधों की फिकर

करना संभव न रहा। वह अपनी बीमारी से उतनी दुखी न थी जितनी इस बात से कि उसके फूल कुम्हलाए जाते हैं और उसके पौधे, जिनको उसने खून सींच-सींच कर बड़ा किया था, उनके मरने का समय करीब आ गया। वह अपनी बीमारी से चिंतित न थी, लेकिन फूलों के उजड़ने से बहुत चिंतित और परेशान थी।

तो माओ ने उससे कहा कि घबड़ाओ मत, मैं तुम्हारे फलों की फिकर कर लूंगा। और सुबह से सांझ तक माओ उस बगिया को सम्हालने में लगा रहा। लेकिन दो-चार दिन बीते, उसकी सारी चेष्टाएं ऐसी मालूम पड़ी जैसे व्यर्थ जा रही हैं। बगिया उजड़ती ही चली गई, फूल कुम्हलाते चले गए, पत्ते सूखने लगे और पौधे मृतप्राय हो गए। पंद्रह दिन बीतते-बीतते बगिया बिलकुल उजाड़ हो गई, उसकी कलियां कुम्हला गईं, फूल पैदा होने बंद हो गए। मां थोड़ी ठीक हुई तो बाहर आई और बगिया में जाकर उसने देखा तो उसकी आंखों से आंसू बहने लगे। माओ भी रोने लगा और उसने कहा, मैंने एक-एक फूल को चूमा, एक-एक फूल को पानी से नहलाया, एक-एक पत्ते को पोंछा और उसकी धूल झाड़ी। पंद्रह दिन से मैं पागल हो गया हूं, न मैं सो रहा हूं, न ठीक से खा रहा हूं। लेकिन न मालूम क्या हुआ है कि फूल कुम्हलाते जाते हैं और बगिया उजड़ती जाती है।

उसकी मां ने कहा, पागल, आंख से आंसू पोंछ ले! समझ गई कहां भूल हो गई है। तू यह भूल गया और शायद तुझे पता भी नहीं है कि फूलों के प्राण फूलों में नहीं होते, जड़ों में होते हैं। जड़ें दिखाई नहीं पड़तीं, फूल दिखाई पड़ते हैं, पत्ते दिखाई पड़ते हैं। जड़ें जमीन के भीतर छिपी होती हैं।

जो फूलों की फिकर करेगा और जड़ों को भूल जाएगा, उसके फूल तो कुम्हला ही जाएंगे, उसकी जड़ें भी सूख जाएंगी। लेकिन जो जड़ों की फिकर करेगा उसके फूल तो अपने आप पैदा हो जाएंगे, उसके पौधे तो अपने आप ठीक हो जाएंगे, जीवंत हो जाएंगे।

जड़ों में होते हैं प्राण, लेकिन जड़ें दिखाई नहीं पड़ती हैं। और जो दिखाई पड़ते हैं—फूल, पत्ते, फल—उनमें कोई प्राण नहीं होते। जो दिखाई पड़ता है, उसके प्राण उसमें होते हैं जो दिखाई नहीं पड़ता।

यह छोटी सी घटना मैंने इसलिए कही ताकि मैं तुमसे यह भी कह सकूं कि जीवन के संबंध में भी यही सच है। जीवन में जो दिखाई पड़ता है उसके प्राण किन्हीं ऐसे रहस्यपूर्ण स्रोतों में छिपे होते हैं जो दिखाई नहीं पड़ते। जड़ों की भांति जीवन भी अपने प्राण बहुत अदृश्य, बहुत अदृश्य स्थानों में छिपाए हुए है।

मनुष्य का शरीर दिखाई पड़ता है, लेकिन शरीर के प्राण उस आत्मा में होते हैं जो दिखाई नहीं पड़ती। मनुष्य का जीवन बाहर की तरफ फैला हुआ दिखाई पड़ता है—उसके कामों में, उसकी चर्या में–लेकिन उसकी चर्या और उसके काम और उसके बाहर के जीवन का सारा फैलाव उसकी उस आत्मा में छिपा होता है जो अदृश्य है और दिखाई नहीं पड़ती।

माओ ने जो भूल की थी, वह भूल दुनिया में अधिकतम लोग जीवन के साथ भी करते हैं। वे यह भूल जाते हैं, वे फूल और पत्तों को, जीवन के फूल और पत्तों को सम्हालने में

समाप्त हो जाते हैं और जीवन कुम्हला जाता है और नष्ट हो जाता है। उन्हें खयाल नहीं आ पाता इस बात का कि वे जड़ों को पानी दें।

तो भीतर के जीवन को जो पानी देता है उसके बाहर के जीवन में बहुत फूल लगते हैं। लेकिन जो भीतर के जीवन को भूल जाता है उसके बाहर के जीवन में कोई फूल कभी नहीं लग पाते हैं। वह चाहे कितना ही श्रम करे, दौड़े, मेहनत करे, लेकिन बाहर के जीवन के साथ किया गया श्रम व्यर्थ है, जब तक कि भीतर की जड़ों को सम्हालने की समझ और कला उपलब्ध नहीं हो जाती। उस भीतर के जीवन में ही जड़ें हैं।

लेकिन न तो हमारी शिक्षा का उससे कोई संबंध है, न हमारी सभ्यता का। न हमारे संस्कार, न हमारा समाज, न हमारे मां-बाप इस बात की फिकर में हैं कि भीतर जो आत्मा है उससे हमारा कोई संबंध हो जाए। इसका ही यह परिणाम हुआ है कि हम बहुत महंगी शिक्षा दे रहे हैं बच्चों को, बच्चियों को; उन्हें अच्छे वस्त्र दे रहे हैं, अच्छा भोजन दे रहे हैं; उनके जीवन के लिए सारी सुविधाएं जुटा रहे हैं। लेकिन अंत में आदमी बिलकुल कुम्हलाया हुआ मालूम पड़ता है। उसके जीवन से कोई सुगंध नहीं निकलती और उलटे दुर्गंध निकलती है। उसके जीवन में फूल तो नहीं मालूम पड़ते, बल्कि फूलों की जगह शायद कांटे ही कांटे रह जाते हैं। उसके जीवन में कोई आनंद की ध्वनि तो नहीं पैदा होती, बल्कि दुख की अंधेरी रात घिर आती हैं। तो हमारा यह सारा श्रम, हमारी शिक्षा, हमारे विद्यापीठ, हमारे संस्कार किस अर्थ के हैं? किस काम के हैं?

और जब गलत आदमी पैदा होता है तो गलत आदमी खुद ही गलत नहीं होता, वह अपने आसपास की सारी हवा को भी गलत कर देता है। और तब एक ऐसी दुनिया बन गई है जो बहुत दुख से भरी है, बहुत पीड़ा से, उसमें कोई आनंद का पता भी नहीं है।

तुमने सुना होगा लोगों को कहते और तुमने अपनी किताबों में भी ऐसे गीत पढ़े होंगे और ऐसी बातें सुनी होंगी, और तुम भी जैसे-जैसे बड़ी होती जाओगी तुम्हें इस बात का अनुभव होगा, इस बात का अनुभव होगा कि बचपन में जो सुख और आनंद था, वह बाद के दिनों में निरंतर कम होता जाता है। बूढ़े लोगों से पूछो! वे कहेंगे, बचपन में बहुत आनंद था और उसके बाद फिर कोई आनंद नहीं। और उनका मन होता है कि वे वापस बच्चे हो जाएं, फिर लौट जाएं बचपन में।

लेकिन जिंदगी में पीछे लौटना तो असंभव है। लेकिन यह बात कि लोग कहते हैं कि बचपन बहुत आनंद का काल है, क्या अर्थ रखती है?

यह देखने में बहुत अच्छी मालूम पड़ती है। यह बात बहुत गलत और बहुत खतरनाक है। इस बात का यह मतलब है कि बचपन के बाद जिंदगी रोज ज्यादा से ज्यादा दुखी होती चली जाती है। होना तो चाहिए था उलटा, होना तो यह चाहिए था कि बचपन के बाद जिंदगी रोज-रोज ज्यादा खुशी और आनंद से भरती जाती। क्योंकि बचपन तो है शुरुआत, बुढ़ापे के अंतिम दिन सर्वाधिक आनंद के और शांति के और संगीत के दिन होने चाहिए थे। क्योंकि जीवन विकसित हो रहा है। अगर जीवन विकसित हो रहा है तो बचपन तो

शुरुआत है, प्रारंभ है; बुढ़ापा पूर्णता है। तो बुढ़ापे में आनंद, बुढ़ापे में उपलब्धि, बुढ़ापे में ऐसा लगना चाहिए था कि हम जीवन जीए और हमने कुछ पाया।

लेकिन लगता है यह कि बूढ़ा आदमी कहता है कि बचपन के दिन बहुत अच्छे थे। इसका मतलब? इसका मतलब साफ है, उस आदमी के जीवन की दिशा ठीक से नहीं चली। वह जीवन की कला को नहीं जान पाया। वह जीवन कैसे विकसित हो, इसके रहस्य को नहीं समझ पाया। वह उन सूत्रों को नहीं पहचान पाया जिनके द्वारा जीवन निर्मित होता, कुछ उपलब्ध होता, कोई संपदा मिलती।

लेकिन यह सबके साथ सच है। तुम अभी छोटी हो, लेकिन तुम्हें अभी भी इस बात की खबर मिलनी शुरू हो गई होगी कि बचपन के दिन अच्छे थे। अगर तुमको ऐसा लगने लगा हो तो तुम समझ लेना कि तुम्हारी जिंदगी गलत रास्तों पर चलनी शुरू हो गई। खुशी बढ़ती जानी चाहिए जीवन के साथ, आनंद बढ़ता जाना चाहिए। रोज-रोज लगना चाहिए कि कल–कल कुछ भी न था, आज जो है उसके सामने। हर दिन जब आए नया दिन तो वह और बड़ी खुशी, और बड़ा संगीत, और बड़ा सौभाग्य लेकर आना चाहिए। तभी तुम समझना कि तुम्हारा जीवन ठीक दिशा में चल रहा है। नहीं तो जीवन तो एक पतन हो गया। बचपन में थी खुशी और बुढ़ापे में दुख, तो जीवन तो एक पतन हो गया, विकास नहीं; नीचे गिरना हो गया, ऊपर उठना नहीं। यह तो बड़ी आश्चर्य की बात है! और यह इतनी आश्चर्य की बात भी हमें दिखाई नहीं पड़ती है!

तो पहली बात, जीवन केवल उनको मिलता है, जीवन के आनंद को केवल वे ही उपलब्ध होते हैं, जो जीवन की कला को, आर्ट ऑफ लिविंग को सीख पाते हैं। तो ही, तो ही सार्थकता मिलती है। और नहीं तो सब व्यर्थ हो जाता है। मनुष्य पैदा तो बहुत होते हैं, लेकिन जीवन को बहुत थोड़े से लोग जान पाते हैं।

कौन से रास्ते हैं जिनसे जीवन जाना जा सके और पाया जा सके?

पहली बात, बिलकुल आधार में, बुनियाद में जो बात जाननी जरूरी है वह यह जो मैंने जड़ों के संबंध में कही। जीवन की कला, सबसे पहले जीवन की जड़ों को जानने की कला है। यह जानना जरूरी है कि मेरे जीवन का केंद्र कहां है? जहां से प्राण शक्ति पाते हैं, वह कहां है? वह बाहर है या भीतर? वह मेरा शरीर है या शरीर से भी कोई और गहरी चीज? कहां से मेरा जीवन प्राण पाता है? कहां से शक्ति पाता है? कहां से मेरे जीवन का सारा का सारा आधार है?

निश्चित ही जैसा मैंने कहा, अगर हम किसी वृक्ष के पास जाएं, तो जड़ें दिखाई नहीं पड़ती हैं, जड़ें तो जमीन के भीतर छिपी होती हैं। क्यों छिपी होती हैं जमीन के भीतर, कभी सोचा? जमीन के भीतर इसलिए छिपी होती हैं कि जीवन का जो भी काम है, जीवन की जो भी प्रक्रिया है, जीवन की जो भी रहस्यपूर्ण विकास की गति है, वह सब मौन, शांत, एकांत में कार्य करती है। अगर हम किसी आदमी को दस-पांच दिन न सोने दें, वह पागल हो जाएगा। क्यों? क्योंकि जीवन की जो भी गति थी, स्वास्थ्य का जो भी क्रम था, वह सब

नींद में काम करता था। जब आदमी सोया हुआ था तब उसके सारे प्राण काम में संलग्न हो जाते थे। एक आदमी को हम जगाए रखें पंद्रह दिन तक, वह पागल हो जाएगा। और ज्यादा दिन जगाए रखें, वह मर भी जा सकता है, आत्महत्या भी कर ले सकता है।

चीन में पुराने दिनों में आदमी को सजा देते थे, तो सबसे बड़ी सजा यही थी कि उसको सोने न दिया जाए, उसे जगाए रखा जाए। दो सिपाही खड़े रहेंगे चौबीस घंटे और उसको जगाते रहेंगे, उसको खीलियों से छेदते रहेंगे ताकि वह सो न पाए। और दो-चार दिन के भीतर ही वह इतनी असह पीड़ा अनुभव करने लगता था, चिल्लाने लगता था, पागल हो जाता था, सिर दीवालों से फोड़ने लगता था। मौत से भी ज्यादा पीड़ा उसे झेलनी पड़ती थी। क्या हो गई तकलीफ? तकलीफ यह हो गई कि जीवन की शक्तियां जो काम करती थीं, जिनसे रोज-रोज ताकत मिलती थी, जिनसे रोज-रोज बल मिलता था, रोज-रोज थकान मिट जाती थी, वह काम करना उन्होंने बंद कर दिया। क्योंकि उनके काम करने के लिए जरूरी था कि सब मौन हो जाए, शांत हो जाए, चुप हो जाए, सब सो जाए। उस अंधेरे में, उस मौन में, उस साइलेंस में वे शक्तियां अपना काम करती हैं।

बच्चा मां के पेट में बड़ा होता है, दिखाई नहीं पड़ता, अदृश्य। जड़ें जमीन के भीतर छिपी होती हैं, दिखाई नहीं पड़तीं और काम करती रहती हैं। हमारे शरीर में चौबीस घंटे जीवन काम कर रहा है, हमें पता भी नहीं चलता। खून बह रहा है, हड्डियां बन रही है, मांस बन रहा है। तुमने खाना खा लिया है, वह अंधेरे में जाकर पच रहा है, खुन बन रहा है, मांस बन रहा है। सारा जीवन अंधेरे में मौन काम कर रहा है। एक-एक आदमी के शरीर के भीतर इतनी बड़ी फैक्ट्री काम कर रही है कि अगर वह शोरगुल करे तो दुनिया में जीना मुश्किल हो जाए।

अब तक आदमी कोई फैक्ट्री नहीं बना सका जिसमें रोटी से खून बन सके; जिसमें हम रोटी डालें और खून तैयार हो जाए; जिसमें हम घास डालें और दूध बन जाए; जिसमें हम कुछ चीजें डाल दें और हड्डियां तैयार हो जाएं। अब तक हम तैयार नहीं कर पाए। हम नहीं तैयार कर पाएंगे। क्योंकि जो भी हम तैयार करेंगे वह इतना ऊपर और साफ होगा और जिंदगी के काम के लिए इतना चुप, इतना मौन, इतनी सीक्रेसी चाहिए, इतनी गुप्तता चाहिए कि उसका किसी को पता भी न चले।

तुम्हें शायद यह भी पता नहीं कि सारे जगत में तुम्हें जहां भी जीवन काम करता हुआ दिखाई पड़ रहा है—उसे चाहे जीवन कहो, चाहे परमात्मा कहो—वह बिलकुल मौन और अंधेरे में खड़ा हुआ काम कर रहा है। लोग कहते हैं, परमात्मा कहां है? वे परमात्मा को सामने देखना चाहते हैं।

छोड़ दें परमात्मा को; पूछें किसी से: जीवन कहां है? तो जीवन भी कहीं खोजने से न मिलेगा; जीवन भी मौन जड़ों में अंधेरे में काम कर रहा है चुपचाप। उसी जीवन से सारे पौधे पैदा होते हैं, पशु और पक्षी और मनुष्य और चांद और तारे, उसी जीवन की अंधेरे में छिपी हुई प्रक्रियाओं से सब कुछ पैदा हो रहा है।

लेकिन नासमझी में यह हो सकता है कि हम मान लें कि जो दरख्त दिखाई पड़ रहा है ऊपर जमीन के वही सच है, भीतर छिपी हुई जड़ें हैं ही नहीं, क्योंकि दिखाई नहीं पड़ती। जो नहीं दिखाई पड़ता वह नहीं है। अगर यह तर्क हमारे खयाल में हो—जो हम सबके खयाल में है—जो दिखाई पड़ता है वह है, जो नहीं दिखाई पड़ता वह नहीं है। अगर यह खयाल हमारे ऊपर आ जाए तो फिर हम जड़ों की फिक्र छोड़ देंगे। पौधों की, पत्तों की फिक्र करेंगे, शाखाओं की फिक्र करेंगे। क्या यह पौधा बहुत दिन जीएगा? और अगर जीएगा भी तो रोज-रोज कुम्हलाता जाएगा, रोज-रोज इसकी हरियाली कम होती जाएगी, रोज-रोज इसमें फूल आने कम होते चले जाएंगे। एक दिन यह पौधा मर जाएगा।

अगर पौधा कुम्हलाने लगेगा तो हम समझ जाएंगे कि कोई भूल हो रही है। लेकिन आदमी रोज-रोज कुम्हलाता जाता है और हम नहीं समझ पाते कि कोई भूल हो रही है। और आदमी रोज-रोज दुखी और उदास होता चला जाता है और हम नहीं पहचान पाते कि कोई भूल हो रही है।

एक भूल हो रही है, हम आदमी की जड़ों को भूल गए हैं। हम आदमी के भीतर जो अदृश्य जीवन की शक्तियां हैं उनका हमें कोई स्मरण नहीं, उनका हमें विस्मरण हो गया है, उनकी हमें कोई याद नहीं है।

जीवन की कला में, जीवन की जड़ों को खोजना पहली बात है। निश्चित ही जड़ें भीतर हैं, क्योंकि वहीं से सब विकसित होता है। हमारा प्रेम कहां से विकसित होता है, कभी तुमने सोचा? हमारा चिंतन कहां से जन्मता है, तुमने कभी सोचा? हमारी सारी शक्ति कहां से आती है, कभी तुमने खयाल किया? भीतर से! एक दिन अचानक हमारे भीतर विचार का जन्म होता है, प्रेम का जन्म होता है। हमारे भीतर से कुछ उठता है और बाहर की तरफ फैलता चला जाता है। जीवन भीतर से बाहर की तरफ है।

लेकिन हमारी सारी शिक्षा, हमारा सारा समाज, हमारी सारी संस्कृति बाहर से भीतर की तरफ है। हम क्या कर रहे हैं अपने विद्यापीठों में, अपने स्कूलों में? कुछ ज्ञान बाहर से भीतर डाल रहे हैं। कुछ बातें सिखा रहे हैं, सीख लो। बाहर से डाली जा रही हैं बातें और भीतर हम उन्हें इकट्ठा कर रहे हैं।

यह ज्ञान झूठा है, यह ज्ञान जीवन की तरफ नहीं ले जा सकता। हां, इस ज्ञान से नौकरी मिल सकती है; इस ज्ञान से आजीविका चल सकती है; इस ज्ञान से वस्त्र मिल सकते हैं और अच्छा मकान मिल सकता है। इस ज्ञान से बाहर की कुछ चीजें मिल सकती हैं, क्योंकि यह ज्ञान बाहर से आया हुआ है। लेकिन इस ज्ञान से भीतर की जड़ें नहीं मिल सकतीं, मनुष्य की आत्मा नहीं मिल सकती। क्योंकि उसे जानने के लिए उस ज्ञान का भी जन्म होना चाहिए जो भीतर से आता है। इसलिए आदमी एक तरह की बहुत असंतुलित दशा में खड़ा हो गया है। उसका जड़ों से संबंध टूट गया है, वह अपनी ही रूट्स से टूटा हुआ है, अपनी ही जड़ों से उसका कोई वास्ता नहीं है।

क्या करें? कैसे हम अपनी जड़ों को खोज पाएं?

और अपनी जड़ों को खोज लेना ही आत्मा को खोज लेना है। धर्म का यदि कोई अर्थ है तो यही कि व्यक्ति अपनी आत्मा को कैसे खोज ले। और आत्मा से मतलब है जीवन की जड़ें, जहां से हमारे जीवन के पौधे में सारी शाखाएं निकलती हैं, उस जगह को हम कैसे खोज लें। और अगर हम उसे खोज पाएं तो हमारा आनंद प्रतिदिन बढ़ता चला जाएगा, और हमारे जीवन की हरियाली बढ़ती चली जाएगी, और हमारी खशी बढ़ती चली जाएगी। मृत्यु के क्षण में जाकर हम परिपूर्ण जीवन तक पहुंच जाने चाहिए। मरते वक्त आदमी उतना आनंदित होना चाहिए जितना कभी न था।

बच्चा पैदा होते से रोता है। अगर न रोए तो मां-बाप फिकर करते हैं उसे जल्दी से रुला देने की। क्योंकि जो बच्चा नहीं रोया है पैदा होते से, शायद वह बच्चा जी नहीं सकेगा। क्योंकि मां से टूट गया, जहां एकदम शांति थी और एकदम मौन था और सब सुख था, वहां से टूट कर जो बच्चा नहीं रो रहा है, वह बच्चा या तो बीमार है, उसकी चेतना क्षीण है, या मर ही चुका है, या जल्दी मर जाएगा। तो उसे जल्दी से रुलाने की कोशिश की जाती है कि वह रोए। बचपन का पहला क्षण रोने से शुरू होता है, मृत्यु का अंतिम क्षण हंसने पर पूरा होना चाहिए। अगर बच्चा रोने से शुरू नहीं करता तो बीमार है, गलत है, मर जाएगा, बचेगा नहीं। और अगर बूढ़ा आदमी हंसते हुए नहीं मरता तो समझना चाहिए वह भी मरा हुआ जीया, वह भी जीवित नहीं था। जन्म की शुरुआत है रुदन, मृत्यु की पूर्णता होनी चाहिए परिपूर्ण हंसी पर।

एक फकीर दिन-रात हंसा करता था। लोगों ने कभी उसकी आंख में आंसू नहीं देखे, कभी पीड़ा नहीं देखी, कभी उदासी नहीं देखी। फिर उसके मरने का दिन करीब आ गया। और उसने अपने मित्रों को इकट्ठा किया, जो बहुत थे। क्योंकि जो आदमी जीवन भर हंसा है उसके मित्रों की कोई कमी रह जाएगी! जो आदमी जिंदगी में रोया है उसके शत्रु तो होंगे, मित्र उसके नहीं हो सकते। क्योंकि मित्रता का सेतु तो हंसना है, रोने से तो हम लोगों से टूट जाते हैं। रोते हुए आदमी का कौन मित्र होना चाहता है? हम अपनी ही उदासी से परेशान हैं, और एक उदास आदमी को मित्र बनाएंगे तो बोझ और बढ़ जाएगा। रोते हुए आदमियों से कौन संबंध जोड़ना चाहता है? दुखी और उदास और पीड़ित आदमियों को कौन अपने हृदय के निकट लेना चाहता है?

इसीलिए दुनिया में मैत्री कम होती जाती है, प्रेम कम होता जाता है। क्योंकि हर आदमी उदास और दुखी है, फिर चाहे वह पत्नी हो किसी की या पति हो, या मित्र हो, या पिता हो, या पुत्र हो, सब उदास हैं। इसलिए जीवन से मित्रता की सारी सुगंध चली गई, प्रेम का सारा आनंद चला गया।

वह आदमी जीवन भर हंसता रहा था, जो भी उसके निकट आया था उसका मित्र हो गया था। तुमने कभी हंसते हुए फूलों से शत्रुता की है? कांटों का कोई शत्रु हो सकता है, लेकिन फूलों का कौन होगा शत्रु? और जो आदमी जीवन में आनंदित है वह उस फूल की भांति हो जाता है जिसकी सुगंध सभी को प्रेम में बांध लेती है। उस आदमी के सभी मित्र

थे। जब उसके मरने की खबर उड़ी तो लाखों लोग उस छोटे से गांव में इकट्ठे होने लगे। और वह सुबह आ गई जब उसने कहा था कि मेरी श्वासें समाप्त हो जाएंगी।

और शायद तुम्हें यह भी मैं कह दूं कि जो आदमी दुख में जीता है, वह मृत्यु से इतना डरा रहता है, इसी कारण उसे अपनी मृत्यु का कोई पता नहीं चल पाता। लेकिन जो परिपूर्ण आनंद में जीता है उसे क्रमशः दिखाई पड़ने लगता है कि अब उसके डूबने का और विदा होने का क्षण आ गया है। जैसे नदी जब सागर में गिरने लगती है तो उसे दिखाई पड़ जाता है कि आ गया सागर सामने। ऐसे ही जो आदमी आनंद में जीता है वह जानता है उस क्षण को कि कब, कब उसकी श्वासें बिखर जाएंगी और अनंत में लीन हो जाएंगी और कब उसके प्राण महाप्राण से जुड़ जाएंगे, कब उसकी नदी सागर में गिर जाएगी। उसे दिखने लगता है। क्योंकि जो आनंदित है, डरा हुआ नहीं है, उसकी आंखें खुली होती हैं। जो डरा हुआ है, भयभीत है, दुख से भरा है, उसकी आंखें बंद होती हैं। इसलिए सबसे बड़ी चीज जो दिखाई पड़ जानी चाहिए थी, अपनी जीवन सरिता की, परमात्मा के महासागर में मिलने की जो घड़ी, वह भी उसे दिखाई नहीं पड़ती। बंद आंखें कुछ भी नहीं देख सकतीं। और आंखें आंसुओं से बंद हो जाती हैं, दुख से बंद हो जाती हैं।

तो वह आदमी को खबर हो गई कि कल सुबह विलीन हो जाएगा। बहुत मित्र उसके इकट्ठे हो गए। उसने उन सारे मित्रों को कहा, मेरे मित्रो, मेरी एक प्रार्थना है। मैंने जीवन भर तुमसे कुछ भी नहीं चाहा, कोई आकांक्षा नहीं की, फिर भी तुमने मुझे बहुत कुछ दिया। मैंने तुमसे मांगा नहीं था, लेकिन मेरी झोली हमेशा भरी रही।

सच तो यह है, जो मांगता है उसकी झोली हमेशा खाली रह जाती है, जो नहीं मांगता उसकी झोली भर जाती है। जो नहीं मांगता उसे देने का मन होता है, जो मांगता है उससे बच जाने की इच्छा होती है। इसलिए जीवन में वे लोग बहुत पा जाते हैं जो नहीं मांगते, और वे लोग भिखारी रह जाते हैं जो मांगते हैं। स्मरण रखना इस बात को, जो चीज चाहनी हो उसे मांगना मत।

तो उसने कभी नहीं चाहा था, बहुत उसे मिला था। उसने अपने मित्रों से कहा, बहुत तुमने मुझे दिया बिना मांगे, अब एक बात मैं मांगता हूं अंतिम, यह मुझे दे देना। मैं मर जाऊं तो मेरे वस्त्र मत बदलना, मैं जो वस्त्र पहन कर मरूं, उनको ही पहना कर तुम मुझे दफना देना। रही स्नान करने की बात...उस मुल्क में भी, जहां की यह घटना है, आदमी मर जाता था तो उसे स्नान करवाते थे...उस आदमी ने कहा, मैं खुद स्नान किए लेता हूं, ताकि तुम्हें स्नान करवाने की तकलीफ न उठानी पड़े, और मेरे कपड़े मत बदलना।

उसने स्नान कर लिया, उसने कपड़े पहन लिए, और वह लेट रहा, और उसने हाथ जोड़ कर अपने मित्रों से विदा ले ली। उसकी आंखों में बड़ी चमक थी, उसके चेहरे पर बड़ी रौनक थी, उसके ओंठों पर बड़े गीत थे; जैसे वह किसी बड़े मिलन को जाता हो; जैसे मृत्यु नहीं, कोई बहुत प्रियजन से मिलने की यात्रा करता हो। वह चल बसा। उसने चाहा था इसलिए उसके कपड़े न बदले गए। लोग रोने लगे, और उदास और दुखी हो गए

और आंसुओं से भरे हुए उसे वे मरघट की तरफ ले गए। जब उसे चिता पर चढ़ाया, आंख में आंसू थे, हृदय में आह थी, लेकिन जैसे ही उसकी लाश चिता पर चढ़ी, थोड़ी देर में उस मरघट पर जुड़े हुए वे लाखों लोग हंसने लगे।

क्या हो गया? मरघट पर कभी कोई हंसा है? लेकिन वह आदमी बड़ा गजब का होगा, उसने अपने वस्त्रों में फुलझड़ी और पटाखे छिपा रखे थे। आग लग गई चिता में, फुलझड़ियां फूटने लगीं, पटाखे आवाज करने लगे। लोग हंसने लगे। और लोगों ने कहा, धन्य था वह व्यक्ति, जीया तो हंसता हुआ, मरा तो हंसता हुआ। और हम उसे विदा रोते हुए न दें इसलिए वह फुलझड़ी और पटाखे भी अपने साथ रख कर सो गया, ताकि हम हंसते हुए उसे विदा दें।

जीवन अगर ठीक-ठीक हो, तो न केवल वह आदमी हंसता हुआ जीएगा, बल्कि उसके जीवन के करीब जो आएंगे वे भी हंसेंगे और खुशी से भर जाएंगे। न केवल वह हंसता हुआ जीएगा, बल्कि हंसता हुआ मरेगा। और उसकी मृत्यु भी एक बड़ी पवित्रता और प्रेम की घटना होगी और उसकी मृत्यु भी एक मंगल वर्षा की तरह जीवन पर छा जाएगी।

लेकिन मृत्यु हमारी मंगल वर्षा करे, यह तो बहुत दूर, हमारा जीवन ही मंगल वर्षा नहीं कर पाता। यह तो दूर कि हमारी मृत्यु भी लोगों के लिए आनंद की वर्षा बन जाए, हमारा जीवन ही लोगों के लिए आनंद नहीं बन पाता। हमारा जीवन भी दूसरों को दुख देता है। हम जिस ढंग से जीते हैं उस ढंग से हम हरेक को दुख देते हैं जो हमारे निकट आता है। असल में हम गलत जीते हैं, इसलिए हम दुख देंगे ही।

तो पहली बात जाननी जरूरी है: जीवन का ठीक-ठीक विकास निरंतर आनंद की ओर है। पर वह तभी हो सकता है...पौधे का विकास निरंतर हरियाली, फल और फल की ओर है। लेकिन वह तभी हो सकता है जब जड़ों से संबंध हो और जड़ों का खयाल हो, फिकर हो, जड़ों को पानी मिले। हमें जड़ों का खयाल नहीं है। तो मैं जड़ों की याद दिलाना चाहता हूं। और जड़ों की याद से मेरा मतलब है आत्मा की याद।

किन सूत्रों से तुम्हें यह याद आ सकेगी?

पहला सूत्रः हमेशा इस बात का ध्यान रखना कि जिसे अपनी आत्मा को, जड़ों को, आनंद को, मुक्ति को, जो भी जीवन में सुंदर और सत्य है उसे पाना हो, उसे भीतर से बाहर की ओर जीना है, बाहर से भीतर की ओर नहीं। भीतर से बाहर की ओर जीना है, बाहर से भीतर की ओर नहीं।

यह बात थोड़ी कठिन है। मैं समझाऊं तो शायद तुम्हारी समझ में आ सके।

हम अभी जैसा जीते हैं, बाहर से भीतर की ओर जीते हैं। बाहर से भीतर की ओर जीने का सूत्र है–अनुकरण, दूसरों का अनुकरण। बाहर से भीतर की ओर जीने का सूत्र है–अनुकरण, दूसरों का अनुकरण। हम बच्चों को सिखाते हैं—राम जैसे बन जाओ, बुद्ध जैसे बन जाओ, गांधी जैसे बन जाओ। यह बाहर से भीतर की तरफ जीने की तरकीब हुई। यह गलत बात है। जो बाहर से भीतर की तरफ जीएगा, धीरे-धीरे उसकी

आत्मा खो जाएगी। क्योंकि आत्मा का जन्म और आत्मा का विकास तो भीतर से बाहर की तरफ जीने से होता है।

बाहर से भीतर की तरफ जीने का सूत्र है—अनुकरण। भीतर से बाहर की तरफ जीने का सूत्र है–व्यक्तित्व, इंडिविजुअलिटी। किसी के पीछे मत जाना कभी, किसी का अनुकरण मत करना, किसी के जैसे बनने की कोशिश मत करना। क्योंकि जो किसी और जैसा बनने की कोशिश करता है वह और जैसा तो बन नहीं पाता, बन नहीं सकता, लेकिन हां, जो बन सकता था, उसके बनने से वंचित रह जाता है।

जैसे किसी बगिया में हम जाएं और चमेली के फूलों से कहें कि तुम गुलाब के फूल बन जाओ और गुलाब के फूलों से कहें कि तुम जुही के फूल बन जाओ।

पहली तो बात यह है कि फूल इतने नासमझ नहीं हैं कि हमारी बात मान लेंगे, लेकिन आदमी इतना नासमझ है कि बातें मान लेता है। फिर भी कोई फल नासमझ हो और मान ले और चमेली यह कोशिश करने लगे कि मैं गुलाब का फूल हो जाऊं, तो क्या होगा? चमेली गुलाब का फूल हो सकती है? उसकी जड़ों में गुलाब नहीं है, तो उसकी शाखाओं पर गुलाब कैसे हो जाएगा? उसकी जड़ों में तो चमेली छिपी है और वह कोशिश करेगी गुलाब होने की। और गुलाब होने की कोशिश में अनिवार्य रूप से चमेली होने को दमन करेगी, सप्रेस करेगी कि कहीं मैं चमेली न हो जाऊं, मुझे गुलाब होना है। तो मैं चमेली न हो जाऊं, इसको दबाएगी, दबाएगी, और गुलाब होने की कोशिश करेगी। गुलाब तो हो नहीं सकती, क्योंकि वह उसकी जड़ में नहीं; और चमेली वह हो नहीं पाएगी, क्योंकि चमेली होने को खुद दबा लेगी। उसमें फूल नहीं लगेंगे। और जब फूल न लगेंगे तो उसके प्राण इतने तड़फड़ा जाएंगे, इतने आकुल हो उठेंगे कि वह सब तरफ से कुरूप और अग्ली हो जाएगी, सब तरफ से विकृत हो जाएगी, उसके जीवन का सारा सौंदर्य खो जाएगा।

और जब वह न हो पाएगी गुलाब, तो कितनी दीनता और कितनी हीनता उसके मन में भर जाएगी! कितनी इनफीरिआरिटी भर जाएगी! वह उस बगिया में ऐसा लगने लगेगी कि दुर्भाग्य वाली है। पता नहीं पिछले जन्मों के कर्मों के कारण यह दुर्भाग्य हो गया है या क्या हो गया! वह सोचेगी अपने को कि मेरा कोई दुर्भाग्य है इसलिए मुझमें फूल नहीं खिलते। और जब दूसरों में फूल खिलेंगे तो उसके मन में ईर्ष्या भर जाएगी, जेलेसी भर जाएगी, जलन भर जाएगी। हो सकता है उसका बस चले तो वह दूसरों के फूलों को खिलने के पहले गिरा देगी। उसका बस चले तो दूसरों की जड़ों में वह जहर छिड़क देगी। ताकि अगर मुझमें फूल नहीं खिलते तो किसी में भी फूल न खिल पाएं। तब यह तो कहा जा सके कि फूल खिलते ही नहीं, इसमें मेरा क्या कसूर है! यह उस चमेली की हालत हो जाएगी।

यही हम में से बहुत आदमियों की हालत हो गई है। क्योंकि हमसे कहा जाता है—राम जैसे बन जाओ, बुद्ध जैसे बन जाओ। और पता नहीं हमारे भीतर क्या छिपा हो! और हम किसी और जैसे बनने की कोशिश में लग जाएंगे तो एक बात तय है—जो हमारे भीतर छिपा था वह छिपा ही रह जाएगा, उसके प्रकट होने के द्वार बंद हो जाएंगे। और जो

छिपा था वही थी हमारी जड़, वही थी हमारी आत्मा, वही था हमारा व्यक्तित्व। उसकी हत्या हो गई। हत्या नहीं, उसकी हमने आत्महत्या कर ली, अपने हाथ से उसे मार डाला।

हम सब आत्महंता हैं। सारी जमीन पर अधिकतम लोग आत्महंता हैं, अपनी हत्या करने वाले लोग हैं। क्योंकि हम सब अपने खिलाफ लड़ते हैं और किसी और जैसा होने की कोशिश करते हैं। आज तक वह शुभ दिन नहीं आ सका कि हम अपने बच्चों से कह सकें कि तुम अपने जैसे बन जाना, और किसी जैसे नहीं। जो तुम्हारे भीतर छिपा हो उसे विकसित करना।

और क्या तुम्हें पता है कि दुनिया में एक जैसे दो आदमी कभी नहीं होते। हो भी नहीं सकते। राम को हुए कितने हजार वर्ष हो गए, दूसरा राम कहां है? कितने लोगों ने कोशिश नहीं की, लेकिन दूसरा राम कहां है? बुद्ध को हुए कितना समय हुआ, लेकिन दूसरा बुद्ध कहां है? क्राइस्ट को हुए कितना समय हुआ, लेकिन दूसरा क्राइस्ट कहां है? क्यों नहीं हो सका कोई दूसरा क्राइस्ट?

असल में हर आदमी अनूठा है, अद्वितीय है, बेजोड़ है, यूनीक है। आदमी तो दूर, तुम एक जैसे दो पत्थर भी खोज कर नहीं ला सकती हो। तुम एक बड़े भारी दरख्त पर दो पत्ते भी ठीक एक जैसे नहीं खोज सकती हो। पत्तों का भी अपना व्यक्तित्व है, कंकड़ों का भी अपना व्यक्तित्व है, हर चीज की अपनी इंडिविजुअलिटी है, आदमी को छोड़ कर। क्योंकि आदमी दूसरे जैसे होने की कोशिश में अपने व्यक्तित्व को पोंछ बैठा, मिटा बैठा। उसने अपने हाथ से अपनी शक्ल पर रंग पोत लिया है। वह डरा हुआ है कि कहीं मैं अलग न हो जाऊं! और हमारी पूरी संस्कृति यह सिखा रही है कि दूसरे जैसे हो जाओ। जैसे दूसरे लोग कपड़े पहनते हैं वैसे कपड़े तुम भी पहनना; जैसे दूसरे लोग चलते हैं, तुम भी चलना; जैसे दूसरे लोग बाल बनाते हैं, तुम भी बनाना।

यहां तक तो बात फिर भी ठीक थी....ठीक तो नहीं है, लेकिन धीरे-धीरे हम दूसरों जैसे होने की इतनी आदत में पड़ जाते हैं कि आदमी का व्यक्तित्व खो जाता है। उसका अनूठापन, उसका अपनापन खो जाता है। और उस अनूठेपन में ही उसकी आत्मा थी।

मैं तुमसे कहता हूं, दूसरों जैसे होने से बचना, भीड़ से बचना; हमेशा इस कोशिश में मत रहना कि मैं दूसरों जैसा रहूं। दूसरों जैसे रहने में तुम्हारे अपने व्यक्तित्व में जो भी खूबियां थीं वे पैदा नहीं हो पाएंगी। और यह बात कपड़ों तक ही सीमित नहीं है, यह बात पूरी आत्मा तक प्रविष्ट हो जाती है। तुम अपने व्यक्तित्व को खोजने की कोशिश करना। तुम पैदा हुई हो तो जरूर परमात्मा ने चाहा है कि कोई नया व्यक्ति पैदा हो, जरूर तुम्हारे भीतर कोई खज़ाना छिपा दिया है जो प्रकट हो जाए, जरूर तुम्हारे भीतर कोई फूल की पोटेंशियलिटी है, कोई चीज छिपी है, जो अभिव्यक्त होना चाहती है। दूसरे जैसे होने की कोशिश में वह पड़ी रह जाएगी, वह खजाना दबा रह जाएगा।

इसलिए दुनिया में आदमियत रोज-रोज कम होती जाती है। क्योंकि हममें यह साहस नहीं है कि हम कह सकें कि मैं खुद होने को पैदा हुआ हूं। मैं दूसरा जैसा होने से इनकार

करता हूं। यह विद्रोह और यह साहस होना चाहिए हर बच्चे में। और जो मां-बाप उस बच्चे को प्रेम करते हैं और जो गुरु उस बच्चे को प्रेम करते हैं, उन्हें कोशिश करनी चाहिए कि वह बच्चा बगावती हो जाए, रिबेलियस हो जाए। वह कनफर्मिस्ट न हो, वह जैसे दूसरे लोग हैं वैसे होने की कोशिश में न पड़ जाए। यह गुरु का सबसे बड़ा कर्तव्य है और शिक्षालय का कि वह हर बच्चे का जो अनूठा व्यक्तित्व है उसको बताता रहे कि तू अनूठा है। अपने अनूठेपन को खोज, उसे विकसित कर। दूसरों की छाया से बच, दूसरों जैसे होने की आकांक्षा से बच। डर मत।

हममें डर है, अकेले खड़े होने में डर है। इसलिए तो हम सब एक जैसे कपड़े पहन लेते हैं, एक जैसे बाल बना लेते हैं, एक जैसे गहने खरीद लेते हैं, एक जैसे जूते खरीद लेते हैं। धीरे-धीरे हम इतने डर जाते हैं कि अलग खड़े होने में एक डर है। भीड़ के साथ खड़े होने में अच्छा लगता है। क्योंकि कोई डर नहीं, जैसे सब हैं वैसे हम हैं, उनमें हम खो जाते हैं। लेकिन अनूठे होने में, अपने जैसे होने में एक भय है। कहीं भीड़ नाराज न हो जाए! कहीं भीड़ इनकार न करने लगे! कहीं भीड़ यह न कहने लगे कि यह आदमी ठीक नहीं है!

और भीड़ ऐसा कहेगी और अब तक कहती रही है। क्राइस्ट को सूली पर चढ़ा देती है भीड़, क्योंकि क्राइस्ट अलग तरह का आदमी है। भीड़ जिस मंदिर में जाती है, क्राइस्ट कहता है कि गलत है उस मंदिर में जाना; तो यह आदमी अलग तरह का है। भीड़ जिस किताब को पूजती है, क्राइस्ट कहता है कि गलत है वह किताब। भीड़ कहती है, जो आदमी एक चांटा मारे, दो चांटे तुम उसको मार देना। जो तुम्हारी एक आंख फोड़े, तुम दोनों फोड़ देना। और क्राइस्ट कहते हैं कि जो तुम्हारे एक गाल पर चांटा मारे, दूसरा उसके सामने कर देना। यह आदमी अलग हो गया, यह भीड़ की भाषा में नहीं बोल रहा है। भीड़ गुस्से में आ जाएगी, क्रोध से भर जाएगी। हत्या कर दो ऐसे आदमी की जो अलग है! क्योंकि यह अलग आदमी भीड़ की सत्ता को इनकार करता है। गांधी को हम गोली मार देते हैं, क्योंकि गांधी भीड़ का हिस्सा नहीं है। गांधी अपनी तरह का आदमी है। सुकरात को हम जहर पिला देते हैं, क्योंकि सकरात भीड़ का हिस्सा नहीं है।

लेकिन क्या तुम्हें पता है, दुनिया में जिन लोगों की जिंदगी में भी फूल खिले हैं वे कोई भी भीड़ के हिस्से नहीं थे। जमीन पर जब भी कोई आदमी पूरा आदमी बना है तो वह भीड़ का हिस्सा नहीं था। वह हमेशा अनूठा था, अपने जैसा था, उसकी कोई जोड़ नहीं थी। इसलिए अगर तुम्हें भी अपने जीवन के फूल खिलाने हों तो खयाल रखना, भीड़ से बचना और अपने जैसे होना, डरना मत। और अगर हमारे सारे बच्चे इस बात को समझ जाएं तो फिर भीड़ उन्हें परेशान भी न कर सकेगी। क्योंकि भीड़ कौन बनाता है? हम ही तो भीड़ बनाते हैं। अगर यहां चालीस या पचास लड़कियां बैठी हैं, वे सब मिल कर भीड़ बनाती हैं। और अगर वे सब अपने-अपने व्यक्तित्व को अनूठे रास्तों पर ले जाना शुरू कर दें तो भीड़ कहां है फिर? फिर एक-एक आदमी है, भीड़ नहीं। फिर भीड़ का कोई भय न रह

जाएगा। हम ही भीड़ बनाते हैं, हम ही भय पैदा कर देते हैं, फिर हम ही को डरना पड़ता है, फिर हम ही उस भीड़ में दब जाते हैं और परेशान हो जाते हैं।

तो पहला सूत्र है अपनी जड़ें खोजने का: अनुकरण मत करना, अपने व्यक्तित्व को खोजना।

अपने व्यक्तित्व की खोज में बड़ा साहस चाहिए, करेज चाहिए, हिम्मत चाहिए। और इसलिए जितना ज्यादा तुम साहस करोगी, जितनी ज्यादा हिम्मत करोगी, उतनी ही तुम्हारी आत्मा बली होती चली जाएगी, बलवान होती चली जाएगी। जिंदगी फूलों का रास्ता नहीं है, एक बड़ी लड़ाई है। सब तरफ जो लोग हैं, उनका जो ढांचा है, उस ढांचे से बचने की लड़ाई है जिंदगी।

एक युवक एक विश्वविद्यालय से शिक्षा लेकर वापस लौटा था। इमर्सन जिस गांव में रहता था उसी गांव का वह लड़का था। उस लड़के के स्वागत में—उस गांव का वह पहला लड़का था जिसने ऊंची से ऊंची शिक्षा पाई थी–उसके स्वागत में एक समारोह हुआ, और बूढ़े इमर्सन को लोगों ने कहा कि वह भी दो शब्द आशीर्वाद के कहे।

इमर्सन ने क्या कहा? उसे अपने मन पर खोद कर रख लेना।

इमर्सन ने कहा, मैं इस लड़के की तारीफ करता हूं। इसलिए नहीं कि यह शिक्षा की सबसे बड़ी उपाधि लेकर लौटा है, बल्कि इसलिए कि विश्वविद्यालय से, विश्वविद्यालय की शिक्षा से गुजरने के बावजूद भी यह अपने व्यक्तित्व को बचा कर घर आ गया है। इसमें अपना व्यक्तित्व है, विश्वविद्यालय इसके व्यक्तित्व को नष्ट नहीं कर पाया। यह सामान्यजन नहीं हो गया, यह अपनी खूबियों को बचा कर आ गया।

हमारी सारी शिक्षा मास-प्रोडक्शन है, भीड़ के लिए है, व्यक्ति के लिए बिलकुल नहीं है। तो इसलिए पंद्रह साल इस फैक्ट्री में से गुजरने पर बहुत स्वाभाविक है कि आदमी आदमी न रह जाए, भीड़ का एक अंक रह जाए। जैसा मिलिटरी में होता है। कोई आदमी मरता है तो वे यह नहीं कहते कि रामलाल मर गया; वे कहते हैं, नंबर तीन मर गया।

तुम सोचो, जब हम कहें कि रामलाल की मृत्यु हो गई, तो ऐसा लगता है कोई आदमी मर गया; और हम कहें नंबर तीन गिर गया, तो कुछ पता नहीं चलता। कितने नंबर गिर जाते हैं, कोई पता नहीं चलता।

तो मिलिटरी में नंबर रख लिए हैं, ताकि आदमी मरने का कोई पता न चले। वे कहते हैं, आज पंद्रह नंबर खत्म हो गए। पंद्रह आदमी मर गए, तो चोट लगती है मन पर। लेकिन पंद्रह नंबर खत्म हो गए, क्या फर्क पड़ता है? पंद्रह नंबर की जगह दूसरे पंद्रह नंबर लिख जाएंगे। तो सारी दुनिया में मिलिटरी में आदमी का कोई नाम नहीं होता। क्योंकि नाम से इंडिविजुअलिटी होती है, नाम से एक आदमी अलग हो जाता है। तो नंबर होते हैं, नंबर से कोई अलग नहीं होता।

मिलिटरी में एक जैसे कपड़े होते हैं, एक जैसे जूते होते हैं, एक जैसी टोपी होती है। अगर हजार मिलिटरी के आदमी खड़े हैं तो उनमें कोई आदमी दिखाई नहीं पड़ता, हजार

सैनिक दिखाई पड़ते हैं। उनके चेहरों में कोई व्यक्तित्व नहीं रह जाता। फिर उनको सुबह से सांझ तक–बाएं घूमो, दाएं घूमो, लेफ्ट टर्न, राइट टर्न–ऐसी बेवकूफियां करवाई जाती हैं जिनका कोई मतलब नहीं है। लेकिन एक गहरा मतलब है। जब एक हजार आदमियों को कहा जाता है–बाएं घूमो! और वह पूरी कतार एक साथ बाएं घूमती है, तो धीरे-धीरे व्यक्ति का बोध खत्म हो जाता है, कतार का बोध रह जाता है, पूरी कतार का बोध! इसीलिए मिलिटरी में सख्त होती है यह बात कि जब सब घूम रहे हैं, कोई अगर खड़ा रह जाए तो उसे सजा मिलेगी। क्योंकि उसने व्यक्तित्व की घोषणा की, वह पंक्ति से अलग उसने होने की हिम्मत की। गलत है यह आदमी, इसको सजा मिलेगी। पंक्ति के साथ घूमो! पंक्ति घूमती है बाएं तो तुम घूम जाओ और आज्ञा का उल्लंघन मत करो।

इसलिए मिलिटरी में रहते-रहते आदमी का मस्तिष्क और व्यक्तित्व दोनों समाप्त हो जाते हैं। तभी तो मिलिटरी का आदमी इतनी हिंसा कर पाता है, हत्या कर पाता है। अगर उसमें समझ हो, व्यक्तित्व हो, इतनी हत्या नहीं कर सकता।

जिस आदमी ने हिरोशिमा पर एटम बम गिराया, उससे पीछे किसी ने पूछा कि तुम्हें कुछ लगा नहीं कि तुम क्या कर रहे हो यह? एक लाख आदमी मर जाएंगे तुम्हारे बम गिराने से! क्या तुम में इतनी हिम्मत न आई कि तुम कह देते अपने जनरल को कि मैं नहीं गिराऊंगा? चाहे मुझे गोली मार दो, एक ही मरूंगा मैं। एक लाख आदमी मारने का मैं...

उसने कहा, यह सवाल ही नहीं उठा। आर्डर इज़ आर्डर! आज्ञा आज्ञा है! मुझे तो आदत है। बाएं घूमो! तो मैं बाएं घूमता हूं। दाएं घूमो! तो मैं दाएं घूमता हूं। उन्होंने कहा यह बम गिराओ! मुझे खयाल ही नहीं आया कि क्या मतलब है इसका। मैंने जाकर बम गिराया और मैं लौट आया।

तुम सोच सकते हो, एक आदमी को यह खयाल भी न आए कि इसका क्या परिणाम होगा! एक लाख लोग, छोटे-छोटे बच्चे जो अभी स्कूल से घर लौटे थे, स्त्रियां जो अपने घर में बच्चों के लिए भोजन तैयार कर रही थीं, पुरुष जो अपने दफ्तरों से वापस आ रहे थे, किसी को खयाल भी न था कि जीवन की अंतिम घड़ी आ गई। वे एक लाख लोग थोड़े ही क्षणों में राख हो गए। और उस आदमी को, जिसने गिराया था, न खयाल आया, न विचार आया।

विचार आता, अगर उसके पास अपनी आत्मा होती। विचार आता, अगर उसके पास अपना व्यक्तित्व होता। खयाल आता उसे और अगर उसमें थोड़ी भी मनुष्यता होती तो वह कहता: गोली मार दो मुझे, लेकिन मैं यह नहीं गिराता।

लेकिन नहीं, दस साल लेफ्ट-राइट करते-करते, एक से कपड़े पहने हुए, पंक्ति में घूमते-घूमते वह भूल गया कि मैं भी हूं। कोई सवाल न रहा उसके होने का।

धीरे-धीरे दुनिया में, जैसा मिलिटरी कैंप में होता है, पूरी दुनिया में, पूरे समाज में हुआ जा रहा है। हमको पता भी नहीं चल रहा कि हम भी एक बड़े मिलिटरी कैंप के हिस्से होते जा रहे हैं। हम सब भी सैनिकों की भांति होते जा रहे हैं। एक से कपड़े, एक सी

शिक्षा, एक सा उठना और बैठना, एक सी कवायद, सब एक सा। फिर धीरे-धीरे वह जो अनूठी आत्मा है वह कैसे विकसित हो? वह नहीं होगी।

इसलिए पहला सूत्र है: अनुकरण मत करना। दूसरों से हमेशा उनके जैसा होने की कोशिश मत करना, बल्कि खोजना अपने जैसा होने का कोई कारण, कोई रास्ता। लेकिन यह तुम तभी खोज पाओगे जब दूसरा सूत्र भी समझ लो। वह दूसरा सूत्र है: विचार।

पहला सूत्र है: व्यक्तित्व। विरोधी सूत्र है: अनुकरण।

दूसरा सूत्र है: विचार। विरोधी सूत्र है: श्रद्धा, विश्वास।

तो जो भी तुमसे कहा जाए उस पर आंख बंद करके कभी विश्वास मत करना। नहीं तो तुम अनुकरण करने में अपने आप पड़ जाओगे। उस पर विचार करना, सोचना। और चाहे दुनिया का बड़े से बड़ा आदमी कहता हो, खुद भगवान उतर कर कहता हो कि यह ठीक है, तो भी तुम शक करना और कहना कि मैं सोचूंगा। मैं सोचूं, मुझे ठीक लगे, तो मैं स्वीकार करूं, नहीं तो मैं स्वीकार करने को नहीं हूं।

जिन कौमों के बच्चों ने विचार किया, वहां विज्ञान का जन्म हो गया। जिन कौमों के बच्चों ने विश्वास किया, वहां कोई विज्ञान पैदा नहीं हो सका। हमारी कौम के बच्चे विश्वास करते रहे, उन्होंने विचार नहीं किया, इसलिए इस मुल्क में कोई विज्ञान विकसित नहीं हुआ। दूसरी कौमें चांद-तारों पर पहुंच गईं, हम बैलगाड़ी से आगे नहीं हैं। हम आगे हो भी नहीं सकते। हैरानी है यही कि जिस आदमी ने सबसे पहले बैलगाड़ी बनाई होगी, वह भी बड़ा विद्रोही रहा होगा। नहीं तो पैदल ही चलना काफी था। और जिस पहले आदमी ने सबसे पहले चार पैर की जगह दो पैर से खड़ा हुआ होगा, वह भी बड़ा रिबेलियस रहा होगा। नहीं तो चार ही पैर से चलना ठीक था। और जो बंदर पहली दफा चारों पैर से छोड़ कर दो पैर से खड़ा हुआ होगा, तुम्हें पता है, बाकी बंदरों ने उसकी हत्या कर दी होगी। उन्होंने कहा होगा: यह बड़ा विद्रोही मालूम होता है, बड़ा इंकलाबी मालूम होता है। हम सब चार पैर से चलते हैं, इसको यह सूझी दो पैर से चलने की!

लेकिन वही बंदर जो दो पैर से चला, सारी मनुष्यता के विकास का केंद्र हो गया, प्राथमिक बिंदु हो गया।

हमेशा जिन्होंने विद्रोह किया है, उन्होंने विकास किया है। लेकिन विद्रोह तब होता है जब विचार हो। जो लोग विश्वास करने के आदी हो जाते हैं उनमें विचार पैदा नहीं होता।

तुमको सिखाया जाएगा—विश्वास करो। तुम्हारे मां-बाप तुमसे कहेंगे—अगर तुम हिंदू घर में पैदा हुए हो तो तुम हिंदू हो। तुम शक करना इस बात पर–कि आदमी हिंदू और मुसलमान कैसे हो सकता है? आदमी तो आदमी है। बच्चा पैदा होता है, उस पर कहीं नहीं लिखा होता कि यह जैन है, कि बौद्ध है, कि हिंदू है, कि मुसलमान है, कहीं नहीं लिखा होता। ये मां-बाप लेकिन समझाएंगे कि तुम मुसलमान हो, हिंदू हो, फलां हो। और उसी के साथ तुमको वे सब जहर भी सिखा देंगे जो वे खुद जानते हैं। वे सिखा देंगे कि अगर तुम हिंदू हो तो मुसलमान तुम्हारा दुश्मन है। और इसके पहले कि तुम्हारे जीवन में

सोच-विचार आए, तुम मुसलमान के दुश्मन हो जाओगे—ईसाई के, हिंदू के दुश्मन हो जाओगे। और यह दुश्मनी मनुष्य को इतना परेशान कर रही है जिसका कोई हिसाब नहीं।

लेकिन तुम अगर विचार करो तो तुम्हारे मन में यह खयाल आएगा कि बच्चे तो बच्चे की तरह पैदा होते हैं। एक मुसलमान का बच्चा और एक हिंदू का बच्चा साथ रखा जाए तो उनमें कोई कल पता चल सकेगा कि यह अलग धर्म का है, यह अलग धर्म का? नहीं! कल वे एक-दूसरे की हत्या कर सकेंगे? नहीं! कल वे मस्जिद में आग लगा सकेंगे? हिंदुस्तान और पाकिस्तान बना सकेंगे? नहीं, वे बच्चे इस तरह की बेवकूफियां नहीं करेंगे।

लेकिन जिन पीढ़ियों ने ये बेवकूफियां की हैं, वे पीढ़ियां तुम्हें अपनी नासमझियां भी सिखाने की कोशिश करेंगी। और वे तुमसे कहेंगी–विश्वास करो हमारी बात पर।

इसलिए अगर तुम्हें कभी अपने जीवन में अपनी आत्मा खोजनी हो तो विश्वास मत करना। संदेह में मर जाना बेहतर है, लेकिन विश्वास में जीना बेहतर नहीं है। क्योंकि जो संदेह करता है, शक करता है, डाउट करता है, उसके भीतर विचार की ताकत जगनी शुरू हो जाती है। और जो विश्वास करता है उसके भीतर विचार की ताकत पैदा ही नहीं होती। जो विश्वास करता है, विचार की कोई जरूरत नहीं है। इसलिए तुम विश्वास मत करना।

तुम्हें पता है, हिंदुस्तान में स्त्रियों को हमने हजारों साल तक समझाया कि तुम्हारा पति मर जाए तो तुम भी उसके साथ चिता में मर जाना। करोड़ों स्त्रियों को हमने आग में भून दिया। उन किसी स्त्री ने भी यह शक न किया कि जब स्त्री मरती है तो पुरुष उसके साथ आग में क्यों नहीं कूद जाते? उन्होंने विश्वास कर लिया कि पुरुष यह जो कहता है, ठीक कह रहा है, कि पति जब मर जाए तो पत्नी को मर जाना चाहिए उसके साथ, यह उसका कर्तव्य है। लेकिन किसी स्त्री ने भारत में यह शक न किया कि ये पुरुष क्यों नहीं मरते जब उनकी पत्नी मर जाती है? यह इनका कर्तव्य और धर्म नहीं है? स्त्रियां मरती रहीं। और स्त्रियां जब विश्वास कर लेती हैं तो बहुत खतरनाक हो जाता है, क्योंकि उनका विश्वास उनके बच्चों में भी वे प्रवेश करवा देती हैं।

आज हिंदुस्तान में करोड़ों विधवाएं हैं। लेकिन स्त्रियां शायद पूरी तरह से अभी भी शक नहीं कर रही हैं कि यह क्या पागलपन है? उनके जीवन को ऐसा नरक बनाने की क्या जरूरत है?

हिंदुस्तान में करोड़ों लोगों को हमने शूद्र बना कर इतना सताया है जिसका कोई हिसाब नहीं। लेकिन हमारे बच्चों ने कभी नहीं सोचा कि हम आदमियों के साथ यह क्या कर रहे हैं?

और हमारे बड़े से बड़े महापुरुष भी ऐसी नासमझी की बातें लिख गए हैं कि हैरानी होती है। वे लिख गए हैं कि अगर कोई शूद्र वेद के वचन पढ़ता हुआ मिल जाए, तो उसके कान में शीशा पिघलवा कर भरवा देना। और ऐसी घटनाएं घटी हैं कि शूद्रों के कान में उबलता हुआ शीशा भर दिया गया और वे मर गए। और इस मुल्क ने शक न किया कि यह क्या हो रहा है? यह क्या पागलपन है? यह क्या नासमझी है?

शक इसलिए नहीं किया कि बच्चों को शक करना सिखाया ही नहीं गया है, डाउट करना सिखाया ही नहीं गया है। कहा गया है—स्वीकार करो; विश्वास करो; जो कुछ कहा जाता है, विश्वास करो। और मां-बाप तुमसे कहेंगे कि हमारा अनुभव है, हमारी उम्र ज्यादा है, हमने जिंदगी देखी है, इसलिए हमारी बात मानो।

लेकिन तुम बहुत सोचना और विचारना। किसी की उम्र ज्यादा होने से उसकी बात सच नहीं हो जाती। सच्चाई तो यह है कि अगर उम्र ज्यादा हो जाए और आदमी समझदार हो तो वह अपने बच्चों से कभी यह न कहेगा कि हमारी उम्र ज्यादा है इसलिए हमारी बात मानो। बल्कि वह यही कहेगा कि जिंदगी भर में खोजने के बाद हमको यही दिखाई पड़ता है कि हम खुद भी कुछ नहीं जानते, हम खुद अज्ञानी हैं। हमको पता नहीं, ईश्वर है या नहीं। हमको पता नहीं, मरने के बाद आदमी बचता है या नहीं। हमको पता नहीं कि जिस मंदिर में जिस मूर्ति को हम पूजते हैं वह पाखंड है कि धर्म है। हमें कुछ पता नहीं। वह अपने बच्चों से यह कहेगा।

यहां तो शिक्षक भी मौजूद हैं, आपकी शिक्षिकाएं मौजूद हैं, उनसे मैं कहूंगा, बच्चों को विश्वास मत सिखाना, बल्कि विचार सिखाना। अगर एक नई दुनिया पैदा करनी है, अगर एक नये तरह का आदमी पैदा करना है, अगर एक ऐसी दुनिया पैदा करनी है जिसमें अलग-अलग जातियां न हों, शूद्र और ब्राह्मण न हों, गोरे और काले का भेद न हो; जिसमें गरीब और अमीर मिट सके, जिसमें पाकिस्तान-हिंदुस्तान और चीन जैसी सीमाएं न हों; जिसमें सारी दुनिया इकट्ठी हो, पूरी मनुष्य-जाति, और एक-दूसरे के प्रति प्रेम से भरी हो और सारी मनुष्य-जाति इकट्ठी कोशिश कर रही हो जीवन में ज्यादा से ज्यादा आनंद, सौंदर्य और संगीत को विकसित करने के लिए, तो फिर विचार सिखाना होगा, विश्वास नहीं।

और खुद तुम जब विचार करोगी, संदेह करोगी, तो तुम्हारे भीतर ताकत पैदा होगी। क्योंकि सब ताकत चैलेंज और चुनौती से पैदा होती है। अगर हम अपने पैरों को आराम से घर में बिठाए हुए बैठे रहें, तो वर्ष दो वर्ष में पैर चलने की ताकत खो देंगे। क्योंकि चैलेंज नहीं मिलेगा उनको चलने का, चुनौती नहीं मिलेगी, तो उनकी ताकत सो जाएगी। लेकिन जो आदमी अपने पैरों को दौड़ाएगा, कसरत करेगा, चलेगा, उसके पैर शक्तिशाली से शक्तिशाली होते चले जाएंगे। क्योंकि जब उनको चुनौती मिलेगी, तो सोई हुई ताकत जगेगी। अगर तुम अपनी आंखें बंद करके बैठ जाओ तो धीरे-धीरे आंखें अंधी हो जाएंगी।

इसी तरह, जो लोग विचार नहीं करते उनकी विचार की शक्ति खो जाती है। फिर वे अंधे की तरह दूसरों के कंधे पर हाथ रख कर चलने के आदी हो जाते हैं। और तब कोई भी शैतान और कोई भी चालाक अपना कंधा तुम्हारे सामने कर देगा और कहेगा चलो। और तुम उसके कंधे पर हाथ रख कर चलने लगोगी।

हिटलर ने जर्मनी में लोगों को सिखाया—यहूदियों की हत्या कर दो, क्योंकि यहूदियों के पाप के कारण हमारा मुल्क विकास नहीं कर रहा है। बिलकुल ही अजीब, नासमझी से भरी हुई बात है। लेकिन जर्मन कौम विश्वास करने की आदी थी। हिटलर ने जब जोर-जोर

से चिल्ला कर कहा कि मानो, यही सच है! रेडियो ने यही कहा, अखबार ने यही कहा, किताबों ने यही कहा। तो मान लिया जर्मनी के लोगों ने कि यहूदियों की हत्या करनी जरूरी है। तीस लाख यहूदियों की हत्या कर दी गई, पांच सौ यहूदी रोज मारे जाने लगे।

हैरानी होती है हमें! जिन्ना ने मुसलमानों को कह दिया–इस्लाम खतरे में है। और मुसलमान राजी हो गए कि इस्लाम खतरे में है। और हिंदुस्तान में लाखों लोगों की हत्या हो गई, जमीन कट गई—पाकिस्तान बन गया, हिंदुस्तान बन गया।

कोई कुछ कह दे! लेकिन जो हम आदी हैं विश्वास करने के, हम मानने को राजी हो जाएंगे कि ठीक है। बच्चों को सिखाना है विचार करना, ताकि कल कोई जिन्ना, कल कोई हिटलर, कोई मुसोलिनी, कोई स्टैलिन इन बच्चों को बर्बाद न कर सके और इनसे कुछ ऐसा काम न करवा सके जो अब तक करवाया जाता रहा है।

पांच हजार सालों में पंद्रह हजार युद्ध लड़े गए। पंद्रह हजार युद्ध! और पंद्रह हजार युद्धों में क्या हुआ है उसकी हम कल्पना भी नहीं कर सकते। यह तभी बंद हो सकता है जब हम विचार करना सिखाएं।

विचार सीखो और लड़ना सीखो, डरो मत। मां-बाप से बहुत सी बातों में लड़ना होगा, क्योंकि मां-बाप ने जो दुनिया बनाई वह गलत थी। शिक्षकों से लड़ना होगा, क्योंकि उन्होंने जो दुनिया बनाई वह गलत थी। अगर उन्होंने फिर तुमको भी वैसे ही राजी कर लिया जैसे वे हैं, तो फिर रिपीटीशन होगा, वही दुनिया फिर दोहर जाएगी, फिर एक नई दुनिया पैदा नहीं हो सकेगी। इसलिए जो तुम्हें प्रेम करते हैं, वे तुमसे कहेंगे कि लड़ो। वे तुमसे यह कहेंगे कि हमसे लड़ो और विचार करो, संदेह करो। और जब तुम्हें दिखाई पड़ जाए कि कोई चीज सच है तभी स्वीकार करना, नहीं तो मत करना। इस भांति तुम्हारे भीतर व्यक्तित्व विकसित होगा, आत्मा विकसित होगी। इस भांति तुम्हारा भीतर से बाहर की तरफ जीना शुरू हो जाएगा। और तब तुम्हारे जीवन में आत्मा से संबंध हो सकता है।

अनुकरण नहीं, व्यक्तित्व; विश्वास नहीं, विचार। ये दो छोटे से सूत्र इस चर्चा में मैंने तुमसे कहे। अगर इन दो सूत्रों को तुम सोच सको और तुम्हारे खयाल में आ जाएं... क्योंकि मेरी बात पर विश्वास मत करना। क्योंकि मैं तो शिक्षक हो गया; यहां तुमसे इतनी बातें कर रहा हूं तो शिक्षक हो गया। और मैं खुद भी दूसरी पीढ़ी का हो गया, तुम तो उसके बाद की पीढ़ी हो। मेरी बात पर विश्वास मत कर लेना। हो सकता है मेरी सब बातें गलत हों, मैंने जो कहा वह सब गलत हो। तो तुम विश्वास मत कर लेना। सोचना, लड़ने की कोशिश करना। मैंने जो कहा है, मन में उसका विरोध करना, संदेह करना, तोड़ना, तर्क करना। और अगर तुम्हारे सारे तर्क और विचार करने के बाद तुम्हें कोई चीज ठीक दिखाई पड़ जाएगी, वह तुम्हारी जिंदगी को बदल देगी। तुम और तरह के जीवन के रास्ते पर गति करने लगोगी। और अगर हिम्मत से कोई, साहस से कोई अपने जीवन पर प्रयोग करता चला जाए, व्यक्तित्व को निखारता चला जाए, तो जैसे पत्थर से मूर्तियां बन जाती हैं, ऐसे ही हमारे सामान्य जीवन से एक विशिष्ट जीवन का जन्म हो जाता है।

सभी पत्थर एक जैसे हैं, लेकिन एक कारीगर एक पत्थर को उठा लेता है और छैनी से, हथौड़ी से उसको तोड़ने लगता है, किनारे गिराने लगता है, और धीरे-धीरे उस पत्थर से एक खूबसूरत मूर्ति निखर आती है। सबकी जिंदगी एक पत्थर की भांति है, लेकिन जो अपनी जिंदगी पर कारीगर बन जाता है, और छैनी उठा लेता है और तोड़ने लगता है, जो गलत है उसे अलग करने लगता है और जो ठीक है उसे विकसित करने लगता है, धीरे-धीरे उसका जीवन एक मूर्ति बन जाता है। और वह मूर्ति बन जाना ही और उसको बना लेने की व्यवस्था को ही मैंने जीवन की कला कहा।

इस जीवन की कला के दो सूत्र तुमसे कहे और एक आधार बताया। उनको मैं फिर से दोहरा दूं। आधार तो यह है कि जीवन की जड़ें अदृश्य हैं। जो ऊपर दिखाई पड़ता है वह असली जीवन नहीं है, वे केवल फूल-पत्ते हैं। भीतर हैं जड़ें। तो हमेशा भीतर की जड़ों का खयाल रखना, खोजना। और उस भीतर की जड़ों को खोजने और विकसित करने के दो सूत्र मैंने तुमसे कहे। किसी के पीछे मत जाना, कभी किसी को फालो मत करना, कभी किसी को नेता स्वीकार मत करना, कभी किसी को गुरु मत बनाना। खोजना, जीना, सीखना, सब तरफ से सीखना, लेकिन किसी के अंधेपन में पीछे मत चलना। क्योंकि नेताओं ने दुनिया को इतने गड्ढे में पहुंचा दिया है कि अगर तुम आगे भी किसी के पीछे चले तो दुनिया हो सकता है उस बड़े गड्ढे में पहुंच जाए जिसको वे तीसरा महायुद्ध कहते हैं और उसमें सब खत्म हो जाए। किसी के फालोअर मत बनना, अनुयायी मत बनना। अपने को खोजना, अपने को खड़ा करना। और विश्वास मत करना; क्योंकि विश्वास किया तो अनुयायी बन जाओगे, अनुकरण करने लगोगे; विचार करना। और जो जितना ज्यादा विचार करता है उतनी ही बड़ी मनुष्यता उसके भीतर विकसित होती है।

एक छोटी सी अंतिम बात और मैं अपनी चर्चा पूरी करूंगा।

एक छोटे से स्कूल में एक अध्यापक ने बच्चों से पूछा कि एक मकान के बाहर छोटी सी बागड़ में, छोटे से घेरे में, फेंसिंग के भीतर बारह भेड़ें बंद हैं। अगर उनमें से छह भेड़ें छलांग लगा कर बाहर निकल जाएं तो पीछे कितनी भेड़ें बचेंगी?

एक छोटे से बच्चे ने हाथ हिलाया। शिक्षक ने पूछा, कितनी?

उसने कहा, बिलकुल भी नहीं!

शिक्षक ने कहा, गलत! तुम्हें इतनी भी समझ नहीं आती? मैंने कहा बारह भेड़ें बंद हैं, छह बाहर निकल जाएं, पीछे कितनी बचेंगी?

उस बच्चे ने कहा, गणित तो मुझे ज्यादा नहीं आता, लेकिन भेड़ों को मैं अच्छी तरह जानता हूं। भेड़ें मेरे घर में हैं। अगर छह भेड़ें कूद गईं, छह तो बहुत ज्यादा हो गईं, अगर एक भेड़ कूद गई तो बाकी ग्यारह भी कूद जाएंगी, पीछे कोई नहीं बचेगा।

भेड़ें अनुगमन करती हैं, एक-दूसरे के पीछे चलती हैं, कनफर्मिस्ट होती हैं। आदमी भेड़ नहीं है। आदमियत किसी के पीछे नहीं चलती, अपना रास्ता बनाती है और चलती है। वही है गौरव मनुष्य का कि अपना रास्ता बनाओ और चलो। पिटे-पिटाए रास्तों पर

कमजोर और काहिल और सुस्त लोग चलते हैं। जिनके भीतर थोड़ा भी बल है, वे अपना रास्ता बनाते हैं और उस पर चलते हैं। और उसी चलने से वे एक दिन वहां पहुंचते हैं जहां उन्हें उनकी आत्मा का अनुभव हो। उनके भीतर जो छिपा था वह प्रकट हो जाता है और उसे वे जानते हैं। वही प्रकटीकरण परमात्मा है।

तो तुम भेड़ मत बनना, आदमी बनना, इसके लिए मैंने ये थोड़ी सी बातें कहीं।

भेड़ बनना हो, बड़ी सरल बात है, कठिन नहीं। आदमी बनना हो, बड़ी कठिन, बहुत आरडुअस, बहुत श्रम-साध्य बात है। फिर तुम्हारी मर्जी! भेड़ बनना हो तो तुम बन सकती हो। सारा समाज, सारी शिक्षा यही कोशिश कर रही है कि बन जाओ। सारे पोलिटीशियन, सारे राजनीतिज्ञ, सारे नेता कोशिश कर रहे हैं कि भेड़ बन जाओ। इसलिए भेड़ बनने में तुम्हें कोई तकलीफ न होगी; सारा समाज तुम्हें बनाने की क़ोशिश कर रहा है। लेकिन अगर आदमी तुम्हें बनना है तो तुम्हीं को मेहनत करनी पड़ेगी, किसी दूसरे का सहारा नहीं है। कोई दूसरा तुम्हें सहारा देने को नहीं है।

लेकिन अगर तुम्हारे भीतर थोड़ी भी चेतना हो, थोड़ा भी जीवन हो, तो तुम्हारे पूरे प्राण इनकार करेंगे कि भेड़ हम नहीं बनना चाहते। अगर मैं अभी पूछ कि तुममें से कितने भेड़ बनना चाहते हैं, तो एक भी हाथ ऊपर नहीं उठेगा। कि उठ सकता है? नहीं, तुम्हारे प्राण इनकार करेंगे कि भेड़ हम नहीं बनना चाहते। पर इतना काफी नहीं है, आदमी बनने की कोशिश भी करना। वह कोशिश कैसे हो सकती है, उसकी थोड़ी सी बातें, दो सूत्र मैंने तुमसे कहे।

मेरी बातों को इतने प्रेम और शांति से सुना, उसके लिए बहुत-बहुत अनुगृहीत हूं। सबके भीतर बैठे परमात्मा को प्रणाम करता हूं। मेरे प्रणाम अंत में स्वीकार करें।

चौथा प्रवचन

नारी: नई सभ्यता का केंद्र

एक आश्चर्यजनक भूल हो गई है। मनुष्य की पूरी सभ्यता, संस्कृति उसी भूल के ऊपर खड़ी है। और इसीलिए हजारों साल के श्रम के बाद भी न तो एक ऐसा समाज बन पाया जो सुख और शांति के केंद्र पर निर्मित हो और न हम ऐसे मनुष्य को जन्म दे पाए जो कि जीवन की धन्यता को और आनंद को अनुभव कर सके। एक अत्यंत उदास, हारा हुआ, दुखी मनुष्य पैदा हुआ है। और एक ऐसा समाज पैदा हुआ है जो प्रतिपल युद्धों से, संघर्षों से और विनाश से गुजरता रहा है। कोई तीन हजार वर्ष के इतिहास में आदमी ने पंद्रह हजार युद्ध लड़े। तीन हजार वर्षों में पंद्रह हजार युद्ध! प्रतिवर्ष पांच युद्धों का संघर्ष चलता रहा है! अगर मनुष्य के सारे इतिहास का जोड़ किया जाए, तो पंद्रह वर्षों में एक वर्ष शांति का होता है, चौदह वर्ष युद्धों के होते हैं।

थोड़ा विचारने जैसा है कि आदमी इतने युद्धों से क्यों गुजरा? जरूर मनुष्य के निर्माण में कोई बुनियादी भूल हो गई है। इतनी हिंसा से आदमी को क्यों निरंतर गुजरना पड़ा? पिछले दो महायुद्ध तो हम सबके सामने हैं, उनकी स्मृति अभी भूल भी नहीं पाई है। पहले महायुद्ध में पांच करोड़ लोगों की हत्या हुई, दूसरे महायुद्ध में दस करोड़ लोगों की हत्या हुई। इतना बड़ा विनाश हुआ कि दूसरे महायुद्ध के बाद लोग सोचते थे कि अब कभी कोई युद्ध नहीं होगा। लेकिन फिर तीसरे युद्ध की तैयारी शुरू हो गई है। और तीसरे युद्ध में जो होगा वह कहना बहुत कठिन है।

आइंस्टीन से मरने के पहले किसी ने पूछा था कि तीसरे महायुद्ध में क्या होगा? आइंस्टीन ने कहा, कहना कठिन है, तीसरे के संबंध में कुछ भी बताना मुश्किल है। लेकिन चौथे के संबंध में मैं कुछ बता सकता हूं।

पूछने वाला हैरान हुआ होगा, क्योंकि जो तीसरे के संबंध में न बताया जा सके, तो

चौथे के संबंध में क्या बताया जा सकता है? उसने पूछा, आश्चर्य है, आप चौथे के संबंध में क्या बता सकते हैं?

आइंस्टीन ने कहा, एक बात निश्चित है कि चौथा महायुद्ध कभी नहीं होगा। क्योंकि तीसरे महायुद्ध के बाद किसी मनुष्य के बचने की कोई संभावना नहीं है।

तीसरा महायुद्ध सारी मनुष्य-जाति का विनाश बनेगा। सारी मनुष्य-जाति का विनाश बनता तो भी ठीक है, लेकिन उसके साथ ही सारे पशुओं, सारे पौधों का विनाश भी बनेगा। जीवन मात्र नष्ट हो जाएगा, तीसरा महायुद्ध यदि होता है। आदमी ने युद्ध के संबंध में इतना विकास कर लिया है, मृत्यु के संबंध में हमने इतनी साधन-सामग्री जुटा ली है। लेकिन जीवन के संबंध में हम बहुत निरीह, दयनीय और दरिद्र हैं। मृत्यु का इतना आयोजन है और जीवन को जीने की कोई कला विकसित नहीं हो पाई है।

मैं थोड़ी सी कल्पना देना चाहूंगा कि अगर तीसरा महायुद्ध होगा तो क्या होगा।

दूसरे महायुद्ध में, हिरोशिमा और नागासाकी के तुमने नाम सुने होंगे, वहां अणु बम गिराया गया। एक अणु बम से हिरोशिमा में एक लाख लोगों की थोड़ी ही घड़ियों में हत्या हो गई। उनमें तुम जैसे ही स्कूल में पढ़ने वाले बच्चे और बच्चियां भी थीं। उनमें तुम्हारे जैसे शिक्षक भी थे जो स्कूल में बच्चों को निर्मित करने में जीवन अपना खपा रहे थे। एक छोटी लड़की अपना होमवर्क करने के लिए अपना बस्ता लेकर अपने घर की दूसरी मंजिल में जा रही थी। बीच की सीढ़ियों पर अपने बस्ते को हाथ में लिए और एक हाथ में लालटेन लिए हुए ऊपर चढ़ रही थी। उसी समय एटम गिरा, वह बच्ची वहीं सूख कर अपने बस्ते के साथ दीवाल से चिपक गई। किसी मित्र ने मुझे उसका चित्र भेजा। वह होमवर्क अधूरा रह गया। उस बच्ची को कल्पना भी नहीं थी, किसी को कल्पना नहीं थी कि थोड़ी ही घड़ियों में, जो भी वहां थे वे सभी सूख कर समाप्त हो जाएंगे। एक लाख आदमी एक बम से मरे।

बीस वर्षों में वह बम बच्चों का खिलौना सिद्ध हो गया है। अब इतने बड़े बम विकसित हुए हैं कि हिरोशिमा जैसा नगर बहुत छोटा है। बंबई जैसे बड़े नगर पर, न्यूयार्क जैसे बड़े नगर पर एक बम पर्याप्त होगा—चालीस लाख, पचास लाख, एक करोड़ आदमियों की हत्या के लिए।

सभी जानते हैं, हम घरों में पानी गरम करते हैं, सौ डिग्री पर पानी गरम होता है तो भाप बनना शुरू हो जाता है। अगर उस उबलते हुए पानी में तुममें से किसी बच्ची को उसमें डाल दिया जाए तो उसके प्राणों को क्या होगा? सौ डिग्री में उबलते हुए पानी में तुम्हें डाल दिया जाए तो क्या होगा? लेकिन तुम्हें शायद पता न हो कि सौ डिग्री कोई बहुत बड़ी गर्मी नहीं है। पंद्रह सौ डिग्री गर्मी पर लोहा पिघल कर पानी हो जाता है। अगर उस पिघले हुए लोहे में तुम्हें डाल दिया जाए तो क्या होगा? लेकिन पंद्रह सौ डिग्री गर्मी भी कोई बहुत बड़ी गर्मी नहीं है, पच्चीस सौ डिग्री गर्मी पर लोहा भी भाप बन कर उड़ने लगता है। जैसे सौ डिग्री पर पानी भाप बन कर उड़ता है, वैसे पच्चीस सौ डिग्री पर लोहा भी भाप बन कर उड़ता है। अगर उसमें तुम्हें डाल दिया जाए तो क्या होगा? लेकिन पच्चीस सौ डिग्री भी

कोई बहुत बड़ी गर्मी नहीं है, एक उदजन बम के विस्फोट से जो गर्मी पैदा होती है वह होती है दस करोड़ डिग्री! एक नगर पर जब एक उदजन बम गिरेगा तो दस करोड़ डिग्री गर्मी पैदा होगी। पच्चीस सौ डिग्री पर लोहा भाप बन जाता है, तो दस करोड़ डिग्री पर क्या होगा? यह गर्मी उतनी ही होगी जितनी सूरज के ऊपर है।

सूरज हमसे कितनी दूर है? सूरज हमसे कोई नौ करोड़ मील दूर है। यह नौ करोड़ मील दूर सूरज थोड़ा ही पास आ जाता है, जैसे अभी भावनगर के पास आ गया, तो हम गर्मी से परेशान हुए जाते हैं। अगर यह सूरज ठेठ तुम्हारे घर में आ जाए तो क्या होगा? उदजन बम के गिरने से यही होगा कि सूरज तुम्हारे घर में आ जाएगा। दस करोड़ डिग्री की गर्मी तुम्हारे घर में जल उठेगी। उतनी गर्मी में किसी तरह के जीवन के बचने की कोई संभावना नहीं है। भूल-चूक से भी कोई नहीं बच सकता है।

फिर यह गर्मी कोई छोटी-मोटी जगह में पैदा नहीं होगी। एक उदजन बम से जो गर्मी पैदा होगी उसका घेरा होगा चालीस हजार वर्गमील। चालीस हजार वर्गमील का स्थान दस करोड़ डिग्री गर्मी की भट्टी बन जाएगा। पौधे, पक्षी, आदमी, छोटे-छोटे कीटाणु, सभी उसमें जल कर राख हो जाएंगे। ऐसे उदजन बम पचास हजार तैयार करके आदमी ने रख लिए हैं। पचास हजार उदजन बम ज्यादा हैं, यह पृथ्वी छोटी है, इस तरह की सात पृथ्वियों को नष्ट करने के लिए काफी हैं। या तुम ऐसा समझ सकते हो कि आदमियों की संख्या अभी कम है। शायद इसीलिए राजनीतिज्ञ युद्ध के लिए थोड़ी प्रतीक्षा कर रहे हैं कि संख्या थोड़ी पूरी हो जाए। इक्कीस अरब आदमी मारने का इंतजाम कर लिया है। अभी संख्या तीन अरब ही है। या ऐसा समझ सकते हो कि अगर एक-एक आदमी को हमें सात-सात बार मारना पड़े तो हमने व्यवस्था कर ली है। हालांकि एक आदमी एक ही बार में मर जाता है, सात बार मारने की कोई जरूरत नहीं पड़ती। लेकिन राजनीतिज्ञ सोचते हैं कि कोई भूल-चूक हो जाए और कोई जिंदा बच जाए तो ठीक नहीं। एक आदमी एक बार बच जाएगा मरने से, दुबारा मार सकते हैं, तिबारा मार सकते हैं, सात बार मार सकते हैं।

इतना विनाश, इतनी घृणा और इतनी हिंसा जिस सभ्यता में पैदा होती हो, उस सभ्यता में कोई न कोई भूल होनी चाहिए।

एक छोटी सी कहानी से मैं इस बात को तुम्हें समझाने की कोशिश करूं कि यह कैसी बीमारी से भरी हुई, विक्षिप्तता से भरी हुई सभ्यता हमने पैदा कर ली है।

और निश्चित ही सभ्यता को निर्मित करती है शिक्षा। सभ्य और असभ्य आदमी में अगर कोई फर्क है तो शिक्षा का फर्क है। अगर सभ्यता रुग्ण और बीमार है, तो शिक्षा रुग्ण और बीमार होगी ही। अगर मनुष्य की ऐसी विकृति हो गई है, तो पीछे जो शिक्षा दी जा रही है वह बुनियादी रूप से भूल भरी होनी चाहिए। क्योंकि उसी शिक्षा से गुजर कर ऐसा आदमी पैदा हो रहा है।

यह आश्चर्य की बात है! अशिक्षित आदमी इतना खतरनाक नहीं था। और यहां तक संभावनाएं पैदा हो गई हैं कि पश्चिम के एक बहुत बड़े विचारक डी.एच.लारेंस ने यह

सुझाव दिया है कि अगर सौ वर्षों के लिए सारी दुनिया के सब शिक्षालय बंद कर दिए जाएं तो ही आदमी को बचाया जा सकता है, अन्यथा नहीं बचाया जा सकता।

वह कहानी मैं कहूं, फिर मैं तुम्हें समझाने की कोशिश करूं कि शिक्षा में कहां बुनियादी बात कोई भूल की हो गई है।

दूसरे महायुद्ध के बाद परमात्मा बहुत परेशान हो गया। बहुत परेशान हो गया कि आदमी ने इतने विनाश के साधन विकसित कर लिए हैं कि अब जीवन का पृथ्वी पर बचने का कोई उपाय नहीं है। उसने घबड़ा कर दुनिया के तीन बड़े प्रतिनिधियों को—रूस को, अमेरिका को और ब्रिटेन को—अपने पास बुलाया और उनसे प्रार्थना की कि तुम क्या चाहते हो? किसलिए युद्ध की तैयारी कर रहे हो? तुम्हारी मर्जी क्या है? तुम्हारी इच्छा क्या है? तुम जो चाहोगे, मैं वरदान दे देता हूं, वह पूरा हो जाएगा। तुम मुझसे मांग लो, तुम्हारी आकांक्षा पूरी कर दूंगा। लेकिन युद्ध मत करो, विनाश मत करो, आदमी को जीने दो।

अमेरिका के प्रतिनिधि ने कहा, अगर आप वरदान देते हों तो युद्ध कभी भी नहीं होगा। छोटा सा वरदान दे दें। फिर हम कभी भी नहीं लड़ेंगे। और वह छोटा सा वरदान यह है: पृथ्वी तो रहे, लेकिन पृथ्वी पर हम रूस का कोई नाम-निशान नहीं देखना चाहते। रूस मिट जाए, बस हमारी आकांक्षा पूरी हो जाती है।

ईश्वर ने नहीं सोचा होगा कि ऐसा वरदान कोई मांगेगा। उसने घबड़ा कर रूस की तरफ देखा। रूस के प्रतिनिधि ने कहा, महानुभाव, पहले तो हम आपको यह बता दें—शायद आप तक खबर न पहुंची हो–कि हमारे देश ने यह निश्चय कर लिया है कि ईश्वर कहीं है ही नहीं, आप हैं ही नहीं। आप जो मुझे दिखाई पड़ रहे हैं तो मैं सोचता हूं कि या तो मैंने शराब ज्यादा पी ली है, या तो मुझे कोई स्वप्न दिखाई दे रहा है। फिर भी हम आपकी पूजा दुबारा शुरू कर देंगे अपने देश में, हमारे मंदिरों में, चर्चों में आपकी मूर्तियां फिर से बिठा देंगे, फिर से दीये जलाएंगे और फूल चढ़ाएंगे, अगर एक इच्छा हमारी पूरी हो जाए: दुनिया के नक्शे पर हम अमेरिका के लिए कोई रंग-रेखा नहीं देखना चाहते हैं। अमेरिका न रहे, फिर कोई युद्ध की जरूरत नहीं है। और यह भी हम आपको सचेत कर दें कि अगर आपने वरदान न दिया तो घबड़ाने की कोई बात नहीं, हमने तय कर रखा है, हम बिना वरदान के भी अमेरिका को मिटा कर ही रहेंगे। और हमने इस शर्त पर भी तय कर रखा है कि चाहे हम खुद भी मिट जाएं मिटाने में, लेकिन हम पीछे हटने वाले नहीं हैं।

ईश्वर ने बहुत घबड़ा कर ब्रिटेन की तरफ देखा। और ब्रिटेन के प्रतिनिधि ने जो कहा वह तुम अपने मन में बहुत सम्हाल कर रख लेना।

ब्रिटेन के प्रतिनिधि ने परमात्मा के पैरों पर सिर रख दिया और कहा, हे प्रभु, हमारी अपनी कोई आकांक्षा नहीं। इन दोनों की आकांक्षाएं एक साथ पूरी कर दी जाएं, हमारी आकांक्षा पूरी हो जाती है। हम अलग से कुछ भी नहीं मांगते हैं, इन दोनों ने जो मांगा है, आप पूरा कर दें, हमारी इच्छा अपने आप पूरी हो जाएगी।

यह जो कहानी है, कल्पित ही है, लेकिन हम सबके मन की दशा भी यही है। सारी

मनुष्य-जाति के मन की दशा यह है। हम जैसे एक-दूसरे के विनाश के लिए आतुर हो उठे हैं। कोई पूछे कि यह आतुरता क्यों है? आतुरता होनी चाहिए जीवन को जीने के लिए। आतुरता होनी चाहिए कि हम और आनंदपूर्ण जीवन को कैसे निर्मित करें। लेकिन आतुरता इस बात की है कि हम किसी को विनष्ट कैसे करें। और इस शर्त पर भी कि चाहे हम विनष्ट हो जाएं। कौन सी भूल हो गई है इस सारी दौड़ में?

पहली भूल और बुनियादी भूल जो सारी शिक्षा और सारी सभ्यता को खाए जा रही है, वह यह है कि अब तक के जीवन का सारा निर्माण पुरुष के आसपास हुआ है, स्त्री के आसपास नहीं। अब तक की सारी सभ्यता, सारी संस्कृति, सारी शिक्षा पुरुष ने निर्मित की है, पुरुष के ढंग से निर्मित हुई है, स्त्री के ढंग से नहीं।

पुरुष के जो गुण हैं, सभ्यता ने उनको ही सब कुछ मान रखा है। स्त्री की जो संभावना है, स्त्री के जो मन के भीतर छिपे हुए बीज हैं, वे जैसे विकसित हो सकते हैं, उनकी तरफ कोई ध्यान नहीं दिया गया है। पुरुष बिलकुल अधूरा है, स्त्री के बिना तो बहुत अधूरा है। और पुरुष अगर अकेला ही सभ्यता को निर्मित करेगा तो वह सभ्यता भी अधूरी होगी; न केवल अधूरी होगी, बल्कि खतरनाक भी होगी।

वह खतरनाक इसलिए होगी कि पुरुष के मन की जो तीव्र आकांक्षा है वह एंबीशन है, महत्वाकांक्षा है। पुरुष के मन में प्रेम बहुत गहराई पर नहीं है, महत्वाकांक्षा! और जहां महत्वाकांक्षा है वहां ईर्ष्या होगी, जहां महत्वाकांक्षा है वहां हिंसा होगी, जहां महत्वाकांक्षा है वहां घृणा होगी, जहां महत्वाकांक्षा है वहां युद्ध होगा। पुरुष का सारा चित्त एंबीशन से भरा हुआ है। स्त्री के चित्त में एंबीशन नहीं है, महत्वाकांक्षा नहीं है, बल्कि प्रेम है। और हमारी पूरी सभ्यता प्रेम से बिलकुल शून्य है, प्रेम से बिलकुल रिक्त है, प्रेम की उसमें कोई जगह नहीं है। पुरुष ने अपने ही ढंग से पूरी बात निर्मित कर ली है। उसकी सारी शिक्षा भी उसने अपने ढंग से निर्मित कर ली है। उसने जीवन की जो संरचना की है वह अपने ही ढंग से की है। उसमें युद्ध प्रमुख है, उसमें संघर्ष प्रमुख है, उसमें तलवार प्रमुख है।

यहां तक कि अगर कोई स्त्री भी तलवार लेकर खड़ी हो जाती है तो पुरुष उसे बहुत आदर देता है। जोन ऑफ आर्क को, झांसी की रानी लक्ष्मी को पुरुष बहुत आदर देता है। इसलिए नहीं कि वे बहुत कीमती स्त्रियां थीं, बल्कि इसलिए कि वे पुरुष जैसी स्त्रियां थीं। वह उनकी मूर्तियां खड़ी करता है चौरस्तों पर। वह गीत गाता है: खूब लड़ी मर्दानी, झांसी वाली रानी थी। वह कहता है कि वह मर्दानी थी, इसलिए आदर देता है। लेकिन अगर कोई पुरुष जनाना हो तो अनादर करता है, आदर नहीं देता। स्त्री मर्दानी हो तो आदर देता है। स्त्री तलवार लेकर लड़ती हो, सैनिक बनती हो, तो पुरुष के मन में सम्मान है। पुरुष के मन में हिंसा के और महत्वाकांक्षा के अतिरिक्त किसी बात का कोई सम्मान नहीं है।

यह जो पुरुष अधूरा है, सारी शिक्षा भी उसी पुरुष के लिए निर्मित हुई है। हजारों वर्षों तक स्त्री को कोई शिक्षा नहीं दी गई। एक बड़ी भूल थी कि स्त्री अशिक्षित रह जाए। फिर कुछ वर्षों से स्त्री को शिक्षा दी जा रही है। और अब दूसरी भूल की जा रही है कि स्त्री को

पुरुषों जैसी शिक्षा दी जा रही है। यह अशिक्षित स्त्री से भी खतरनाक स्त्री को पैदा करेगी। अशिक्षित स्त्री कम से कम स्त्री थी। शिक्षित स्त्री पुरुष के ज्यादा करीब आ जाती है, स्त्री कम रह जाती है। क्योंकि जिस शिक्षा से गुजरती है उसका मौलिक निर्माण पुरुष के लिए हुआ है। एक ऐसी स्त्री पैदा हो रही है सारी दुनिया में, जो अगर सौ दो सौ वर्ष इसी तरह की शिक्षा चलती रही तो अपने समस्त स्त्री-धर्म को खो देगी। उसके जीवन में जो भी महत्वपूर्ण है, उसकी प्रतिभा में जो भी कीमती है, उसके स्वभाव में जो भी सत्य है, वह सब विनष्ट हो जाएगा।

पश्चिम में उस विघटन के लक्षण स्पष्ट दिखाई देने शुरू हो गए हैं। स्त्रियों ने करीब-करीब पुरुषों के वस्त्र पहनने शुरू कर दिए हैं। यह आकस्मिक नहीं है। यह पुरुष की नकल की जो दौड़ है उसका एक हिस्सा है। वह पुरुषों जैसी कवायद कर रही है, पुरुषों जैसी मिलिटरी में जा रही है, पुरुषों जैसी विषयों की शिक्षा ले रही है—गणित, अर्थशास्त्र, कामर्स, फिजिक्स, केमिस्ट्री, उन सब की वह शिक्षा ले रही है। वह इस योग्य बनाई जा रही है कि वह नंबर दो का पुरुष बन सके। दफ्तरों में, दुकानों में, बाजारों में उसे पुरुष की जगह सब्स्टीटयूट बनाया जा सके, वह पुरुष की परिपूरक हो सके। उसे ठीक पुरुष जैसा कैसे बनाया जाए, इसकी सारी चेष्टा की जा रही है। और यह भले लोग कर रहे हैं—समाज सुधारक, समाज सेवक। वे लोग जो सोचते हैं कि स्त्री का इस भांति उद्धार होगा।

थोड़ी दूर तक बात सच है। स्त्री शिक्षित होनी चाहिए। लेकिन उस तरह की शिक्षा में नहीं जो पुरुष की है। स्त्री के लिए ठीक स्त्री जैसी शिक्षा विकसित होनी जरूरी है। यह हमारे ध्यान में नहीं है और अभी मनुष्य-जाति के किन्हीं विचारकों के ध्यान में बहुत स्पष्ट नहीं है कि नारी की शिक्षा पुरुष से बिलकुल ही भिन्न शिक्षा होगी।

नारी भिन्न है। हजारों साल तक यह समझा जाता रहा कि नारी पुरुष के बराबर नहीं है। वह उससे नीची है। कुछ देश तो ऐसे थे—और करीब-करीब सारे देश ऐसे थे—जहां स्त्री का जितना अपमान हो सकता था उतना अपमान किया गया। हमारे इस देश में ही स्त्री को धन से ज्यादा कीमती कभी नहीं समझा गया। उसे स्त्री-धन ही हम कहते रहे हैं।

चीन में तो यह हालत थी आज से सौ वर्ष पहले तक कि अगर कोई पति अपनी पत्नी की हत्या कर दे तो उस पर अदालत में मुकदमा भी नहीं चल सकता था। पत्नी उसकी संपत्ति थी, वह चाहे तो बनाए, चाहे तो मिटा दे। चीन में सौ वर्ष पहले तक स्त्री में आत्मा भी नहीं स्वीकृत की जाती थी कि उसमें आत्मा भी है। वह भी फर्नीचर की तरह, घर के और सामान की तरह एक सामान है।

भारत ने भी कोई बहुत अच्छा व्यवहार नहीं किया। करोड़ों स्त्रियों को हमने जला दिया सती के नाम पर। पुरुष के मन में इतनी तीव्र पजेशन की भावना है, इतनी मालकियत की भावना है कि वह अपने जीते जी तो यह कल्पना ही नहीं कर सकता कि उसकी स्त्री किसी की तरफ प्रेम से देख ले। लेकिन अपने मर जाने के बाद भी कहीं वह किसी के प्रति प्रेमपूर्ण न हो जाए। उसने व्यवस्था कर ली कि वह उसके मरने के साथ ही चिता पर जल

जाए। बहाने उसने यह बताएं कि स्त्री के मन में इतना प्रेम है पुरुष के प्रति कि वह उसके साथ मरना चाहती है।

लेकिन बड़ा आश्चर्य है कि न तो इन शास्त्र लिखने वालों ने, न इनको मानने वालों ने, हजारों साल में एक भी पुरुष को इतना प्रेम मालूम नहीं पड़ा कि वह अपनी पत्नी के साथ जल जाता। लेकिन स्त्रियों को वह समझाता रहा कि उसे पति के साथ जल जाना चाहिए। हजारों स्त्रियों को चिताओं पर जबरदस्ती चढ़ा दिया गया। शायद तुम्हें पता भी न हो, क्योंकि वह बात ही अब धीरे-धीरे भूल गई कि स्त्रियों को चिता पर चढ़ाने के लिए पुरुष ने क्या-क्या व्यवस्था की थी। और चूंकि शास्त्र लिखने वाले सभी पुरुष थे, स्वभावतः उन्होंने यह नहीं लिखा कि पुरुष को अपनी पत्नी के साथ मर जाना चाहिए। उन्होंने यही लिखा कि पत्नी को अपने पति के साथ मर जाना चाहिए।

किसी का पति मर गया है, वह इतने दुख में होती कि उसके मन में खुद ही खयाल उठते कि मैं मर जाऊं। और तभी सारा गांव उससे पूछने आकर इकट्ठा होता कि तुम पति के साथ सती होना चाहती हो? अगर वह इनकार कर दे तो सारे गांव में अपमान और बदनामी की लहर फैल जाती। फिर उसका जीवन भर था, फिर जीना मुश्किल था। स्वभावतः अनिवार्यतया उसे हां भर देना पड़ता।

लेकिन जिंदा आदमी को चिता पर चढ़ाना, आग में डालना आसान बात नहीं है। तो बहुत बड़े-बड़े ढोल और बाजे चिता के आसपास बजाए जाते, ताकि जलती हुई स्त्री की आवाज किसी को बाहर सुनाई न पड़े। और पुजारी बहुत बड़ी-बड़ी मशालें लेकर चिता के आसपास खड़े होते। क्योंकि जिंदा आदमी आग से भागेगा, बाहर निकलना चाहेगा। वह आधी जलती हुई स्त्री बाहर दौड़ेगी। तो मशालों से उसे धक्के देकर वापस चिता में गिरा देने का इंतजाम रखते। लेकिन इसको भी कोई देख न ले इसलिए चिता में इतना घी डाला जाता, इतना धुआं पैदा किया जाता कि किसी को कुछ दिखाई न पड़े कि क्या हो रहा है।

ऐसी हजारों, लाखों, करोड़ों स्त्रियों को जला दिया गया। उन्हें पुरुष के बराबर कोई स्थिति अतीत के इतिहास ने नहीं दी थी। यह अत्यंत पापपूर्ण था। लेकिन बड़े मजे की बात है, एक भूल से जब आदमी बचता है तो दूसरी भूल करना शुरू कर देता है। उस भूल से बचने के लिए सारी दुनिया में आंदोलन चलाया गया कि स्त्री पुरुष के समान है। यह आंदोलन ठीक था। स्त्री को पुरुष के समान अधिकार मिलने चाहिए। यह भी ठीक था। स्त्री को पुरुष के समान आदर मिलना चाहिए। यह भी ठीक था। लेकिन इस आंदोलन से एक नई हवा पैदा हुई और वह यह कि स्त्री और पुरुष में कोई भेद ही नहीं है, वे दोनों बिलकुल समान हैं। इक्वालिटी का मतलब सिमिलैरिटी पकड़ लिया गया। वे दोनों समान हैं, इसका यह मतलब हो गया कि उन दोनों में कोई भिन्नता नहीं है। उनको एक सी शिक्षा मिलनी चाहिए, एक से वस्त्र मिलने चाहिए, एक सी नौकरी मिलनी चाहिए।

मैं आपको यह कहना चाहता हूं, स्त्री और पुरुष समान आदर के पात्र हैं, लेकिन समान बिलकुल भी नहीं हैं, बिलकुल असमान हैं। स्त्री स्त्री है, पुरुष पुरुष है। और उन दोनों में

जमीन-आसमान का फर्क है। इस फर्क को अगर ध्यान में न रखा जाए तो जो भी शिक्षा होगी वह स्त्री के लिए बहुत आत्मघाती होने वाली है। वह स्त्री को नष्ट करने वाली होगी।

स्त्री और पुरुष मौलिक रूप से भिन्न हैं। और उनकी यह जो मौलिक भिन्नता है, यह जो पोलेरिटी है, जैसे उत्तर और दक्षिण ध्रुव भिन्न हैं, जैसे बिजली के निगेटिव और पाजिटिव पोल भिन्न हैं, यह जो इतनी पोलेरिटी है, इतनी भिन्नता है, इसी की वजह से उनके बीच इतना आकर्षण है। इसी के कारण वे एक-दूसरे के सहयोगी और साथी और मित्र बन पाते हैं। यह असमानता जितनी कम होगी, यह भिन्नता जितनी कम होगी, यह दूरी जितनी कम होगी, उतना ही खतरनाक है मनुष्य के लिए।

मेरी दृष्टि में, स्त्रियों को पुरुषों जैसा बनाने वाली शिक्षा, सारी दुनिया में हर, एक-एक बच्चे तक पहुंचाई जा रही है। पुरुष तो पहले से ही विक्षिप्त सभ्यता को जन्म दिया है। एक आशा है कि स्त्री एक नई सभ्यता की उन्नायक बने। लेकिन वह आशा भी समाप्त हो जाएगी अगर स्त्री भी पुरुष की भांति दीक्षित हो जाती है।

हम जो पढ़ते हैं और जो सीखते हैं वह हमारे व्यक्तित्व को निर्मित करता है। एक गणितज्ञ का जीवन-व्यवहार और तरह का होता है, एक कवि के जीवन-व्यवहार से। जो व्यक्ति वर्षों तक काव्य पढ़ता है, उसकी जीवनचर्या, उसकी जीवन-दृष्टि और हो जाती है, बजाय उस आदमी के जो जीवन भर गणित पढ़ता है।

एक गणितज्ञ का मुझे खयाल आता है। हेरोडोटस एक बहुत बड़ा विचारक और गणितज्ञ था। उसी आदमी ने सबसे पहले एवरेज का सिद्धांत, औसत का सिद्धांत निकाला।

सब बच्चियां जानती होंगी औसत का सिद्धांत क्या है। हम कहते हैं कि हिंदुस्तान में एक-एक आदमी की औसत आमदनी इतनी है। सारे लोगों की आमदनी जोड़ देते हैं और सारे लोगों का भाग दे देते हैं, तो औसत आमदनी निकल आती है। यहां हम इतने लोग बैठे हैं। हम सब की उम्र जोड़ दी जाए और हमारी संख्या का भाग दे दिया जाए तो हमारी औसत उम्र, एवरेज उम्र निकल आएगी।

इस सिद्धांत को हेरोडोटस ने सबसे पहले खोजा। वह अपने सिद्धांत को खोजने में इतना तल्लीन हो गया कि एक दिन सुबह अपनी पत्नी और अपने पांच बच्चों को लेकर पिकनिक पर गया हुआ था नदी के पार। छोटी सी नदी थी। पांच बच्चे थे, पत्नी थी। उसकी पत्नी ने कहा कि बच्चों को हाथ पकड़ कर नदी के पार कर दें।

हेरोडोटस ने कहा, घबड़ाओ मत ! तुम्हें पता नहीं कि मैंने औसत का सिद्धांत खोज निकाला है। मैं नदी की औसत गहराई नापे लेता हूं और बच्चों की औसत ऊंचाई नापे लेता हूं। अगर बच्चे औसत गहराई से औसत ऊंचे ज्यादा हुए तो सब बच्चे पार हो जाएंगे, किसी को हाथ पकड़ने की कोई जरूरत नहीं।

पति इतना बड़ा गणितज्ञ था, पत्नी कुछ भी नहीं कह सकी। उसने जल्दी से, वह छोटा सा नाला था, जाकर उसकी गहराई नाप ली। अपने बच्चों की ऊंचाई नाप ली। औसत बच्चा ऊंचा था। नाला कहीं कम गहरा था, कहीं ज्यादा गहरा था। एक बच्चा छोटा था,

एक बच्चा बड़ा था। लेकिन गणित में उनकी कोई पकड़ नहीं आई। बच्चे ऊंचे थे, गहराई से ज्यादा थे। हेरोडोटस आगे चला, बच्चे बीच में चले, पत्नी पीछे चली। छोटे दो बच्चे डूबने लगे, तो उसकी पत्नी ने कहा कि बच्चे डूबते हैं!

तो तुम्हें पता हो, खयाल भी नहीं होगा, हेरोडोटस को बच्चों के डूबने की खबर सुन कर जो पहली बात खयाल आई वह यह नहीं कि बच्चा डूब जाएगा, वह यह खयाल आई कि क्या मेरे गणित में कोई गलती रह गई? वह भागा नदी के उस तरफ, बच्चों को बचाने नहीं, रेत पर उसने जो गणित किया था उसे देखने कि कहीं कोई गलती तो नहीं रह गई!

वह गणितज्ञ का मन है। वह अंकगणित के हिसाब से सोचता है। उसके लिए हृदय का कोई गणित नहीं है। सारी स्त्रियों को भी हम गणित की, अंकगणित की शिक्षा दे रहे हैं। जितना गणित उनके भीतर भारी होता जाएगा, उतना उनके भीतर हार्दिकता की संभावना क्षीण होती चली जाएगी।

मेरी दृष्टि में, स्त्री को गणित की नहीं, संगीत की और काव्य की शिक्षा ही उपयोगी है। उसे इंजीनियर बनाने की कोई भी जरूरत नहीं। इंजीनियर वैसे ही जरूरत से ज्यादा हैं। पुरुष पर्याप्त हैं इंजीनियर होने को। स्त्री को कुछ और होने की जरूरत है। क्योंकि अकेले इंजीनियरों से और अकेले गणितज्ञों से जीवन समृद्ध नहीं होता। उनकी जरूरत है, उनकी उपयोगिता है। लेकिन वे ही जीवन के लिए पर्याप्त नहीं हैं। जीवन की खुशी किन्हीं और बातों पर निर्भर करती है। बड़े से बड़ा इंजीनियर और बड़े से बड़ा गणितज्ञ भी जीवन में उतनी खुशी नहीं जोड़ पाता जितना गांव में एक बांसुरी बजाने वाला जोड़ देता है। मनुष्य-जाति की खुशी बढ़ाने वाले लोग, मनुष्य के जीवन में आनंद के फूल खिलाने वाले लोग वे नहीं हैं जो प्रयोगशालाओं में जीवन भर प्रयोग ही करते रहते हैं। उनसे भी ज्यादा वे लोग हैं जो जीवन के गीत गाते हैं और जीवन के काव्य को अवतरित करते हैं।

मनुष्य जीता किसलिए है? काम के लिए? फैक्ट्री चलाने के लिए? रास्ते बनाने के लिए? मनुष्य रास्ते बनाता है, फैक्ट्री भी चलाता है, दुकान भी चलाता है, इसलिए कि इन सब से एक व्यवस्था बन सके और उस व्यवस्था में वह आनंद, शांति और प्रेम को पा सके। वह जीता हमेशा प्रेम और आनंद के लिए है। लेकिन कई बार ऐसा हो जाता है कि साधनों की चेष्टा में हम इतने संलग्न हो जाते हैं कि साध्य ही भूल जाता है।

मेरी दृष्टि में, पुरुष की सारी शिक्षा साधन की शिक्षा है। स्त्री की सारी शिक्षा साध्य की शिक्षा होनी चाहिए, साधन की नहीं। ताकि वह पुरुष के अधूरेपन को पूरा कर सके। वह पुरुष के लिए परिपूरक हो सके। वह पुरुष के जीवन में जो अधूरापन है, जो कमी है, उसे भर सके। पुरुष फैक्ट्रियां खड़ी कर लेगा, बगीचे कौन लगाएगा? पुरुष बड़े मकान खड़े कर लेगा, लेकिन उन मकानों में गीत कौन गुंजाएगा? पुरुष एक दुनिया बना लेगा जो मशीनों की होगी, लेकिन उन मशीनों के बीच फूलों की जगह कौन बनाएगा? और स्त्रियों को भी हम जो शिक्षा दे रहे हैं वह भी मशीन बनाने वाली, मकान बनाने वाली, सड़क बनाने वाली। जिंदगी के फूल कैसे निर्मित हों, उसकी कोई शिक्षा उनके पास नहीं है।

और यह हम क्यों कर रहे हैं?

हम यह इसलिए कर रहे हैं कि स्त्री में भी हमने एक फीवर, एक ज्वर पैदा कर दिया है कि उसे पुरुष के मुकाबले काम्पिटीशन में खड़ा होना है।

मैं आपसे कहना चाहता हूं, अगर स्त्री को अपने स्वधर्म को उपलब्ध करना हो तो उसे पुरुष से सारी प्रतिस्पर्धा छोड़ देनी चाहिए। उस प्रतिस्पर्धा में पुरुष कुछ भी नहीं खोएगा, स्त्री सब कुछ खो देगी। क्योंकि उस प्रतिस्पध्र्दा के लिए उसे पुरुष बन जाना पड़ेगा, उसे पुरुष की भूमि पर लड़ने के लिए खड़ा होना पड़ेगा। स्त्री को घोषणा करनी चाहिए कि हमारी भूमि अलग है। स्त्री को अहसास होना चाहिए कि उसके पास कोई जीवन का और बड़ा मिशन है, कोई और बड़ा संदेश है। जीवन को आनंद देने की कोई और बड़ी क्षमता है।

पश्चिम में, पश्चिम के एक बहुत बड़े विचारक सी.ई.एम.जोड ने कुछ दिन पहले लिखा कि जब मैं पैदा हुआ था, जब बच्चा था, देयर वर होम्स, पश्चिम में घर थे। लेकिन अब जब मैं बूढ़ा हो गया हूं, देयर आर ओनली हाउसेज; अब मकान ही रह गए हैं, घर कोई भी नहीं। होम्स नहीं रहे, हाउसेज रह गए हैं।

एक मकान होम से हाउस कैसे बन जाता है? एक मकान हाउस से होम कैसे हो जाता है? सिर्फ एक स्त्री के फर्क से, और किसी चीज के फर्क से नहीं। एक मकान सिर्फ मकान है अगर उसमें पुरुष ही रहते हैं। वह कभी घर नहीं बन सकता। उसमें एक स्त्री का आगमन होता है और वह मकान बदल जाता है। सारी कीमिया बदल जाती है, उस घर की सारी हवा बदल जाती है। वह घर बिलकुल नई शक्ल ले लेता है, वह नया रूप ले लेता है। अब वह घर बन जाता है। वह एक प्रेम का मंदिर बन जाता है। वह एक इंजीनियरिंग का केवल एक नमूना नहीं रह जाता, वह प्रेम का और काव्य का भी एक आदर्श बन जाता है।

लेकिन वैसी स्त्री विलीन होती जाएगी। हम जो शिक्षा दे रहे हैं वह वैसी स्त्री को धीरे-धीरे विलीन कर रही है। अब तो सारी दुनिया में स्त्रियों को भी मिलिटरी और सैन्य शिक्षण के लिए चेष्टा की जा रही है। उनसे भी एन सी सी और दूसरे तरह के कैडेट कोर बना कर कवायद करवाई जा रही है। सैनिकों के वस्त्र पहनाए जा रहे हैं, हाथ में उनके बंदूकें दी जा रही हैं। हम यह क्या कर रहे हैं? और जो कर रहे हैं वे इस खयाल में हैं कि बहुत बड़ा उपकार कर रहे हैं।

वे स्त्री को विनष्ट कर रहे हैं। वे उसे नष्ट कर रहे हैं। स्त्री की पूरी की पूरी फिजिओलॉजी, उसका पूरा शरीर और तरह का है। एक कवायद करने वाले व्यक्ति में रासायनिक परिवर्तन हो जाते हैं। जो स्त्रियां पुरुषों जैसा श्रम करती हैं, तुम्हें जान कर हैरानी होगी, उनको दाढ़ी और मूंछ भी निकलनी शुरू हो जाती है। उनके सारे शारीरिक केमिस्ट्री में, उनके सारे शारीरिक कीमिया में फर्क होना शुरू हो जाता है। उनके व्यक्तित्व में पुरुष जैसी कठोरता आनी शुरू हो जाती है। उनके व्यक्तित्व में पुरुष जैसा अग्रेसिव, आक्रामक भाव शुरू हो जाता है। और एक बार स्त्री के मन में आक्रमण की भावना शुरू हो जाए, फिर वह कभी पत्नी नहीं बनाई जा सकती।

इसलिए पश्चिम का घर टूट रहा है। एक-एक स्त्री जीवन में बीस-बीस तलाक दे रही है। अमेरिका में सौ में से चालीस स्त्रियां ऐसी हैं जो अपने पतियों को आए दिन बदल रही हैं। चालीस प्रतिशत! मैंने तो एक घटना सुनी है, एक अमेरिकी अभिनेत्री ने बाईस पति बदले और जब उसने बाईसवीं शादी की तो उसे पंद्रह दिन बाद पता चला कि यह आदमी एक बार पहले और उसका पति रह चुका है।

इतनी भूल-चूक हो गई इतने बार पति बदलने में। महीने, पंद्रह दिन में पति बदल लिए, तो भूल-चूक हो सकती है। बीस साल बाद वह आदमी दुबारा पति हो जाए तो पंद्रह दिन बाद पता चले कि यह आदमी पति रह चुका है एक बार। यह जो स्थिति खड़ी होगी, मनुष्य को कहां ले जाएगी? मनुष्य को कहां ले गई है?

मेरी दृष्टि में, स्त्री के मनोविज्ञान का भेद, वह पुरुष से बुनियादी रूप से भिन्न है। उसमें मौलिक रूप से कुछ ऐसा भेद है कि उस भेद को मिटाने की कोई भी चेष्टा न तो पूरी तरह सफल हो सकती है और सफल भी हो जाए तो सुफल तो कभी भी नहीं हो सकती है। कौन सा भेद है? स्त्री का व्यक्तित्व किन चीजों के केंद्र पर घूमता है?

स्त्री के व्यक्तित्व में प्रेम का तो केंद्र है, लेकिन महत्वाकांक्षा का कोई केंद्र नहीं है। वह प्रेम के लिए अपना सब कुछ न्योछावर कर सकती है और पुरुष अपनी महत्वाकांक्षा के लिए सब कुछ न्योछावर कर सकता है, प्रेम को भी। लाखों पुरुष इसीलिए अविवाहित रह जाते हैं, क्योंकि पत्नी उनकी महत्वाकांक्षा में बाधा बनेगी। सिर्फ इसीलिए अविवाहित रह जाते हैं कि उनकी जो एंबीशन है वह पूरी नहीं हो सकेगी।

हिटलर ने शादी नहीं की। मरने के दो घंटे पहले शादी की। जीवन भर शादी को टालता रहा। और जब भी कोई स्त्री उसके प्रेम में पड़ी, तो उसने यही कहा कि मुझे प्रेम के लिए फुरसत नहीं है, अभी मेरे पास और बड़े काम हैं। जब मेरे सब काम निपट जाएंगे तब मैं सोचूंगा कि प्रेम के लिए भी कोई जगह हो सकती है या नहीं। जिस दिन जर्मनी हार गया और बर्लिन के रास्तों पर बम गिरने लगे और हिटलर के मकान के बाहर गोलियां छुटने लगी दुश्मनों की और जब कोई संभावना न रही कि अब जीत सकता है वह, जब उसकी कांच की खिड़की में गोलियां आकर लगने लगीं, तब उसने अपनी प्रेयसी को कहा कि अगर तुझे शादी करनी हो तो अब कर ले। लेकिन पक्का जान, घंटे भर बाद मुझे आत्मघात करना है, मैं असफल हो गया हूं, मेरे साथ आत्मघात करना हो तो विवाह कर ले।

थोड़ा सोचें, वह स्त्री राजी हो गई। उसने हिटलर से घंटे भर पहले विवाह किया। बर्लिन हार रहा था। नीचे तलघरे में छिपे हुए एक पादरी ने हिटलर का विवाह करवाया एक घंटे पहले। और एक घंटे भर बाद दोनों जहर खाकर मर गए। वह स्त्री पंद्रह साल से प्रतीक्षा करती थी कि हिटलर जब कहेगा। इस बात को जानते हुए कि वह आदमी घंटे भर बाद मरेगा और मुझे भी उसके साथ मरना है। वह प्रेम के लिए पंद्रह वर्ष प्रतीक्षा की और मरने के क्षण में भी राजी हो गई। लेकिन हिटलर जीवन भर इनकार करता रहा। एंबीशन बड़ी चीज थी, उसे पूरा करने के लिए प्रेम छोड़ा जा सकता है।

स्त्री के व्यक्तित्व के प्रेम को कितना गहरा कर सके, ऐसी शिक्षा चाहिए। ऐसी शिक्षा चाहिए जो उसके जीवन को और भी सृजनात्मक प्रेम की तरफ ले जा सके। प्रेम में जरूरी रूप से दो और दो चार नहीं होते, कभी-कभी दो और दो पांच हो जाते हैं, कभी दो और दो तीन भी रह जाते हैं। महत्वाकांक्षा की दुनिया में हमेशा दो और दो चार होते हैं। वहां गणित सीधा और साफ है। हृदय की पगडंडियां बहुत उलझी हुई हैं। हृदय की पगडंडियां काव्य के अर्थ की तरह हैं, संगीत के स्वरों की तरह हैं। महत्वाकांक्षा के रास्ते गणित के सीधे हिसाब हैं, शतरंज की सीधी चालें हैं। स्त्री के व्यक्तित्व को शतरंज की चालों में ढालने के मैं विरोध में हूं। उसके व्यक्तित्व को तो काव्य की गहराइयों और काव्य की अनबूझ ऊंचाइयों में ले जाने की जरूरत है। क्यों?

स्त्री भी उस भांति आनंद को अनुभव करेगी, और इतनी गहरी स्त्री पुरुष के लिए भी उसकी महत्वाकांक्षा और आक्रमण से रोकने वाली संभावना बन जाएगी। स्त्री का प्रेम अगर पुरुष के जीवन को इतना भर दे कि उसकी महत्वाकांक्षा की आग पर पानी की वर्षा पड़ जाए, स्त्री का प्रेम पुरुष के आक्रामक कांटों को इतना छिपा दे कि उसके फूलों में वे कांटे दब जाएं, तो एक दुनिया पैदा हो सकती है, जहां हिंसा न हो और युद्ध न हो।

लेकिन पुरुष तो उन गुणों को पसंद भी नहीं करता है—ममता को, प्रेम को, करुणा को। नीत्शे ने, जो पुरुषों की सभ्यता का इस सदी में सबसे बड़ा समर्थक था, उसने तो बुद्ध को, जीसस को, महावीर को स्त्रैण कहा है कि वे स्त्रैण थे, वे पुरुष थे ही नहीं। क्योंकि वे जिन गुणों की बातें करते थे वे गुण स्त्रियों के गुण हैं।

प्रेम, करुणा और अहिंसा को नीत्शे ने स्त्रैण कहा है। अब तक नीत्शे के विरोध में एक स्त्री ने आवाज नहीं उठाई कि जिन गुणों को स्त्रैण कहा जा रहा है, वे निश्चित स्त्रैण हैं और स्त्रैण होने के कारण अपमानजनक नहीं, बल्कि उतने ही आदरणीय हैं जितना पुरुष का कोई भी गण हो। बल्कि मेरी दष्टि में स्त्रैण गण सृजनात्मक गण हैं। स्त्री को चूंकि मां बनना पड़ता है इसलिए उसके सारे जीवन से हिंसा, घृणा और कठोरता को प्रकृति ने और परमात्मा ने अलग कर रखा है। जैसे ही स्त्री पुरुष के गुणों में दीक्षित होती है वैसे ही वह मां बनने से इनकार करने लगती है।

पश्चिम की लाखों स्त्रियों ने मां बनने से इनकार कर दिया। जैसे ही पुरुष की शिक्षा पूरी होगी, तुम भी मां बनने से इनकार करोगी। क्योंकि मां बनना तब एक बोझ, एक परेशानी, एक चिंता मालूम होगी। और बड़े आश्चर्य की यह बात है कि कोई भी स्त्री बिना मां बने कभी फुलफिलमेंट को, कभी तृप्ति को उपलब्ध नहीं हो सकती। उसका मोक्ष उसके पूर्णरूपेण मां बन जाने में निर्भर है। वह जितनी बड़ी मां बन जाती है, जितनी गहरी, उतनी ही वह मुक्ति के करीब पहुंच जाती है और परमात्मा के निकट पहुंच जाती है।

लेकिन जो धर्म भी विकसित हुए हैं वे भी पुरुषों ने विकसित किए हैं। इसलिए उन धर्मों में भी पुरुष ही प्रमुख है। वे धर्म भी आक्रामक हैं। वे भी परमात्मा के चरणों में सिर रखने की शिक्षा उतनी नहीं देते, जितनी परमात्मा के जगत पर भी हमला कर देने की शिक्षा

देते हैं। वे परमात्मा को भी जीत लेने की भाषा में सोचते और बोलते हैं। धर्म, शिक्षा, संस्कृति, वे सभी की सभी आक्रामक और महत्वाकांक्षी हैं।

स्त्रियों की संख्या पुरुषों से हमेशा ज्यादा रही है। आज भी ज्यादा है। आधी दुनिया से ज्यादा स्त्रिया है। और एक स्त्री की ताकत कम से कम पांच पुरुषों की ताकत के बराबर है। घर में एक स्त्री हो और पांच पुरुष हों, तो पांच पुरुष घर की परिधि पर होते हैं, स्त्री केंद्र पर होती है; वह सेंटर पर होती है, बाकी सर्कमफ्रेंस पर होते हैं। पुरुष घर का, बाहरदीवारी है वह घर की। वह घर के भीतर का बैठकखाना नहीं है। वह घर के बाहर जो दीवाल खींची है सराउंडिंग, वह दीवाल है। केंद्र पर स्त्री है। वह मां बनती है तब बच्चे को पालती है और बच्चा बड़ा होता है। वह पत्नी बनती है तब पति जी पाता है।

अगर एक बार स्त्री की शिक्षा सम्यक हो सके और स्त्री के स्वधर्म को पूरा विकसित करने वाली हो सके, तो कोई आश्चर्य नहीं कि हम पुरुष के जीवन में भी प्रेम की कुछ बूंदें डाल सकें। तो कोई आश्चर्य नहीं कि हम पुरुष को हिंसा और घृणा के रास्तों से वापस लौटा सकें। तो कोई आश्चर्य नहीं कि पुरुष युद्ध के पागलपन से मुक्त हो जाए और एक शांत और एक आनंदपूर्ण दुनिया के बनाने में संलग्न हो जाए।

पुरुष के पास बड़ी शक्तियां हैं। लेकिन वे शक्तियां अगर प्रेम की दिशा में उन्मुख हो जाएं तो एक अच्छी दुनिया बन सकती है। लेकिन वे आज तक प्रेम की दिशा में उन्मुख नहीं की जा सकीं। और अब तो और भी डर पैदा होता है, क्योंकि स्त्री को इस तरह से विकृत किया जा रहा है कि इसकी कोई संभावना नहीं मालूम होती कि पुरुष के जीवन में प्रेम को जोड़ा जा सकेगा। स्त्रियां खुद ही पुरुष के आक्रामक जगत में संयुक्त होती चली जा रही हैं।

यह मैं कहना चाहूंगा आपकी शिक्षण संस्था से, शिक्षकों से, छात्राओं से कि उन्हें इस दिशा में चिंतन करना जरूरी है कि दुनिया में स्त्री को अक्षुण्ण कैसे बचाया जाए? स्त्री को स्त्री ही कैसे बनाया जाए? वे कौन से रास्ते होंगे, कौन सी विधियां होंगी, कौन सी शिक्षा और कौन से विषय होंगे जो स्त्री के भीतर छिपे हुए होने को प्रकट करें और उसे पुरुष होने से बचाएं?

मेरी दृष्टि में, विज्ञान की थोड़ी सी प्राथमिक शिक्षा उपयोगी है, लेकिन बहुत दूर तक स्त्रियों के लिए विज्ञान की शिक्षा का कोई मूल्य नहीं। अपवाद हो सकते हैं। कुछ स्त्रियां हो सकती हैं। लेकिन अपवाद से कोई संबंध नहीं है। विज्ञान की जगह कला और धर्म ज्यादा कीमती बातें हैं। गणित की जगह संगीत ज्यादा मूल्यवान है। कवायद की जगह नृत्य ज्यादा अर्थपूर्ण है। ठीक है कि पुरुष कवायद करें, लेफ्ट-राइट करें। लेकिन स्त्रियां भी मैदानों में जाकर कवायद करें, यह बहुत अशोभन है। स्त्री के व्यक्तित्व में नृत्य की तो जगह है और नृत्य उसके व्यक्तित्व को निखारेगा, गहरा करेगा, ज्यादा सौम्य, ज्यादा प्रीतिकर, ज्यादा आनंदपूर्ण बनाएगा, लेकिन कवायद—कवायद उसे नष्ट करेगी।

और हमें पता नहीं कि छोटी-छोटी चीजें सारे व्यक्तित्व को निर्मित करती हैं। अगर एक आदमी चुस्त कपड़े पहने हुए है, तो एक दूसरी तरह का आदमी निर्मित होता है। और

एक आदमी ढीले कपड़े पहने हुए है, तो दूसरी तरह का आदमी निर्मित होता है। सैनिक को कभी भी ढीले कपड़े नहीं पहनाए जा सकते और साधु किसी भी स्थिति में चुस्त कपड़े पहनने को राजी नहीं किया जा सकता। यह आकस्मिक नहीं है, यह एक्सीडेंटल नहीं है। चुस्त कपड़ा लड़ने की तीव्रता देता है। अगर एक आदमी चुस्त कपड़े पहने हुए है और सीढ़ियों पर चढ़ रहा है, तो वह दो-दो सीढ़ियां एक साथ छलांग लगा कर चढ़ जाएगा। लेकिन ढीले कपड़े पहने हुए है, तो एक गरिमा से, गौरव से और एक-एक सीढ़ी चढ़ेगा। वे चुस्त कपड़े एक तरह की तेजी देते हैं। इसलिए हम सैनिक को चुस्त कपड़े पहनाते हैं ताकि वह तीव्रता से लड़ सके।

सारी दुनिया में स्त्रियां चुस्त कपड़ों पर उतरती जा रही हैं, जो अजीब सी बात है, बिलकुल पागलपन की बात है। चुस्त कपड़े सैनिकों के लिए ठीक हैं, उन्हें लड़ाई पर भेजना है। उन्हें लड़ने के लिए विक्टिम्स बनाना है। उनको एक बेवकूफी के काम में लगाना है जहां कि वे चुस्त कपड़े उनके लिए सहयोगी होंगे। लेकिन उन लोगों के लिए जो शांति से जीना चाहते हैं और प्रेम से, चुस्त कपड़े अर्थहीन हैं। स्त्री के लिए तो चुस्त कपड़े एकदम ही अर्थहीन हैं। वे उसे एकदम ही बेहूदी हालत में खड़ा कर देते हैं। ढीले कपड़े उसके व्यक्तित्व को एक गरिमा देते हैं।

और इतनी हैरानी की बात है कि इतनी क्षुद्र चीजें भी हमारे भीतर के चित्त को, मनस को निर्मित करती हैं। हम क्या पहनते हैं, कैसे उठते हैं, कैसे बैठते हैं, इस सब का हमारे चित्त पर निरंतर संबंध होता चला जाता है, हमारा चित्त निर्मित होता है। हम क्या देखते हैं...

हिटलर जैसे ही हुकूमत में आया, उसने सारे मुल्क की फैक्ट्रीज में जहां-जहां खिलौने बनते थे, आज्ञा भिजवा दी कि गुड्डे-गुड्डियों के खेल-खिलौने बंद कर दिए जाएं।

उससे पूछा खिलौनों के उत्पादकों ने कि क्या मतलब है आपका?

उसने कहा कि मैं सिर्फ तलवार, बंदूकें, तोपें, टैंक, इनके खिलौने देखना चाहता हूं। पहले दिन बच्चा पैदा होगा अस्पताल में और उसके ऊपर झूले के ऊपर घुनघुना नहीं लटकवाएगा हिटलर, टैंक लटकवा देगा। और उसका कहना था कि इसे पहले दिन से ही टैंक देखना चाहिए, क्योंकि आज नहीं कल इसे युद्ध के मैदान में टैंक के साथ जूझना है।

वह समझदार था, वह होशियार था, वह समझ रहा था कि इतनी छोटी चीज का भी परिणाम होता है मनुष्य के मन पर कि वह टैंक देखता है कि घुनघुना देखता है।

छोटी सी घटना सारे व्यक्तित्व को निर्मित करती है। तम क्या पहने हो, क्या पढ़ती हो, कैसे उठती हो, कैसे बैठती हो, तुम्हारा सारा जीवन इन छोटी-छोटी चीजों से बनेगा।

नेपोलियन का नाम तुमने सुना होगा। नेपोलियन इतना बहादुर आदमी था कि अगर शेर सामने आ जाए तो वह पीठ न दिखाए। लेकिन बिल्ली से नेपोलियन डर जाता था। छोटा था छह महीने का, तब एक जंगली बिल्ली उसकी छाती पर चढ़ गई। उसने कोई नुकसान नहीं पहुंचाया। नौकर ने आकर बिल्ली को हटा दिया। लेकिन छह महीने के नेपोलियन के मन पर बिल्ली की एक बड़ी भयानक तस्वीर बन गई। उसे याद भी नहीं रहा

कि कभी बिल्ली मेरे ऊपर चढ़ी थी। छह महीने की कौन सी याद रहती है! लेकिन चित्त के अचेतन हिस्सों में, अनकांशस में बिल्ली बैठी रह गई। नेपोलियन इतना बड़ा बहादुर सिपाही हो गया, लेकिन बिल्ली अगर कोई सामने ले आए तो उसके हाथ-पैर कंप जाते थे। जिस युद्ध में नेपोलियन हारा, शायद तुम्हें पता न हो, उसका जो दुश्मन था, नेल्सन, वह सत्तर बिल्लियां अपनी फौज के सामने बांध कर ले आया था। जैसे ही नेपोलियन ने बिल्लियां देखीं, उसके हाथ-पैर कंप गए। और उसने अपने बगल के सैनिक को कहा, आज जीत मुश्किल है। और वह पहली हार थी उसकी, उसके पहले वह कभी नहीं हारा।

इतनी छोटी सी बात इतना परिणाम ला सकती है! अगर नेपोलियन की छाती पर बिल्ली न चढ़ी होती तो आज दुनिया का सारा इतिहास दूसरा होता। अगर नेपोलियन नेल्सन से जीत जाता तो दुनिया बिलकुल दूसरी होती। एक छोटी सी बिल्ली ने सारी दुनिया का इतिहास बदल दिया। वह दो मिनट के लिए न चढ़ती नेपोलियन की छाती पर तो आज सारी दुनिया का इतिहास ही दूसरा होता। क्योंकि नेपोलियन जीतता तो सारी बात बदल जाती, नेपोलियन हारा तो सारी बात बदल गई।

तुम क्या पहनती हो, क्या पढ़ती हो, किस भांति उठती हो, कवायद करती हो या नृत्य करती हो, ये छोटी-छोटी चीजें तुम्हारे सारे व्यक्तित्व को निर्मित करती हैं और जीवन भर प्रभावित करती हैं। आज शिक्षित होकर लौटती हई स्त्री बहत शोभादायक दश्य उपस्थित नहीं करती। इसमें उसका कोई कसूर नहीं है। कसूर है तो हम जिस प्रक्रिया से उसे ले जा रहे हैं उस प्रक्रिया का कसूर है।

ये थोड़ी सी बातें मैंने कहीं, इसमें बुनियादी एक ही बात मैंने कही और वह यह कि पुरुष और स्त्री के बीच मौलिक भेद हैं। इन मौलिक भेदों को शिक्षा की आधारशिला बनाया जाना चाहिए। स्त्रिया शिक्षित होनी चाहिए उतनी ही जितने पुरुष शिक्षित होते हैं, लेकिन बिलकुल और तरह से शिक्षित होनी चाहिए। उनका अपना आयाम और अपनी दिशा होनी चाहिए। हां, कुछ स्त्रियां, उन्हें लगता हो कि उनके चित्त के अनुकूल है पुरुषों की शिक्षा, वे उस तरफ जा सकती हैं। कुछ पुरुषों को लगता हो कि उनके चित्त के अनुकूल है स्त्रियों की शिक्षा, तो वे स्त्रियों की शिक्षा की तरफ जा सकते हैं। लेकिन वह अपवाद होगा। वह नियम नहीं हो सकता।

अभी हम उसे नियम बनाए हुए हैं। भेड़-बकरियों की तरह हम एक ही ढांचे में सबको ढालने की कोशिश कर रहे हैं।

इसका गहरे से गहरा दुष्परिणाम तो यह हुआ है कि जैसे-जैसे स्त्री पुरुष के करीब आती गई है, एक सी होती गई है, वैसे-वैसे पुरुष के लिए कम आकर्षक रह गई है। स्वभावतः आकर्षण कम होगा। और अगर स्त्री कम आकर्षक हो जाए पुरुष के लिए, अगर उसकी पत्नी कम आकर्षक हो, तो सारा समाज व्यभिचार में गिरेगा, इसकी हमें कल्पना भी नहीं है। पत्नी कम आकर्षक हो तो वेश्या का जन्म होता है। पत्नी कम आकर्षक हो तो पुरुष की आंखें पड़ोस की स्त्रियों की तरफ भटकनी शुरू हो जाती हैं।

यह जो इतना व्यभिचार सारे जगत में बढ़ रहा है उसके बढ़ने का कोई और कारण नहीं। कोई भी एक स्त्री किसी एक पुरुष को तप्त करने में असमर्थ हो गई है। कोई भी एक स्त्री किसी एक पुरुष के पूरे प्राणों को तृप्ति देने में असमर्थ होती चली जा रही है। स्वभावतः पुरुष यहां-वहां भाग रहा है। वह पीछे के दरवाजे खोज रहा है। वह न मालूम कितनी स्त्रियों से संबंधित होने की कामना और आकांक्षा से भर रहा है।

अगर स्त्री ठीक से विकसित हो तो एक स्त्री पुरुष को इतनी तृप्ति, इतनी शांति और इतने संगीत में ले जाने की क्षमता रखती है कि उसके लिए सवाल नहीं रह जाता कि उसका जीवन कभी भी, कभी भी अनैतिक रास्तों पर भटके और जाए।

फिल्में बन रही हैं जो अश्लील हैं और गंदी हैं। किताबें लिखी जा रही हैं जो नंगी हैं, बेहूदी हैं। और पुरुष उन्हें रस से पढ़ रहा है। और हम कोई भी यह नहीं सोच रहे हैं...हम सोच रहे हैं कि ये फिल्म प्रोड्यूसर्स शरारती हैं, हम सोच रहे हैं ये लेखक गंदे हैं।

न लेखक गंदे हैं, न फिल्म बनाने वाले लोग शरारती हैं। स्त्री, एक स्त्री, एक पत्नी पुरुष को शांति देने में असमर्थ होती चली जा रही है। इसलिए सारा जीवन गलत रास्तों से भरता चला जा रहा है। और जितनी यह शिक्षा स्त्री की, पुरुष जैसी होगी, उतनी ही स्त्री असमर्थ हो जाएगी। इस बात की संभावना है कि सौ वर्षों के भीतर, जब कि सारी दुनिया की स्त्रियां ठीक पुरुषों जैसी शिक्षित हो जाएं, सारी जमीन एक बड़ा वेश्यालय हो जाए। इसकी कोई असंभावना नहीं है। सारी पृथ्वी एक बड़ा वेश्यालय हो जाए, इसका कोई आश्चर्य नहीं है।

और तुम जान कर हैरान होओगी, तुमने अब तक यह सुना होगा कि स्त्री वेश्याएं होती थीं, तुम्हें इसका पता नहीं होगा कि आधुनिक विकसित मुल्कों में पुरुष वेश्याएं भी उपलब्ध हो गई हैं। क्योंकि जब पुरुष भटकेगा, और स्त्री कहती है, मुझे हर चीज में समान अधिकार चाहिए, तो इंग्लैंड में एक नई घटना घटी है—पुरुष वेश्याएं। उन्हें वैश्य कहना चाहिए, लेकिन वैश्य हम किसी और को कहते हैं इसलिए कोई चिढ़ होगी, इसलिए मैं वेश्याएं कह रहा हूं–पुरुष वेश्याएं! पुरुष भी उपलब्ध हैं, स्त्रियां वहां जाएंगी और चार रुपये पर उनसे प्रेम का संबंध कायम कर सकती हैं।

अब तक जमीन पर ऐसा कभी नहीं हुआ था। अब लेकिन अभी वह हुआ है बहुत विकसित मुल्कों में। इंग्लैंड, अमेरिका, स्विटजरलैंड, ऐसे मुल्कों में पुरुष वेश्याएं भी उपलब्ध हैं। और नार्वे और बेल्जियम में, जैसे स्त्री वेश्याओं को लाइसेंस देते हैं, वहां सरकार ने पुरुष वेश्याओं को भी लाइसेंस दिए हैं।

सौ वर्ष के भीतर सारी पृथ्वी एक बड़ा वेश्यालय बन जाएगी। और उसके बनने का कारण–बड़ा आश्चर्यजनक है—वे लोग होंगे, जो सुधार और समाज सेवा की आकांक्षा में स्त्रियों को पुरुषों जैसी शिक्षा दिए चले जा रहे हैं। वे हित नहीं कर रहे हैं, वे अहित कर रहे हैं। वे मंगलदायी सिद्ध नहीं हो रहे हैं, वे अमंगलदायी सिद्ध हो रहे हैं।

लेकिन इसका यह मतलब नहीं है कि मैं स्त्रियों को शिक्षा देने के पक्ष में नहीं हूं। मैं

बिलकुल पक्ष में हूं। उन्हें पुरुषों से भी ज्यादा शिक्षित किया जाए तो अच्छा। लेकिन उनकी शिक्षा बिलकुल ही दूसरे रास्तों पर होगी। आज तो संभव नहीं होगा कि मैं उन रास्तों की आपसे बात करूं कि किन रास्तों पर उनकी शिक्षा हो, लेकिन दो छोटे सूत्र खयाल में रखने को कहता हूं।

स्त्री की शिक्षा मस्तिष्क की कम, हृदय की ज्यादा होगी। स्त्री की शिक्षा गणित की कम, काव्य की ज्यादा होगी। स्त्री की शिक्षा महत्वाकांक्षा की कम, प्रेम की ज्यादा होगी। स्त्री की शिक्षा सारी दुनिया को चिंतन करके नहीं, बल्कि एक छोटे परिवार, एक छोटे दंपति, एक छोटे घर का केंद्र बनाने की दृष्टि से होगी। स्त्री एक बहुत छोटे से घर को कैसे सुंदर, कैसे प्रेमपूर्ण और आनंदपूर्ण बना सके, इस दिशा में होगी।

और ऐसा सोचना गलत है कि जो सारी दुनिया को बनाने का काम करते हैं वे ही लोग बड़ा काम करते हैं। यह बात अत्यंत मूर्खतापूर्ण है। जो क्षुद्र को भी विराट की क्षमता दे देते हैं, सचमुच जीवन की कला को वे ही लोग जानते हैं। और जगत और जीवन छोटी-छोटी चीजों का जोड़ है। अगर एक-एक घर विनष्ट होता है तो सारी पृथ्वी अच्छी नहीं हो सकती। और एक-एक घर विनष्ट हो रहा है।

सोशलिस्ट हैं, वे कहते हैं, सारे समाज को बदलना है! नेता हैं, वे कहते हैं, सारे देश को बनाना है! विचारक हैं, वे कहते हैं, सारे दुनिया के माइंड को बदलना है!

मैं आपसे कहना चाहता हूं, इन सारी बड़ी बातों में बहुत अर्थ नहीं है। अर्थ एक बहुत छोटी सी बात में है कि वे जो छोटे-छोटे घर हैं, वे जो छोटे-छोटे परिवार हैं, उन परिवारों को सुंदर और सत्य बनाना है। न बड़ी दुनिया से कोई संबंध है, न बड़े राष्ट्रों से। राष्ट्र झूठी इकाई है। मनुष्यता कोरा शब्द है। ठोस इकाई तो मनुष्य का परिवार है। और उस ठोस इकाई को कैसे सुंदर बनाया जा सकता है? वह बिना स्त्री को सुंदर, सत्य और संगीतपूर्ण दिशाओं में ले जाए उसे सुंदर बनाने का कोई रास्ता नहीं है।

ये थोड़ी सी बातें मैंने कहीं, इसलिए नहीं कि मैंने जो कहा उसे आप स्वीकार कर लेना। हो सकता है मेरी सारी बात गलत हो। हो सकता है मैं जो कह रहा हूं वह बिलकुल ही ठीक न हो। मैंने इसलिए ये बातें कहीं कि इस पर सोचना। इतनी ही मेरी प्रार्थना है कि इस पर सोचना कि क्या स्त्री और पुरुष के बीच कोई बुनियादी भेद है? क्या उनका मनस, उनका शरीर, उनका व्यक्तित्व अलग-अलग है? क्या वे एक सी शिक्षा से गुजरने के योग्य हैं? या कि उन्हें अलग-अलग अनूठी दिशाओं में शिक्षित किया जाना जरूरी और उचित है? इस पर सोचना, इतनी ही अंतिम मेरी प्रार्थना है।

और अगर इस पर सोचा तो मैं यह कह सकता हूं कि जो भी इस पर सोचेगा वह कभी इस नतीजे पर नहीं पहुंच सकता कि स्त्री और पुरुष एक जैसे हैं। सारी मनुष्य-जाति का अनुभव यह है कि स्त्री और पुरुष बिलकुल अनूठे और भिन्न हैं। इतनी भिन्नता है उनके बीच कि न तो आज तक कोई पुरुष किसी स्त्री को पूरे अर्थों में समझ पाया है और न कोई स्त्री आज तक किसी पुरुष को पूरे अर्थों में समझ पाई है। और इसकी बहुत कम

संभावना है कि कभी भी यह समझ पूरी हो सकेगी। वे इतने अनूठे और भिन्न हैं। इस पर सोचना, विचार करना।

शिक्षकों से, आपकी संस्था से, छात्राओं से एक ही निवेदन है कि वे सोचें। और इस मुल्क में कम से कम एक हवा बनाएं। पश्चिम में तो स्त्री करीब-करीब रूपांतरित हो गई है। अभी हमारे मुल्क में रूपांतरित होने को है। हम प्रक्रिया से गुजर रहे हैं रूपांतरित होने की। अगर कोई बोध पैदा हो सके, समझ आ सके और हम स्त्री को शिक्षित करें, लेकिन नई शिक्षा में, तो शायद इस मुल्क को उस भूल और पश्चात्ताप से न गुजरना पड़े जिससे पश्चिम गुजर रहा है।

मेरी बातों को इतने प्रेम और शांति से सुना, उसके लिए बहुत-बहुत अनुगृहीत हूं। और अंत में सबके भीतर बैठे परमात्मा को प्रणाम करता हूं। मेरे प्रणाम स्वीकार करें।

पांचवां प्रवचन

नारी : पुरुष की दासता से मुक्ति

मैं रे प्रिय आत्मन्!

'नारी और क्रांति', इस संबंध में बोलने का सोचता हूं, तो पहले यही खयाल आता है कि नारी कहां है? नारी का कोई अस्तित्व ही नहीं है। मां का अस्तित्व है, बहन का अस्तित्व है, बेटी का अस्तित्व है, पत्नी का अस्तित्व है, नारी का कोई भी अस्तित्व नहीं है। नारी जैसा कोई व्यक्तित्व ही नहीं है। नारी की अपनी कोई अलग पहचान नहीं है। नारी का अस्तित्व उतना ही है जिस मात्रा में वह पुरुष से संबंधित होती है। पुरुष का संबंध ही उसका अस्तित्व है। उसकी अपनी कोई आत्मा नहीं है।

यह बहुत आश्चर्यजनक है! लेकिन यह कड़वा सत्य है कि नारी का अस्तित्व उसी मात्रा और उसी अनुपात में होता है, जिस अनुपात में वह परुष से संबंधित होती है। पुरुष से संबंधित नहीं हो तो ऐसी नारी का कोई अस्तित्व नहीं है। और नारी का अस्तित्व ही न हो तो क्रांति की क्या बात करनी है?

इसलिए पहली बात यह समझ लेनी जरूरी है कि नारी अब तक अपने अस्तित्व को भी–अपने अस्तित्व को–स्थापित नहीं कर पाई है। उसका अस्तित्व पुरुष के अस्तित्व में लीन है। पुरुष का एक हिस्सा है उसका अस्तित्व।

बर्नार्ड शा ने एक छोटी सी किताब लिखी। उस किताब का नाम बहुत अजीब है और जब पहली दफे वह किताब प्रकाशित हुई तो सारे लोग हैरान हुए। उस किताब का नाम है: इंटेलिजेंट वीमेन्स गाइड टु सोशलिज्म। बुद्धिमान स्त्री के लिए समाजवाद की पथ-प्रदर्शिका।

लोग बड़े हैरान हुए। लोगों ने पूछा कि स्त्री के लिए? क्या समाजवाद का पथ-प्रदर्शन स्त्री के लिए ही जरूरी है, पुरुष के लिए नहीं? आपको नाम रखना चाहिए था: इंटेलिजेंट मेन्स गाइड टु सोशलिज्म।

बर्नार्ड शा ने कहा कि मेन्स लिखने से स्त्रियां उसमें सम्मिलित हो जाती हैं, लेकिन वीमेन्स लिखने से पुरुष उसमें सम्मिलित नहीं होते? यह बड़ी हैरानी की बात है। बर्नार्ड शा ने कहा, अगर हम कहें मनुष्य, तो स्त्रियां सम्मिलित हैं। और अगर हम कहें नारी, तो फिर मनुष्य सम्मिलित नहीं है, पुरुष सम्मिलित नहीं है?

स्त्री पुरुष की छाया से ज्यादा अस्तित्व नहीं जुटा पाई है। इसलिए जहां पुरुष होता है, स्त्री वहां है। लेकिन जहां छाया होती है वहां थोड़े ही पुरुष को होने की जरूरत है!

स्त्री का विवाह हो, तो वह श्रीमती हो जाती है, मिसेज हो जाती है, पुरुष के नाम की छाया रह जाती है, मिसेज फलानी हो जाती है। लेकिन इससे उलटा नहीं होता कि स्त्री के नाम पर पुरुष बदल जाता हो। अगर चंद्रकांत मेहता नाम है पुरुष का, तो स्त्री का कुछ भी नाम हो, वह श्रीमती चंद्रकांत मेहता हो जाती है। लेकिन अगर स्त्री का नाम चंद्रकला मेहता है तो ऐसा नहीं होता कि पति श्रीमान चंद्रकला मेहता हो जाते हों। ऐसा नहीं होता। ऐसे होने की जरूरत नहीं पड़ती है, क्योंकि स्त्री छाया है, उसका कोई अपना अस्तित्व थोड़े ही है।

शास्त्र कहते हैं, जब स्त्री बालपन में हो तो पिता उसकी रक्षा करे; जवान हो, पति रक्षा करे; बूढ़ी हो जाए, बेटा रक्षा करे। सब पुरुष उसकी रक्षा करे, क्योंकि उसका कोई अपना अस्तित्व नहीं है। रक्षितत्व तो ही वह है, अन्यथा नहीं है।

यह क्या मूढ़ता है? स्त्री अब तक अपने अस्तित्व की घोषणा ही नहीं कर पाई है। इसलिए पहला क्रांति का सूत्र तो यह है कि स्त्री अपने अस्तित्व की स्पष्ट घोषणा करे। वह है। उसका अपना होना है—पुरुष से बहुत पृथक, बहुत भिन्न। उसके होने का आयाम, उसके होने की दिशा और डायमेंशन बहुत अलग है। वह पुरुष की छाया नहीं है, उसका अपनी हैसियत से भी होना है।

और यह भी ध्यान रहे, जब तक स्त्री अपने अस्तित्व की स्पष्ट घोषणा नहीं करती है, तब तक उसे आत्मा उपलब्ध नहीं हो सकती है, तब तक वह छाया ही रहेगी।

मैंने सुना है कि जर्मनी में ऐसी एक कथा है, कि एक आदमी पर देवता नाराज हो गए और उन्होंने उसे अभिशाप दे दिया कि आज से तेरी छाया खो जाएगी, आज से तेरी छाया नहीं बनेगी। तू धूप में चलेगा तो तेरी कोई छाया नहीं बनेगी, कोई शैडो नहीं बनेगी।

उस आदमी ने कहा, इससे मेरा क्या बिगड़ जाएगा? यह तुम अभिशाप देते हो, ठीक है, लेकिन मेरा हर्ज क्या हो जाएगा इससे?

देवताओं ने कहा, वह तुझे पीछे पता चलेगा।

और घर आते ही उस आदमी को पता चला कि बहुत मुश्किल हो गई। जैसे ही लोगों को पता चला कि उसकी छाया नहीं बनती है, लोगों ने उसका साथ छोड़ दिया। पत्नी ने उससे हाथ जोड़ लिए कि क्षमा करो! बेटों ने कहा, माफ करो! गांव के लोगों ने कहा, दूर रहो! यह आदमी खतरनाक है, इसकी छाया नहीं बनती।

धीरे-धीरे गांव में वह एक अछूत हो गया, घर के लोग भी दरवाजा बंद करने लगे, मित्र रास्ता छोड़ कर जाने लगे, लोगों ने पहचानना बंद कर दिया। आखिर सारे गांव की

पंचायत ने कहा, इस आदमी को निकाल बाहर करो। इस आदमी को कोई महारोग लग गया है, इसकी छाया नहीं बनती, ऐसा कभी सुना है? आखिर गांव के लोगों ने उसे कोढ़ी की तरह गांव के बाहर निकाल दिया। वह आदमी बहुत चिल्लाया कि मेरी छाया मिट गई है तो हर्ज क्या है? लेकिन लोगों ने कहा कि छाया मिट गई, इसका मतलब है कि कोई न कोई महारोग तेरे पीछे लग गया। वह बहुत चिल्लाने लगा कि मैं तो पूरा का पूरा हूं, मेरी छाया भर मिट गई है। लेकिन किसी ने उसकी सुनी नहीं।

पता नहीं ऐसा कभी हुआ या नहीं, लेकिन स्त्री के मामले में बिलकुल उलटी बात हो गई। उसकी आत्मा तो मिट गई है, वह सिर्फ छाया रह गई है। और छाया मिटने से एक आदमी इतनी मुसीबत में पड़ गया हो तो अगर नारियों की पूरी जाति की जाति की आत्मा मिट गई हो और वे सिर्फ छाया रह गई हों, तो उनकी कठिनाई का अंदाज लगाना बहुत मुश्किल है।

लेकिन पुरुषों को कोई चिंता क्या हो सकती है कि वे अंदाज लगाएं उस कठिनाई का? उन्हें जरूरत भी क्या हो सकती है? पुरुषों के यह हित में है कि स्त्री की कोई आत्मा न हो। क्योंकि जिनका भी हमें शोषण करना होता है, अगर उनके पास आत्मा हो तो विद्रोह का डर होता है। पुरुष की जाति हजारों वर्षों से नारी का वर्गीय शोषण कर रही है। उसके यह हित में है कि नारी के पास कोई व्यक्तित्व, कोई आत्मा न हो। क्योंकि जिस दिन नारी के पास अपनी आत्मा होगी, उसी दिन बगावत की यात्रा शुरू हो जाएगी, विद्रोह शुरू हो जाएगा।

गरीब और अमीर के बीच जो शोषण है, उससे भी ज्यादा खतरनाक, उससे भी ज्यादा लंबा शोषण पुरुष और नारी के बीच है। पुरुष नहीं चाहेगा। और नारियों के पास कोई आत्मा नहीं है कि वे सोचें भी, विचारें भी, बगावत का कोई स्वर वहां से पैदा हो। आत्मा ही खो गई है। लेकिन यह घटना घटे इतना लंबा समय हो गया है कि अब किसी को पता भी नहीं चलता कि यह घटना घट चुकी है। यह याद में भी नहीं आता। हम जीए चले जाते हैं।

जैसे हजारों वर्षों तक शूद्रों को समझा दिया था कि तुम शूद्र हो, तो हजारों वर्षों तक धीरे-धीरे वे भूल ही गए कि वे आदमी हैं। वैसी ही स्थिति स्त्री के साथ हो गई है। वह सिर्फ छाया है पुरुष की, पुरुष के पीछे होने में उसका हित है, पुरुष से भिन्न और पृथक खड़े होने में उसका कोई अस्तित्व नहीं है।

यह पहली बात समझ लेनी जरूरी है कि क्या बिना आत्मा के भी नारी के जीवन में कोई आनंद, कोई मुक्ति, कोई सृजनात्मकता, कोई अभिव्यक्ति, उसके जीवन में कोई सुगंध हो सकती है?

ऐसे धर्म हैं जो कहते हैं कि नारी के लिए मोक्ष नहीं है। यह तो आपको पता ही होगा कि मस्जिद में नारी के लिए प्रवेश नहीं है। मस्जिद में नारी के लिए प्रवेश नहीं है। आश्चर्यजनक है! मस्जिद सिर्फ पुरुषों के लिए है? नारी की छाया भी मस्जिद के भीतर नहीं पड़ी है। मोक्ष में नारी के लिए प्रवेश नहीं है; ऐसे धर्म हैं। ऐसे धर्म हैं जो घोषणा करते हैं: नारी नरक का द्वार है। ऐसे धर्म हैं जिनके श्रेष्ठतम शास्त्र भी नारी के लिए अभद्रतम

शब्दों का उपयोग करते हैं। और भी आश्चर्य की बात है कि जिन धर्मों ने, जिन धर्मगुरुओं ने, जिन साधु-संन्यासियों और महात्माओं ने नारी को आत्मा मिलने में सबसे ज्यादा बाधा दी है, नारी अजीब पागल है, उन साधु-संन्यासियों और महात्माओं को पालने का सारा ठेका नारियों ने ले रखा है।

ये मंदिर और मस्जिद नारी के ऊपर चलते हैं। साधु और संन्यासी नारी के शोषण पर जीते हैं और उनकी ही सारी की सारी करतूत और लंबा षड्यंत्र है कि नारी को अस्तित्व नहीं मिल पाता। जो रोज-रोज घोषणा करते हैं कि नारी नरक का द्वार है, नारी उन्हीं के चरणों में—दूर से, पास से छू तो नहीं सकती, क्योंकि छूने की मनाही है—दूर से नमस्कार करती रहती है, भीड़ लगाए रहती है।

अभी मैं बंबई था। एक महिला ने मुझे आकर कहा कि एक संन्यासी का, एक महात्मा का प्रवचन चलता है। हजारों लोग सुनने इकट्ठे होते हैं, लेकिन कोई नारी उनका पैर नहीं छू सकती। लेकिन एक दिन एक नारी ने भूल से उनका पैर छू दिया। महात्मा ने सात दिन का उपवास किया प्रायश्चित्त में। और इस प्रायश्चित्त का परिणाम यह हुआ कि नारियों की, लाखों नारियों की संख्या उनके दर्शन करने के लिए इकट्ठी हो गई कि बहुत बड़े महात्मा हैं।

बेवकूफी की भी कोई सीमाएं होती हैं! एक नारी को नहीं जाना चाहिए था फिर वहां। और नारी को विरोध करना चाहिए था कि वहां कोई भी नहीं जाएगा। लेकिन नारी बड़ी प्रसन्न हुई होगी कि बड़ा पवित्र आदमी है यह। नारी को छूने से सात दिन का उपवास करके प्रायश्चित्त करता है, महान आत्मा है यह।

नारियों के मन में भी यह खयाल पैदा कर दिया है पुरुषों ने कि वे अपवित्र हैं, और उन्होंने उसे स्वीकार कर लिया है, उसे वे मान कर बैठ गई हैं।

कितने आश्चर्य की बात है, ये जो महात्मा जिनके पैर छूने से सात दिन का इन्होंने उपवास किया, ये एक नारी के पेट में नौ महीने रहे होंगे, और अगर अपवित्र होना है तो हो चुके होंगे। अब बचना बहुत मुश्किल है अपवित्रता से। और एक नारी की गोद में बरसों बैठे रहे होंगे—खून उसका है, मांस उसका है, हड्डी उसकी है, मज्जा उसकी है, सारा व्यक्तित्व उसका है—और उसी के छूने से ये सात दिन का इन्हें उपवास करना पड़ता है, क्योंकि वह नरक का द्वार है।

साधु-संन्यासियों से मुक्त होने की जरूरत है नारी को। और जब तक वह साधु-संन्यासियों के खिलाफ उसकी सीधी बगावत नहीं होती और वह यह घोषणा नहीं करती कि नारी को नरक कहने वाले लोगों को कोई सम्मान नहीं मिल सकता है, नारी को अपवित्र कहने वाले लोगों के लिए कोई आदर नहीं मिल सकता है—सीधा विद्रोह और बगावत चाहिए–तो नारी की आत्मा की यात्रा की पहली सीढ़ी पूरी होगी।

जिन-जिन देशों में धर्मों का जितना ज्यादा प्रभाव है, उन-उन देशों में नारी उतनी ही ज्यादा अपमानित और अनादृत है। यह बड़ी हैरानी की बात है! धर्म का प्रभाव जितना कम हो रहा है, नारी का सम्मान उतना बढ़ रहा है। धर्म का जितना ज्यादा प्रभाव, नारी का उतना

अपमान। यह कैसा धर्म है? होना तो उलटा चाहिए कि धर्म का प्रभाव बढ़े तो सबका सम्मान बढ़े, सबकी गरिमा बढ़े।

लेकिन अब तक धर्म ने जो रुख अख्तियार किया था वह नारी विरोधी रुख था। क्यों था यह नारी विरोधी रुख? ये नारी के खिलाफ पांच हजार वर्षों की आवाजें क्यों हैं?

कुछ कारण हैं। ये आवाजें नारी के खिलाफ नहीं हैं, ये पुरुषों की आवाजें अपने ही भीतर छिपे हुए नारी के आकर्षण के विरोध में हैं। वह जो भीतर कामवासना है, वह जो नारी की पुकार करती है और नारी के प्रति आकर्षित होती है। जो लोग भी घर-द्वार छोड़ कर भाग जाते हैं, उनके चित्त में वह पुकार और जोर से गुहार मचाने लगती है। उनको नारी और खींचने लगती है, और आकर्षित करने लगती है। वह उनके भीतर जो नारी का आकर्षण है, वे उसको गाली देते हैं कि नरक का द्वार है यह। बचें हम, यह नरक हमारे पीछे पड़ा हुआ है।

कोई नारी उनके पीछे नहीं पड़ी हुई है। उनकी अपनी ही दमित वासना, उनका अपना ही सप्रेस्ड सेक्स, जिसको उन्होंने जबरदस्ती दबा लिया है, उन्हें परेशान कर रहा है। और उस परेशानी का बदला वे नारी को गालियां देकर ले रहे हैं।

यह गालियों का इतना लंबा इतिहास हो गया, इतनी लंबी शोभा-यात्रा हो गई है गालियों की कि धीरे-धीरे नारियों ने भी स्वीकार कर लिया है कि ऐसा ही होगा। ये जो कहते हैं, ठीक ही कहते होंगे।

महात्माओं ने, संतों ने, तथाकथित अच्छे कहे जाने वाले लोगों ने नारी की आत्मा को प्रकट नहीं होने दिया है। और नारी इन सारे अच्छे लोगों के पालन-पोषण का आधार रही है। साधु-संन्यासियों के पास जाइए, एक आदमी दिखाई पड़ेगा तो चार नारियां दिखाई पड़ेंगी। और वह एक आदमी भी अपनी पत्नी के पीछे चला आया होगा, असली कारण यह होगा, और कोई कारण नहीं होगा। वह भी अपने आप नहीं चला आया होगा।

धर्म के सारे अड्डे नारियां चला रही हैं और धर्म के अड्डे नारियों के खिलाफ जहर उगलने के माध्यम बने हुए हैं। कौन इसके खिलाफ विद्रोह करेगा? अगर नारियों को इसका खयाल नहीं आता तो कौन लड़ेगा इसके खिलाफ?

अगर साधु-संन्यासियों की बातें सुनिए जाकर मंदिरों में, तो अजीब मालूम होता है। उन्हें नारियों से बड़ा लगाव मालूम होता है। वे निरंतर उनके खिलाफ कुछ न कुछ कहते चले जाते हैं। उनके कपड़ों की भी चिंता करते हैं मंदिरों में बैठे हुए साधु कि वे कैसे कपड़े पहन रही हैं, उनके लिपस्टिक की भी चिंता करते हैं कि वे कैसा लिपस्टिक लगा रही हैं; उनकी जूतों की एड़ियों के माप भी नाप कर रखते हैं कि कितने ऊंचे जूते पहन रही हैं। साधु-संन्यासियों को इनसे क्या प्रयोजन है? यह आकर्षण क्या है?

यह सप्रेस्ड सेक्सुअलिटी है। ये भाग गए हैं लोग जिंदगी छोड़ कर और वासना को जबरदस्ती दबा लिया है। अब वह दबी हुई वासना नये-नये रूपों में पुकार कर रही है। इनकी आंखों में नारी घूम रही है। और वह नारी लग रही है कि कहीं इनका स्वर्ग न छीन

ले, कहीं इनका मोक्ष न छिन जाए, कहीं इनका परमात्मा न छिन जाए। तो वे नारी के खिलाफ कहे चले जा रहे हैं।

यह मैं क्यों कह रहा हूं? मैं इसलिए कह रहा हूं कि जब तक दुनिया में सप्रेस्ड सेक्सुअलिटी, जब तक दुनिया में दमित यौन की परंपराएं कायम हैं, जब तक आदमी को नैतिकता के नाम पर वासना का दमन सिखाया जा रहा है, तब तक नारी सम्मानित नहीं हो सकती। यह बहुत अजीब सा लगेगा, लेकिन यह समझ लेना जरूरी है। जब तक यौन को, सेक्स को हम सामान्य जीवन का स्वस्थ हिस्सा स्वीकार नहीं करते हैं, तब तक नारी सम्मानित नहीं हो सकती। वह जो सेक्स का कंडेमनेशन है, वह जो निंदा है वासना की, वही निंदा अंततः नारी की निंदा बन गई है।

पहली बात, नारी का अपना कोई अस्तित्व नहीं है। और उसे अस्तित्व की अगर घोषणा करनी हो तो उसे कहना चाहिए कि मैं मैं हूं—किसी की पत्नी नहीं; वह पत्नी होना गौण है। मैं मैं हूं—किसी की मां नहीं; मां होना गौण है। मैं मैं हूं—किसी की बहन नहीं; बहन होना गौण है। वह मेरा अस्तित्व नहीं है, मेरे अस्तित्व के अनंत संबंधों में से एक संबंध है। वह संबंध है, रिलेशनशिप है, वह मैं नहीं हूं। यह स्पष्ट भाव आने वाली पीढ़ी की एक-एक लड़की में, एक-एक युवती में, एक-एक नारी में होना चाहिए—मेरा भी अपना अस्तित्व है।

यह कितनी हैरानी की बात है कि नारियों की संख्या पुरुषों से ज्यादा है पृथ्वी पर, लेकिन नारी इतनी भयभीत! रास्तों पर निकलना मुश्किल, बिना रक्षक पहरेदार के रास्तों पर चलना मुश्किल! नारियों की संख्या पुरुषों से ज्यादा है पृथ्वी पर, और नारियां अगर एक बार तय कर लें तो यह असंभव है कि एक पत्थर फेंका जा सके उनके ऊपर, एक कंकड़ फेंका जा सके, कि एक आवाज कसी जा सके।

लेकिन नारियों के पास कोई भाव नहीं, कोई आत्मा नहीं। कंकड़-पत्थर उन पर फेंके जाएंगे, गालियां उन्हें दी जाएंगी, रास्तों पर अपमानजनक शब्द फेंके जाएंगे और इसका कुल परिणाम क्या होगा कि वे घर आकर पुरुष की रक्षा की शरण खोजेंगी। अगली बार वे अपने पति को लेकर साथ निकलेंगी–अपने बेटे को, अपने भाई को। वे जो सड़क पर पुरुष उन्हें परेशान कर रहे हैं, उन पुरुषों से परेशानी से बचने के लिए दूसरे पुरुषों का सहारा लेंगी। तो यह दासता कभी खत्म होने वाली नहीं है, यह दासता जारी रहेगी।

अगर पुरुष बाहर परेशान कर रहा है तो यह पुरुष वही है जो घर में बैठा हुआ है, यह दूसरा पुरुष नहीं है। क्योंकि वह जिसने आप पर पत्थर फेंका है सड़क पर और गाली कसी है वह भी किसी का भाई है और किसी का पति है। और आपका भाई और आपका पति भी किसी के साथ यही रास्ते पर कर रहा होगा, इसको ध्यान रखना जरूरी है। यह सवाल एक पुरुष का नहीं है, यह पुरुष कर रहा है! और इसलिए सवाल पुरुष के हाथ रक्षा मांगने का नहीं है। जितनी रक्षा मांगी जाती है उतना व्यक्तित्व कमजोर होता चला जाता है।

नारी को रक्षा मांगनी बंद कर देनी चाहिए। उचित है कि गाली सह ले, उचित है कि पत्थर सह ले। लेकिन पुरुष की रक्षा से इनकार कर देना चाहिए। तो नारी की शक्ति, नारी

का बल जगेगा और असंभव हो जाएगा बीस साल के भीतर कि सड़क पर उसका अपमान किया जा सके।

लेकिन नहीं, पुरुष की रक्षा मांगती है नारी। और हमें पता ही नहीं कि रक्षा मांगने वाले सदा गुलाम हो जाते हैं। जो रक्षा मांगेगा वह गुलाम हो जाएगा। जिसकी रक्षा मांगेगा उसी का गुलाम हो जाएगा। यह सवाल एक पुरुष, दो पुरुष, अ और ब का नहीं है, यह सवाल पुरुष की वृत्ति का है। इसलिए पुरुष से ही रक्षा मांगनी दुश्मन की ही शरण में जाना है। यह नारी को समझ लेना चाहिए कि उसे अपनी रक्षा करनी है। और रक्षा किस बात से करनी है? यह जो इतना उपद्रव चारों तरफ पैदा होता है, इसका कारण क्या है? यह जो पुरुष इतना पागल मालूम पड़ता है...

मुझे न मालूम कितनी महिलाएं आकर कहती हैं कि सड़कों पर निकलना, जीना मुश्किल हो गया है। एक बूढ़ी स्त्री भी निकले तो छोटे-छोटे बच्चे भी अपमानजनक शब्द उसकी तरफ फेंकते हुए दिखाई पड़ते हैं। जीना मुश्किल हो गया है।...

और नारियां लौट कर जब यह पाएंगी कि अभद्र हो रहा है, किसी ने पत्थर फेंका है, किसी ने गाली दी है, किसी ने अपमानजनक गीत गा दिया है, तो वे आकर जो उपाय करेंगी, उन्हें पता नहीं कि वे ही उपाय इन बीमारियों के जन्मदाता हैं।

नारियां घर में आकर कहेंगी कि अब लड़के और लड़कियों को साथ पढ़ाना ठीक नहीं है। अब अपनी बच्चियों को बच्चों से दूर रखो, अब दीवालें बड़ी उठाओ, पर्दे लंबे गिराओ। और उन्हें पता नहीं कि जितनी दीवालें उठाओगे, जितने पर्दे गिराओगे, उतनी ही मुसीबत बढ़ती चली जाएगी। दीवालों के कारण ही पत्थर फेंके जा रहे हैं। दीवालों के कारण ही, बड़े पर्दों के कारण ही पत्थर फेंके जा रहे हैं। पुरुष और नारी के बीच जो यह सड़कों पर, रास्तों पर अभद्रता हो रही है, शास्त्रों में, किताबों में, सिनेमा में जो अभद्रता हो रही है, उस अभद्रता का बुनियादी कारण यह है कि स्त्री और पुरुष के बीच भारी फासला पैदा किया गया। यह फासला खत्म होना चाहिए तो स्त्री और पुरुष के बीच भद्रता के संबंध शुरू हो सकते हैं। यह फासला बिलकुल खत्म होना चाहिए। यह जितना फासला है उतना ही आकर्षण बढ़ता है।

मैं अभी पटना में एक कालेज में बोलने गया लड़कियों के। गंगा के किनारे वह कालेज है, पीछे शानदार गंगा बहती है। लेकिन उस कालेज की इतनी बड़ी दीवाल उठा ली है कि वहां से कोई पता ही नहीं चलता कि पीछे कोई गंगा है। मैंने पूछा, यह क्या पागलपन है? इतनी अदभुत गंगा के किनारे कालेज बना कर यह दीवाल पहाड़ की तरह क्यों उठा ली है? उनकी प्रिंसिपल ने कहा कि उठानी ही पड़ेगी, क्योंकि लड़के छोटी दीवाल थी तो वहां से युवक खड़े होकर भीतर झांकते थे।

मैंने कहा, युवक भीतर झांकते थे तो उन्हें बुला लेना था कि वे देख जाएं लड़कियों को ठीक से, ताकि दुबारा उनको झांकने की जरूरत न पड़े। इतनी बड़ी दीवाल उठाने से कोई फर्क पड़ा है?

उन्होंने कहा, कोई फर्क नहीं पड़ा, वे नसेनी लगा कर भी चढ़ जाते हैं। और गंगा में नाव से पार करके इस तरफ आ जाते हैं।

मैंने कहा, वे आएंगे, तुम जितनी बड़ी दीवाल उठाओगी उतना ही आकर्षण बढ़ता चला जाएगा। बड़ी दीवाल बड़ा निमंत्रण बनेगी। बड़ी दीवाल दूर से बुलाएगी कि आओ, दीवाल के भीतर कुछ है। इससे पागलपन पैदा होता है।

बर्ट्रेंड रसेल ने अपनी आत्मकथा में लिखा है कि जब मैं छोटा था, विक्टोरियन एज़ चलती थी यूरोप में, तो स्त्रियों के पैर का अंगूठा भी दिखना वर्जित था, इतना बड़ा घाघरा पहनना पड़ता था कि वह जमीन को छूता रहे ताकि पैर भी न दिखाई पड़े। बर्ट्रेंड रसेल ने लिखा है कि अगर कभी किसी स्त्री का अंगूठा दिख जाता था तो प्राणों में बिजली दौड़ जाती थी। और उसने लिखा है कि अब, अब स्त्रियां करीब-करीब जांघे उघाड़ी घूम रही हैं यूरोप में, लेकिन कोई बिजली नहीं दौड़ती।

वह जो नाखून भी छिपाया, तो नाखून भी आकर्षक हो जाएगा। और छिपाने वाले तो अदभुत लोग हैं। मोरक्को में मुसलमान हवा है, औरतें तो बुर्का डालती ही हैं, मुर्गी तक को बुर्का पहनाते हैं कि मुर्गा न देख ले। ऐसे पागलों के हाथ में मनुष्य की संस्कृति पड़ी हुई है। मुर्गे भी दीवालें चढ़ जाते होंगे। मुर्गे भी पत्थर फेंकते होंगे मोरक्को में, और मुर्गे भी गालियां बकते होंगे मोरक्को में।

यह जो आदमी कुछ बातें बिलकुल नहीं समझ पाता। जितना हम फासला पैदा करेंगे उतनी जुगुप्सा बढ़ती है। जितनी हम दूरी पैदा करेंगे उतना पास आने का भाव बढ़ता है।

और जब सम्यक रास्ते न हों उन्हें पास आने के...कोई रास्ता नहीं है। हिंदुस्तान में स्त्री-पुरुष के बीच कोई दोस्ती हो सकती है? कोई दोस्ती नहीं हो सकती। हिंदुस्तान में स्त्री-पुरुष के बीच दोस्ती जैसा सवाल ही नहीं उठता। आप पति हो सकते हैं, बाप हो सकते हैं, बेटे हो सकते हैं, भाई हो सकते हैं। लेकिन आप यह नहीं कह सकते कि स्त्री से मेरी दोस्ती है। कैसी अभद्र, कैसी असंस्कृत स्थिति है कि एक पुरुष और एक स्त्री के बीच दोस्ती जैसी अदभुत चीज भी संभव नहीं है।

इसका मतलब क्या है? इसका मतलब है कि स्त्री से सिवाय सेक्सुअली संबंधित होने के और कोई उपाय नहीं है। अगर आप बाप हैं उसके तो आप संबंधित हो सकते हैं; बेटे हैं तो संबंधित हो सकते हैं; भाई हैं तो संबंधित हो सकते हैं। ये सारे के सारे काम संबंध हैं। लेकिन स्त्री से बिना सेक्स के, बिना काम के भारत में कोई संबंध नहीं हो सकता। और अगर आप कहेंगे कि मेरी दोस्ती है फलां स्त्री से, तो लोग बहुत चौंक कर देखेंगे कि दोस्ती? फ्रेंडशिप? यह हो ही नहीं सकती। कुछ गड़बड़ होगी! दोस्ती असंभव है।

स्त्री और पुरुष के बीच दोस्ती नहीं हो सकती! यह क्या पागलपन है? यह क्या स्थिति है? यह क्या बेहूदगी है?

लेकिन नहीं हो सकती। क्योंकि हमने फासले इतने दूर खड़े कर दिए हैं। और इन फासलों के कारण सारी विकृति पैदा हुई है। इन फासलों के कारण जो एक स्वस्थ, एक

सामान्य, एक नार्मल बिहेवियर चाहिए, वह सबका सब एबनार्मल, असाधारण, रुग्ण हो गया है, वह सब बीमार हो गया है। इन सब कारणों से स्त्री को व्यक्तित्व नहीं मिल पा रहा है। इसकी घोषणा आवश्यक है।

स्त्रियों के आंदोलन जरूरी हैं, बड़े व्यापक आंदोलन जरूरी हैं कि वे पुरुषों से रक्षा मांगनी बंद कर दें। और पुरुषों के शास्त्रों से सावधान हो जाएं। क्योंकि सारे शास्त्र पुरुषों के लिखे हुए हैं। स्त्रियों का लिखा हुआ तो कोई शास्त्र नहीं है, सारे शास्त्र पुरुषों के हैं। इसलिए पुरुषों ने जो भी लिखा है वह वर्गीय दृष्टिकोण है। उसमें स्त्रियों की तरफ कोई ध्यान नहीं रखा गया।

पुरुषों के शास्त्र कहते हैं, स्त्री विधवा हो तो उसका विवाह नहीं हो सकता, यह पाप है। लेकिन वे शास्त्र यह नहीं कहते कि पुरुष विधुर हो जाए तो उसका विवाह नहीं होना चाहिए। बड़े होशियार लोग, बड़े कनिंग और चालाक लोग मालूम पड़ते हैं। स्त्री विधवा हो जाती है तो उसका विवाह असंभव है, लेकिन पुरुष? पुरुष कितने ही विवाह कर सकता है। क्यों? यह भेद क्यों?

पुरुष की ईर्ष्या, जेलेसी। मरता हुआ पति यह कह जा रहा है कि मरने के पहले तो तुम मेरी संपत्ति थीं ही, अपनी पत्नी से, मरने के बाद भी तुम मेरी संपत्ति हो, किसी और की संपत्ति नहीं हो सकती हो। यह पजेशन मेरे मरने के बाद भी कायम रहेगा। स्त्री एक संपत्ति है। हमारे मुल्क में तो हम शब्द ही उपयोग करते हैं: स्त्री-संपत्ति। स्त्री एक संपत्ति है, फर्नीचर की तरह।

चीन में तो, जिस तरह अपनी कुर्सी तोड़ने का किसी को हक है, आज से पचास साल पहले अगर कोई अपनी पत्नी की टांगें तोड़ दे तो अदालत में मुकदमा नहीं चल सकता था। क्योंकि चीन में—चीन ने बड़ी अच्छी बात कही, चीन ने बड़ी सच्ची बात कही—चीन की यह मान्यता थी कि स्त्रियों में आत्मा होती ही नहीं है। इसलिए स्त्रियों को मारने से कोई हिंसा ही नहीं होती। आत्मा सिर्फ पुरुषों में होती है। और जो स्त्री मेरी है अगर, पत्नी है मेरी, तो उसे मारने का हकदार मैं हूं। अगर मैं उसकी गर्दन तोड़ दूं तो मुझ पर कोई मुकदमा नहीं चल सकता। वह पत्नी मेरी थी, वह मेरी संपत्ति थी।

इसलिए मैंने कहा, फर्नीचर से ज्यादा नहीं है। अपनी कुर्सी तोड़ने का हक तो रहता है, कोई अदालत मुकदमा तो नहीं चला सकती कि आपने अपनी कुर्सी की टांग क्यों तोड़ी? हमारी कुर्सी है, हम जो चाहे करें। चीन में हक नहीं था। पुरुष, पति अपनी पत्नी की हत्या कर सकता था, लेकिन मुकदमा नहीं चल सकता था—अभी पचास साल पहले तक!

स्त्री संपत्ति है, संपत्ति की तरह उससे हम व्यवहार कर रहे हैं। और इसलिए मरता हुआ पति निश्चित कर लेना चाहता है कि मेरे मरने के बाद मेरी पत्नी किसी और की पत्नी तो नहीं हो जाएगी। जो संपत्ति है वह मेरी ही होनी चाहिए।

लेकिन यह बहुत बाद में व्यवस्था करनी पड़ी, बहुत समय तक तो पति अपनी पत्नी को अपने साथ ही लेकर मर जाता था। सती हो जाना जरूरी था स्त्री को। जब पति मर गया

तो उसके होने की जरूरत क्या है अब? उसके होने की जरूरत खत्म हो गई। उसका अपना कोई होना ही नहीं है। पति था तो वह थी; अब पति नहीं है तो वह भी नहीं है।

और अगर पुरुषों के उन शास्त्रकारों से पूछा जाए कि क्यों नारी को अपने पति की चिता पर मर जाना चाहिए? तो वे कहेंगे कि नारी इतना प्रेम करती है कि वह पति के बिना जिंदा नहीं रह सकती। लेकिन किसी पुरुष ने अब तक अपनी पत्नी को इतना प्रेम नहीं किया कि वह उसकी चिता पर सती हो जाता? नहीं, वह नहीं हुआ। उसका सवाल ही उठाना फिजूल है। एक पुरुष अपनी पत्नी की चिता पर सवार होकर नहीं मर गया है, लेकिन लाखों स्त्रियों को उनके पतियों की चिताओं पर सवार करके जला दिया गया। जलाने की व्यवस्था भी बड़ी तरकीब से करनी पड़ती थी। क्योंकि जिंदा, जिंदा स्त्री को जलाना, जिंदा व्यक्ति को...थोड़ा सोचें, आपका हाथ आग में पड़ जाए तो कैसा होता है? एक जिंदा स्त्री को, उसको आग में झोंकना। बहुत इंतजाम करना पड़ता था, रिचुअल, पूरा इंतजाम किया था, जिसमें कि तकलीफ ज्यादा पता न चले।

एक तो पति मर गया है किसी का और सारा पड़ोस और गांव के पंडित और पुजारी...दुष्टता के बहुत रूप हैं, सज्जनों की शक्ल में भी दुष्टता बहुत बार प्रकट होती है। असल में तो वहीं से प्रकट होती है तभी बहुत दिन तक चलती है। अगर असज्जन के रूप में दुष्टता प्रकट हो तो ज्यादा देर नहीं चलती। लेकिन अगर सज्जन के वेश में दुष्टता प्रकट हो तो हजारों साल चल जाती है।

पंडित, पुजारी, गांव के साधु-संत, गांव के सज्जन, जिसका पति मर गया, उसकी लाश पड़ी है, उस रोती छाती पटती स्त्री से पूछेंगे: तुम सती होना चाहती हो? जिसका प्रेम मर गया हो, उसके मन में स्वभावतः खयाल उठते हैं कि मर जाऊं। महीने दो महीने में, साल छह महीने में यह घाव भर जाएगा। लेकिन अभी इस क्षण में, जब कि उसका प्रेमी मर गया हो, उससे पूछा जा रहा है कि तुम उसके साथ मरना चाहती हो?

और अगर वह इनकार कर दे तो वह जीने से बदतर हालत हो जाएगी, क्योंकि सारे गांव में खबर हो जाएगी कि वह अ-सती है, दुराचारिणी है, उसका पति से प्रेम नहीं था। पति मर गया और वह कहती है कि मैं नहीं मरना चाहती हूं, मैं जीना चाहती हूं। जीना भी पाप है पति के बिना।

तो इनकार करना तो बहुत महंगा पड़ जाएगा। और इनकार करने का खयाल भी नहीं आ सकता है मरे हुए पति की लाश के सामने। वह हां भर देगी, हां भरवा लिया जाएगा। और चिता पर जैसे चढ़ाएंगे उसको, जिंदा स्त्री को आग की लपटों में डालेंगे—भागेगी वह, चिल्लाएगी, चीखेगी। उसका दुष्परिणाम न हो, गांव में खबर न हो, लोगों को पता न चले, तो भारी घी डाला जाएगा कि इतना धुआं हो जाए कि किसी को दिखाई न पड़े कि वह स्त्री को क्या हो रहा है। चारों तरफ पुजारी जलती हुई मशालें लेकर खड़े होंगे उस धुएं में कि अगर वह निकल कर भागने लगे तो मशालों से उसे वापस गिरा दिया जाए। जिंदा आदमी को आग में जलाना आसान मामला नहीं है। और इतना ढोल-ढमाल पीटा जाएगा,

इतना ध्यान-कीर्तन किया जाएगा इतने जोर-जोर से कि उस मरती-चीखती आवाजें उसकी सुनाई न पड़ें किसी को।

यह सारा रिचुअल है। और इसमें हमने लाखों स्त्रियों को जलाया। और स्त्रियों ने कोई आवाज न उठाई! और उससे भी बदतर यह हुआ कि सती की प्रथा किसी तरह गई तो विधवा की प्रथा आ गई उसकी जगह। एक क्षण में मर जाना इतना बुरा नहीं था जितना फिर जीवन भर प्रेम के बिना जीना और मरना बुरा है, वह और भी बदतर है। लेकिन यह सब स्त्रियों के लिए है। क्योंकि शास्त्रकार सभी पुरुष हैं, उन्हें खयाल भी नहीं आता कि यह सब क्या हो रहा है।

लेकिन स्त्री को इसको इनकार करना चाहिए, इसका विरोध करना चाहिए। उसे घोषणा करनी चाहिए कि वह अपने जीवन का नियमन अपनी तरफ से करेगी। वह पुरुष शास्त्रकारों से पूछने नहीं जाएगी अब आगे कि हमें क्या करना है और कैसे जीना है।

लेकिन जब तक उसके साथ संपत्ति का व्यवहार हो रहा है, तब तक यह दासता की कथा अवरुद्ध नहीं हो सकती। और संपत्ति का व्यवहार होने का सीक्रेट क्या है? तरकीब क्या है? टेक्नीक क्या है? वह मैं आपसे कहना चाहता है। जब तक स्त्रियां बिना प्रेम के विवाह करने को राजी होती रहेंगी, तब तक वे संपत्ति से ज्यादा नहीं हो सकती हैं। जब तक स्त्रियां बिना प्रेम के विवाह करने को राजी होती रहेंगी, जब तक कन्यादान चलता रहेगा... दान चल रहा है कन्या का! वही कुर्सी, फर्नीचर का मामला है, दान हो रहा है। पिता दान कर रहे हैं कन्याओं का। जब तक स्त्री अरेंज मैरिज के लिए राजी होती रहेगी कि बाप-भाई विवाह की व्यवस्था करें और एक ऐसे आदमी से विवाह कर दें जिसे न उसने जाना, न पहचाना, न जिसे चाहा, न जिसे प्रेम किया, न जिसके लिए उसके हृदय में गीत उठे, न जिसके प्राणों में उसके लिए संगीत फैला, उस आदमी के साथ बंधने को जब तक स्त्री राजी होती रहेगी, जब तक दुनिया में प्रेम के बिना विवाह होता रहेगा, तब तक स्त्री की हैसियत संपत्ति से ज्यादा नहीं हो सकती है।

इसलिए दूसरी बात यह कहना चाहता हूं कि अगर स्त्रियां अपनी आत्मा खोजना चाहती हैं, उन्हें स्पष्ट यह समझ लेना चाहिए कि बिना प्रेम के, बिना विवाह के रह जाना बेहतर है, लेकिन बिना प्रेम के विवाह करना पाप है, अपराध है। बिना प्रेम के विवाह कैसी असंभव बात है!

लेकिन जो असंभव है वही संभव हो गया है। बिना प्रेम के एक व्यक्ति के साथ बंध जाना कैसी अशोभन बात है! बिना प्रेम के एक व्यक्ति के साथ जीवन भर जीने की चेष्टा करनी, कितनी यांत्रिक बात है! लेकिन हमें पता ही नहीं चलता। हम सोचते हैं—विवाह पहले हो जाएगा, फिर धीरे-धीरे प्रेम आ जाएगा।

धीरे-धीरे प्रेम नहीं आएगा, धीरे-धीरे कलह आएगी, जो कि हर घर में दिखाई पड़ती है। चौबीस घंटे कलह चलेगी। लेकिन समाज का इंतजाम ऐसा है कि कितने ही लड़ो, भाग नहीं सकते हो लड़ाई से, वहीं लड़ाई जारी रखो।

मैंने सुना है, एक घर में एक छोटी बच्ची और एक छोटा लड़का, दोनों जोर से लड़ रहे थे। उनकी मां ने उन्हें डांटा और चिल्लाया कि क्यों लड़ते हो? कितनी दफे मना किया है कि लड़ो मत ! उस बेटी ने कहा, हम लड़ नहीं रहे हैं, वी आर प्लेइंग मम्मी एंड डैडी। हम तो मम्मी और डैडी का खेल कर रहे हैं, हम लड़ नहीं रहे हैं।

वह दिन-रात चल रहा है न मम्मी-डैडी का खेल, बच्चे देख रहे हैं। क्या खेल चल रहा है प्रेम के नाम पर ! एक लंबी कलह चल रही है। हर आदमी उबा हुआ है। लेकिन कुछ फिक्र नहीं की जा रही है कि वह ऊब कहां से पैदा होती है। इसी ऊब में बच्चे पैदा होते चले जाते हैं, उनकी कतार इकट्ठी होती चली जाती है। इस कलह और ऊब में जो बच्चे पैदा होते हैं वे कभी भी मनुष्य-जाति के श्रेष्ठ नमूने नहीं हो सकते। श्रेष्ठ नमूने बहुत गहरे प्रेम से पैदा होते हैं। लेकिन प्रेम कहां है?

ज्योतिषी इंतजाम करते हैं कि दो आदमियों की शादी होनी चाहिए कि नहीं। ज्योतिषी इंतजाम करते हैं ! ज्योतिषी क्या इंतजाम कर सकते हैं? जन्मपत्रियां मिलाई जाती हैं कि दो आदमी ठीक गुजारेंगे कि नहीं। तो जरा जन्मपत्रियां मिलाने वालों की हालतें तो देख लो ! जिनके विवाह हो गए हैं उनका हिसाब तो लगा लो कि वे कैसा गुजार रहे हैं ! इस मुल्क में तो सबकी जन्मपत्री मिला कर ही होता है, तो यहां तो हम हिसाब लगा ही सकते हैं कि जन्मपत्री के मिलाने का क्या परिणाम हुआ है। जिंदगी नरक हो गई है। लेकिन कोई बोध नहीं है, कोई होश नहीं है कि हम क्या कर रहे हैं।

विवाह नहीं हो सकता शुभ, जब तक कि प्रेम से ही निष्पन्न न होता हो। प्रेम ही जब जुड़ने को आतुर होता हो, उसके बिना सब विवाह अनैतिक है।

लेकिन हमारी हालतें उलटी हैं। अगर दो व्यक्तियों में प्रेम हो तो उनके संबंध को हम अनैतिक कहेंगे। और दो व्यक्तियों को दो ब्राह्मण पत्रे मिला कर बांध देते हैं, और इनके संबंध को हम नैतिक कहते हैं ! अगर एक युवक और युवती में प्रेम हो और उनको बच्चा पैदा हो जाए तो हम कहेंगे इल्लीगल है, नाजायज है। प्रेम से पैदा हआ बच्चा इल्लीगल है, नाजायज है। और जिन दो व्यक्तियों के बीच कोई भी प्रेम नहीं है और विवाह से पैदा हुआ बच्चा लीगल है और जायज है। अजीब बात है। सिर्फ प्रेम से पैदा हुए बच्चे जायज हैं, विवाह से पैदा हुए बच्चे जायज नहीं हैं। अकेले विवाह से पैदा हुए सब बच्चे नाजायज हैं। लेकिन अभी तो यही चल रहा है, अभी तो कथा यही है। कब बदलेंगे हम इसे? बहुत समय पक गया कि अगर आदमी की जिंदगी को थोड़े सुधार देने हैं, और अगर आदमी की जिंदगी में थोड़ी सुगंध और संगीत लाना है, अगर आदमी की जिंदगी में प्रेम के फूल खिलाने हैं, तो विवाह बंद होना चाहिए इस तरह का, जो प्रेम के बिना निष्पन्न हो जाता है। अच्छा होगा यह कि दुनिया में बहुत लोग अविवाहित हों, उससे उतना हर्जा नहीं है। लेकिन दुनिया में गलत ढंग से विवाहित लोग बहुत खतरनाक हैं।

स्त्री को अपनी स्वतंत्रता की खोज में प्रेम के अतिरिक्त किसी भी तरह...आने वाली बच्चियों को, आने वाली भविष्य की स्त्रियों को, आने वाले नारी के नये-नये रूपों को यह

मन में बहुत साफ होना चाहिए कि प्रेम है, तो पीछे विवाह है; प्रेम नहीं है, तो विवाह नहीं है। अगर नहीं है प्रेम, तो विवाह की कोई जरूरत नहीं है। प्रेम आएगा, प्रतीक्षा करनी पड़ेगी। लेकिन जो समाज है आज वह तो प्रेम का दुश्मन है। वह प्रेम को आने नहीं देता। वह क्यों नहीं आने देता प्रेम को? वह इसलिए नहीं आने देता कि अगर प्रेम पहले आ जाएगा तो यह आयोजित विवाह का क्या होगा? जहां प्रेम आ जाएगा तो फिर आयोजित विवाह नहीं चल सकते हैं। और आयोजित विवाह चलाना है। इसलिए बच्चे और बच्चियों को दूर रखो, फासले पर रखो, उनके बीच दीवालें खड़ी करो, बंदूक लगाए हुए पहरेदार खड़े कर दो। रोको उन्हें कि कहीं प्रेम न हो जाए। प्रेम की सब जगह हत्या करो।

और जब प्रेम की हत्या की जाएगी तो मनुष्य के नैसर्गिक जीवन की हत्या हो जाती है। प्रेम की हत्या के साथ ही स्त्री की हत्या हो जाती है। क्योंकि स्त्री अगर कुछ है तो प्रेम की एक प्यास है। स्त्री अगर कुछ है तो प्रेम की एक पुकार है। स्त्री अगर कुछ है तो प्रेम का एक बीज है। और जहां प्रेम की हत्या हो जाती है वहीं स्त्री की आत्मा समाप्त हो जाती है। जिस दिन दुनिया में प्रेम स्वीकृत होगा, सम्मानित और आदत होगा, उसी दिन स्त्री सम्मानित, स्वीकृत और आदत हो सकती है। स्त्री की आत्मा की घोषणा में प्रेम की घोषणा अत्यंत अनिवार्य है।

जो मांएं हैं, जिनकी उम्र हो चुकी, जिनकी बच्चियां अब बड़ी हो रही हैं, वे ध्यान रखें कि उनकी बच्चियों के विवाह न किए जाएं जब तक कि प्रेम उनके जीवन में फल न लाने लगे।

लेकिन प्रेम से तो हम डरते हैं। युवकों और युवतियों को मिलने मत देना, क्योंकि हमें डर है कि कहीं उनके मिलने से अनीति न फैल जाए। जैसे कि आज अनीति कुछ कम है दुनिया में, अनीति कुछ कम है समाज में। अनीति न फैल जाए।

मैं एक कालेज में था। कालेज के कॉरिडोर से निकलता था एक दिन। मेरे प्रिंसिपल जो थे उस कालेज के, वे एक लड़के को बहुत जोर से अपने आफिस में डांट लगाए चले जा रहे थे। आवाज सुन कर मैं भीतर गया, कुछ प्रेम की बात मालूम पड़ती थी और मैंने सोचा कि शायद मेरी जरूरत पड़ जाए। मैं भीतर गया, देखा कि उसे डांट रहे हैं। मुझे देख कर उन्होंने कहा कि आप आ गए अच्छा हुआ, जरा इसे समझाइए। इस नासमझ ने एक लड़की को प्रेम-पत्र लिखा है।

मैंने कहा, नासमझ? यह प्रेम-पत्र अब कब लिखेगा अगर अभी नहीं लिखेगा! इसका कसूर क्या है?

वे बोले कि मैं इसको समझा रहा हूं कि हर लड़की को अपनी बहन समझना चाहिए। और यह कहता है कि मैं मानता हूं, लेकिन यह झूठ बोल रहा है।

उस लड़के ने कहा, मैं तो हर लड़की को अपनी बहन ही मानता हूं, मैंने कभी कोई प्रेम-पत्र नहीं लिखा। न मालूम किसने लिख दिया है। न मालूम आप किसके धोखे में मझको पकड़ लिए हैं। मैंने नहीं लिखा है। मैं तो हर लड़की को बहन ही समझता हूँ।

वे मुझसे कहने लगे कि समझाइए! यह झूठ बोल रहा है।

मैंने उनसे कहा, यह झूठ बोल रहा है, यह आप कैसे कहते हैं? कहीं यह तो नहीं है कि आप पचास साल के हो गए, अभी भी हर लड़की को बहन समझना मुश्किल है। इसलिए यह इस उम्र में कैसे बहन समझता होगा, यह तो नहीं है कारण?

वे बहुत घबड़ा गए। उस लड़के से कहा, तुम बाहर जाओ, फिर हम बात करेंगे।

मैंने कहा, मैं उसे बाहर नहीं जाने दूंगा, उसका मौजूद रहना जरूरी है, उसके सामने ही बात होनी चाहिए। और मैं उस लड़के से कहा कि अगर तुम यह कहते हो कि तुमने सच में ही कभी प्रेम-पत्र नहीं लिखा, तो तुम निकम्मे मालूम पड़ते हो, तुम्हारी जिंदगी खराब हो जाएगी, तुममें कुछ गड़बड़ है, तुम स्वस्थ सामान्य नहीं हो। यह बिलकुल स्वाभाविक है कि इस उम्र में तुम पत्र लिखो। इसलिए सवाल यह नहीं है कि पत्र मत लिखो, सवाल यह है कि गलत पत्र मत लिखना, ठीक पत्र लिखना।

और प्रिंसिपल का काम यह होना चाहिए कि वह लड़के को कहे कि तुमने प्रेम-पत्र तो लिखा, लेकिन यह तुम्हारे योग्य नहीं है, तुमने इसमें गालियां लिखी हैं। प्रेम-पत्र में गालियां लिखनी पड़ती हैं?

लेकिन नहीं, प्रिंसिपल पहरेदार बने हुए हैं कालेजों में, पुलिस कांस्टेबल की तरह खड़े हुए हैं। अध्यापक का काम लड़के और लड़कियों को क्लास के दो हिस्सों में बिठाल कर बीच में संतरी की तरह परेड लगाना है, यह अध्यापक का काम है। और मां-बाप की भी कुल चिंता इतनी है कि कहीं प्रेम न हो जाए। यह क्या हो रहा है?

और जब इतनी रुकावट डाली जाएगी, तो ध्यान रहे, अगर प्रेम के पैदा होने का समय बीत गया, तो प्रेम फिर कभी पैदा नहीं होगा। हर चीज का एक समय है। फूल के मौसम हैं, कली खिलने का वक्त है। प्रेम का भी एक समय है। अगर वह प्रेम का समय व्यतीत हो गया पहरेदारी में और दस-पांच साल बीत गए उस समय के जब कि बीज अंकुरित होता और प्रेम फैलता, उसकी पंखुड़ियां खिलतीं, तो ध्यान रहे, वह फूल अब पूरा कभी नहीं खिल सकेगा और जिंदगी भर के लिए प्रेम-शून्य जीवन हाथ में रह जाएगा।

यह बहुत बड़ा अपराध मनुष्य के साथ हो रहा है। इस देश में तो बहुत तीव्रता से हो रहा है। ध्यान रहे, प्रेम के भी खिलने का वक्त है, मौसम है। उस वक्त उसे पूरी सुविधा मिलनी चाहिए, उस वक्त उसे पूरी समझदारी मिलनी चाहिए, उस समय पूरा का पूरा उसे मौका मिलना चाहिए कि वह खिले।

लेकिन सब पहरे पर खड़े हो जाएंगे उसे न खिलने देने के लिए। और फिर हम चिल्ला कर कहेंगे कि दुनिया में प्रेम बहुत कम मालूम पड़ता है।

कम रहेगा! प्रेम को पैदा ही मत होने दो, बीज को अंकुरित मत होने दो, कली को फूल मत बनने दो, पौधे के पत्ते काट डालो, शाखाएं काट डालो और फिर कहो कि दुनिया में फूल बहुत कम मालूम होते हैं। दुनिया में प्रेम कम है, क्योंकि प्रेम को विकास की जो सुविधा चाहिए वह हम नहीं दे रहे हैं।

लेकिन पुरुष को प्रेम से बहुत मतलब नहीं है, यह ध्यान रहे। इसलिए मैं नारियों से यह कह रहा हूं। पुरुष को प्रेम से बहुत मतलब नहीं है। पुरुष के लिए जिंदगी के बहुत से कामों में प्रेम भी एक काम है। चौबीस घंटे में आधा घंटा प्रेम करने के लिए उसे मौका मिल जाए, पर्याप्त है; साढ़े तेईस घंटे उसे जरूरत नहीं है। पुरुष के लिए प्रेम बहुत से कामों में एक काम है; स्त्री के लिए प्रेम ही एकमात्र काम है, बहुत से कामों में एक काम नहीं है वह। स्त्री का पूरा व्यक्तित्व प्रेम है। उसके जीवन में प्रेम हो तो सारे काम निकल आएंगे उस प्रेम से। पुरुष के लिए प्रेम एक काम है। इसलिए पुरुष को प्रेम की बहुत चिंता नहीं है। पुरुष की आकांक्षाएं दूसरी हैं। पुरुष के हृदय में ज्यादा गहरी आकांक्षा महत्वाकांक्षा, एंबीशन है—यश की, पद की, प्रतिष्ठा की। वह सारे प्रेम को छोड़ सकता है यश के लिए, पद के लिए, प्रतिष्ठा के लिए। अगर उसको महात्मा बनना है तो वह प्रेम को छोड़ सकता है, लात मार सकता है। क्योंकि महात्मा बनने में जो आदर मिलेगा वह कहां प्रेम में है वह रस! अगर उसको नेता बनना है, शहीद बनना है, प्रेम को लात मार सकता है। क्योंकि जो इज्जत और आदर मिलेगा, जो फोटो लग जाएंगे घर-घर और सड़क-सड़क पर मूर्तियां खड़ी हो जाएंगी, वह कहां प्रेम में हो सकती हैं!

पुरुष अहंकार के केंद्र पर जीता है। और अहंकार की प्रेम से दुश्मनी है, संबंध नहीं है। जब पुरुष के भीतर अहंकार मरता है तो उसके जीवन में प्रेम की शुरुआत होती है। स्त्री का व्यक्तित्व अहंकार के केंद्र पर नहीं जीता; स्त्री का व्यक्तित्व प्रेम के केंद्र पर जीता है। और स्त्री के अगर व्यक्तित्व में प्रेम की संभावना क्षीण हो जाए, तो स्त्री का जीवन एक बोर्डम, एक मीनिंगलेसनेस, एक अर्थहीनता हो जाता है। सारी स्त्रियों का जीवन अर्थहीन हो गया है, क्योंकि पुरुष ने समाज को निर्मित किया है और उसने ऐसा समाज निर्मित किया है जिसमें अहंकार की तृप्ति की सुविधा है, प्रेम की तृप्ति की सुविधा नहीं है।

यह नारियों के सामने है सवाल कि वे एक ऐसी दुनिया बनाने की कोशिश करें...और वे बना सकती हैं, क्योंकि बेटे उनके हैं, बेटियां उनकी हैं...वे चाहें तो एक ऐसी दुनिया बना सकती हैं जहां प्रेम के बिना विवाह नहीं होगा, वे एक ऐसी दुनिया बना सकती हैं जहां कि आने वाले बेटे और बेटियों के लिए प्रेम की सारी सुविधा होगी।

इसका मतलब यह नहीं है कि मैं यह कह रहा हूं कि बेटे और बेटियों को बेलगाम छोड़ दिया जाए कि वे कुछ भी करें। नहीं; बेटे और बेटियों को इतना शिक्षित किया जाए, सेक्स के संबंध में, प्रेम के संबंध में इतनी बुद्धिमत्ता उनको दी जाए कि जब वे जवान हों तो वे समझ सकें कि क्या करना उचित है और क्या करना उचित नहीं है।

मेरे एक मित्र स्वीडन गए हुए थे। जवान आदमी हैं, शादी हो गई है, बड़े नीतिवादी हैं। स्वीडन के जिस घर में वे ठहरे, उस घर में बाप था, उसकी अकेली बेटी थी। मां की मृत्यु हो गई थी दो वर्ष पहले। वह बेटी भारत के लिए बड़ी दीवानी थी, उसने भारत के संबंध में बहुत किताबें पढ़ रखी थी। जवान लड़की थी। रात को जब वे मित्र सोने गए अपने कमरे में, तो उस जवान लड़की ने आकर कहा कि आप दो ही दिन ठहरेंगे यहां, और

मैं तो भारत के लिए इतनी दीवानी हूं और आप पहले भारतीय हैं जिनसे मेरा मिलना हुआ, तो मैं रात को भी आपको छोड़ना नहीं चाहती, मैं इसी कमरे में सो जाना चाहती हूं।

मित्र तो बहुत घबड़ा गए, जैसा कि भारतीय आदमी घबड़ा जाएगा। उन्होंने कहा कि इसी कमरे में, अकेले में, तुम भी यहीं सो जाओगी!

उसने कहा, हां, इसमें क्या हर्जा है? आप किससे डर रहे हैं?

उन्होंने कहा, डर नहीं रहा हूं, लेकिन पुरुष और स्त्री एक ही कमरे में अकेले!

उस लड़की ने कहा, आप आदमी कैसे हैं! आप आदमी कैसे हैं, आप इतने घबड़ा क्यों गए हैं?

लेकिन उस लड़की को समझना मुश्किल पड़ा होगा कि भारत का कोई भी पुरुष इसी तरह घबड़ा जाता। यह घबड़ाहट स्त्री से नहीं है। यह भीतर छिपी हुई जो दमित वासना है, उससे घबड़ाहट है।

वह लड़की सो गई। उन मित्र ने मुझे कहा कि दो रात मैं ठीक से सो नहीं पाया। मुझे यह खयाल बना ही रहा कि एक लड़की भी यहां सो रही है।

अजीब पागल हो! तुम अपनी जगह सो जाते, उसे अपनी जगह सो जाने देते। तुम्हें परेशानी क्या बनी रही?

दो दिन बाद जब विदा होने लगे, तो उन्होंने उस लड़की के बाप को एकांत में कहा कि आप कुछ खयाल नहीं रखते! मैं तो ठीक हूं, लेकिन किसी भी अनजान पुरुष के साथ आपने अपनी लड़की को कमरे में सो जाने दिया, आपने कोई एतराज नहीं किया।

उसके पिता ने कहा, अब मैं कब तक एतराज करूंगा? लड़की बाईस साल की हो गई। वह सब समझती है, सोचती है। जिंदगी उसके हाथ में है। अगर इस उम्र में भी उसको कुछ समझ नहीं है तो फिर अनुभव से ही सीखना पड़ेगा, फिर और समझ आएगी कैसे? और मैं कब तक उसकी पहरेदारी करूंगा? मैंने बाईस साल की जवान उसे बना दिया, उसे सब तरह की शिक्षा दे दी, सब तरह की समझ दे दी। अब वह अपनी नौका को खेने के योग्य हो गई है, अब वह जानती है, उसे जो करना है वह करे। अपने व्यक्तित्व को विकसित करने का हमने सारा ज्ञान उसे दे दिया। अब वह जिंदगी के रास्ते पर चले। आखिर कब तक बागुड़ लगा कर हम खड़े रहेंगे!

लेकिन यह हमारी समझ के बाहर है। मां-बाप का एक ही काम है कि वे लड़के-लड़कियों की रक्षा करते रहें। उनकी जिंदगी बेचारों की इसी में नष्ट हो जाती है। और लड़के-लड़कियों की इसमें नष्ट हो जाती है कि जब चारों तरफ चौबीस घंटे पहरा हो, तो लड़के और लड़कियां चोर और बेईमान हो जाते हैं, गलत और अंधेरे और पीछे के रास्ते पकड़ लेते हैं।

नहीं; अगर नारियों को यह स्पष्ट खयाल हो जाए कि उनके व्यक्तित्व की प्रेम असली आवाज है, तो आने वाली बच्चियों के व्यक्तित्व में प्रेम की पूरी संभावना को विकसित करने में मां को सहयोगी, मित्र और साथी बनना चाहिए। और यह ध्यान रखना चाहिए कि

प्रेम के बाद ही विवाह आए, प्रेम के पहले नहीं। जिस दिन प्रेम के पीछे विवाह आएगा, उसी दिन नारी को अपनी आत्मा मिल जाएगी। प्रेम से ही उसे आत्मा मिल सकती है।

ये थोड़ी सी बातें मैंने कहीं, इस आशा में कि एक क्रांति नारी के व्यक्तित्व में उपस्थित हो। अगर यह क्रांति उपस्थित नहीं होती है, तो नारी को जो अनुदान देना चाहिए मनुष्य की सभ्यता के लिए, वह नहीं दे पाती है। और नारी के जीवन में जो प्रफुल्लता, शांति और आनंद होना चाहिए, वह उसे उपलब्ध नहीं हो पाता है। और नारी का आनंद बहुत अर्थपूर्ण है, क्योंकि वह घर का केंद्र है। अगर घर का केंद्र उदास, दीन-हीन, थका हुआ, हारा हुआ है, तो सारा घर, सारा परिवार, जो उसकी परिधि पर घूमता है, वह सब दीन-हीन, उदास और हारा हुआ हो जाएगा।

एक हंसती हुई, मुस्कुराती हुई नारी जिस घर में है, जिसके कदमों में प्रेम के गीत हैं, जिसके चलने में झंकार है, जिसके दिल में खुशी है, जिसे जीने का एक आनंद मिल रहा है, जिसकी श्वास-श्वास प्रेम से भरी है, ऐसी नारी जिस घर के केंद्र पर है, उस सारे घर में एक नई सुवास, एक नया संगीत पैदा हो जाएगा। और एक घर का सवाल नहीं है; यह प्रत्येक घर का सवाल है। अगर प्रत्येक घर में यह संभव हो सके, तो एक समाज पैदा होगा—जो शांत हो, आनंदित हो, प्रफुल्लित हो।

आज समाज न आनंदित है, न शांत है, न प्रफुल्लित है। एकदम उदास,टूटा हुआ। हम ऐसे जी रहे हैं जैसे जीना एक मजबूरी है। सार्त्र ने एक शब्द का प्रयोग किया है, उसने प्रयोग किया है कि हम इस तरह जी रहे हैं—कंडेम्ड टु लिव, जबरदस्ती हमको जिलाया जा रहा है। जैसे किसी मकान में हमको भेज दिया है, जिसमें एंट्रेंस का दरवाजा तो हमको मालूम था, निकलने का दरवाजा मालूम नहीं है। भाग रहे हैं, दौड़ रहे हैं–एक्जिट कहां है? और हिंदुस्तान में तो हर आदमी पूछ रहा है—एक्जिट कहां है? साधु-संन्यासियों के पैर पकड़ कर पूछ रहा है–महाराज, आवागमन से छुटकारा कैसे होगा, यह बताइए! जीवन से कैसे मुक्त हो जाऊं? मोक्ष कहां है?

जीवन अगर आनंदपूर्ण हो तो जीवन ही मोक्ष बन जाता है। जीवन अगर आनंदपूर्ण हो तो जीवन ही परमात्मा बन जाता है। और जीवन के अतिरिक्त न कोई परमात्मा है और न कोई मोक्ष है। इस क्षण और अभी जो जीवन है, जो उसे पूरे आनंद से जीता है, इसी क्षण परमात्मा का साक्षात उपलब्ध हो जाता है।

लेकिन इस बड़ी क्रांति में, कि यह मनुष्य का समाज परमात्मा के निकट पहुंचे, नारी बहुत अर्थों में सहयोगी हो सकती है। उस क्रांति के ये थोड़े से सूत्र मैंने कहे। नारी को अपनी आत्मा और अपने अस्तित्व की घोषणा करनी है। नारी को संपत्ति होने से इनकार करना है। नारी को पुरुष के द्वारा बनाए गए विधानों को वर्गीय घोषित करना है और उसे निर्मित करना है कि वह क्या विधान अपने लिए खड़ा करे। नारी को प्रेम के अतिरिक्त जीवन की सारी व्यवस्था को अनैतिक स्वीकार करना है। प्रेम ही नैतिकता का मूल मंत्र है। अगर यह इतना हो सके तो एक नई नारी का जन्म हो सकता है।

मैंने ये थोड़ी सी बातें कहीं। नहीं कहता हूं कि मेरी बातें मान लेना; कोई जरूरत नहीं है मेरी बातें मान लेने की। लेकिन इतना ही निवेदन है कि मैंने जो कहा, उसे बहुत शांत मन से, निष्पक्ष मन से सोचने की कोशिश करना। हो सकता है कुछ एकाध बात भी उसमें सही हो। और अगर सही बात दिखाई पड़ जाए तो उसके परिणाम जीवन में आने शुरू हो जाते हैं।

परमात्मा करे कि नारी को उसकी आत्मा मिल सके, इस कामना के साथ अपनी बात पूरी करता हूं। और अंत में सबके भीतर बैठे परमात्मा को प्रणाम करता हूं। मेरे प्रणाम स्वीकार करें।

छठवां प्रवचन

नारी: अपने अस्तित्व की घोषणा

मैंने सुना है कि एक आदमी पर देवता नाराज हो गए। और नाराजगी में देवताओं ने उस आदमी को अभिशाप दिया कि आज से तेरी छाया खो जाएगी। धूप में भी चलेगा तो तेरी छाया नहीं बनेगी।

वह आदमी अपने मन में बहुत हंसा कि छाया खोने से मेरा क्या बिगड़ जाएगा? और देवता कैसे नासमझ हैं, अभिशाप भी दे रहे हैं तो छाया के खोने का दे रहे हैं!

वह समझ ही न सका कि छाया के खोने से क्या नुकसान हो सकता है। आप भी नहीं समझ सकेंगे कि छाया के खोने से क्या नुकसान है।

लेकिन जैसे ही वह आदमी अपने गांव में आया, उसे पता चला कि बहुत नुकसान हो गया। जिस आदमी ने भी देखा कि धूप में उसकी छाया नहीं बन रही है, वही आदमी उससे भयभीत हो गया। गांव में खबर फैल गई कि वह आदमी कुछ गड़बड़ हो गया है, उसकी छाया नहीं बनती। ऐसा कभी भी नहीं हुआ था कि किसी आदमी की छाया न बने। उसके घर के लोगों ने द्वार बंद कर लिए, उसके मित्रों ने मुंह मोड़ लिया, उसकी पत्नी ने उसे पति मानने से इनकार कर दिया, उसके बच्चे भी उसे इनकार करने लगे। गांव में उसका जीना मुश्किल हो गया। और गांव के लोगों ने कहा कि तुम गांव के बाहर निकल जाओ। ऐसी बीमारी कभी किसी को नहीं हुई है आज तक कि उसकी छाया खो जाए। पता नहीं तुम कैसे अभाग्य के लक्षण हो। उस आदमी को वह गांव छोड़ देना पड़ा।

जब मैंने यह कहानी पढ़ी थी तो मैं बहुत हैरान हुआ कि क्या ऐसा हो सकता है कि किसी आदमी की छाया खो जाए? लेकिन जब नारियों के संबंध में मैं सोचता हूं तो मुझे पता चलता है कि उनके संबंध में मामला बिलकुल उलटा हो गया है। वे सिर्फ छाया रह गई हैं और उनकी आत्मा खो गई है।

नारी सिर्फ पुरुष की छाया रह गई है, उसके पास अपनी कोई आत्मा नहीं है। यह मैं पहली बात कहना चाहता हूं। सारे मुल्क में घूमता हूं। हजारों पुरुषों से मिलना होता है, हजारों स्त्रियों से भी मिलना होता है। लेकिन स्त्रियों में मां मिलती है, बहन मिलती है, बेटी मिलती है, नारी कहीं भी नहीं मिलती। मां है, पत्नी है, बेटी है, बहन है, लेकिन नारी? नारी कहीं भी नहीं है। स्त्री का कोई भी अस्तित्व है तो पुरुष से संबंधित होकर है, अपने में उसका कोई भी अस्तित्व नहीं है। अपनी उसकी कोई हैसियत नहीं है। अपना उसका कोई व्यक्तित्व नहीं है। चीन में तो हजारों वर्ष तक यह माना जाता रहा कि स्त्री के पास कोई आत्मा होती ही नहीं, और इसलिए चीन में स्त्री को मार डालने पर किसी तरह का अपराध नहीं था। क्योंकि जिसमें आत्मा ही न होती हो उसे मार डालने में हर्ज भी क्या हो सकता है? और अगर पति अपनी पत्नी को मार डाले तो वह जुर्म वैसा ही था जैसे कोई अपनी कुर्सी को तोड़ डाले, घर के फर्नीचर को तोड़ डाले; इससे बड़ा जुर्म नहीं था।

हिंदुस्तान में भी स्त्री को हम संपत्ति मानते रहे हैं। नारी-संपत्ति, स्त्री-संपत्ति शब्द का हम प्रयोग करते हैं। कन्या का दान कर देते हैं, जैसे कि कोई वस्तु किसी को दान में दी जा रही हो। स्त्री के व्यक्तित्व का अंगीकार ही नहीं हो सका है। और इस बात ने कि स्त्री सिर्फ छाया है, मनुष्य-जाति को जितने दुख दिए हैं, उतने किसी और बात ने नहीं दिए हैं। क्योंकि जिस स्त्री के पास आत्मा ही न हो वह स्त्री न तो स्वयं के लिए आनंद बन सकती है और न किसी और के लिए। जिसकी आत्मा ही खो गई हो वह एक दुख का ढेर होगी और उसके व्यक्तित्व के चारों तरफ दुख की किरणें ही फैलती रहेंगी, दुख का अंधेरा ही फैलता रहेगा। परिवार एक आनंद का फूल नहीं बन पाया, क्योंकि जिसकी आत्मा के खिलने से वह आनंद बन सकता था उसके पास आत्मा ही नहीं है। परिवार एक संस्था है मृत और मरी हुई, क्योंकि नारी है केंद्र और नारी के पास कोई व्यक्तित्व नहीं है।

मनुष्य-जाति बहुत से दुर्भाग्यों में से गुजरती रही है, उनमें सबसे बड़ा दुर्भाग्य, बड़े से बड़ा दुर्भाग्य नारी की स्थिति है। किन्होंने यह स्थिति नारी की बना दी है? कौन है जिम्मेवार? इस संबंध में खोजबीन करने से बहुत अजीब नतीजे हाथ में आते हैं।

संतों से पूछिए, महात्माओं से पूछिए। वे कहेंगे, नारी? ढोल, गवार, शूद्र, पशु, नारी। उनमें वे गिनती करते हैं। नरक का द्वार है नारी, ऐसा संत और महात्मा कहते हैं। जिस देश में संतों, महात्माओं का जितना ज्यादा प्रभाव है, उस देश में नारी उतनी ही ज्यादा अपमानित है। धर्म ने नारी की यह स्थिति की है—जिस धर्म से हम परिचित हैं।

और बड़ा चमत्कार यह है कि जिस धर्म ने नारी की यह स्थिति की है, उस धर्म को टिकाने में सिवाय नारी के अब और कोई भी जिम्मेवार नहीं रह गया है। जिन महात्माओं ने नारी को नरक का द्वार कहा है, उन महात्माओं के पालन-पोषण का सारा जिम्मा नारी के ऊपर है। मंदिरों में जाकर देखिए, साधु-संन्यासियों के पास जाकर देखिए। एकाध पुरुष दिखाई पड़ेगा, दस-पंद्रह नारियां दिखाई पड़ेंगी। और वह एकाध पुरुष भी अपनी पत्नी के पीछे-पीछे चला आया होगा, और कोई कारण नहीं है।

संत कहते हैं कि नारी नरक का द्वार है।

अभी मैं बंबई था। कुछ लोगों ने मुझे आकर कहा कि एक संत के प्रवचन चलते हैं। इस देश में और कोई धंधा ही नहीं है सिवाय प्रवचन सुनने और देने के। हजारों साल से हम एक ही धंधा कर रहे हैं। और अब हम धीरे-धीरे यह भूल ही गए हैं कि और भी कोई काम किसी कौम के हाथ में हो सकता है। लाखों लोग उनको सुनने जाते हैं। जिन्होंने मुझे आकर खबर दी उन्होंने कहा कि आज एक बहुत अदभुत घटना घट गई। जहां थोड़े से बीस हजार लोग थे, आज पचास हजार लोग सुनने गए।

मैंने कहा, क्या हुआ?

उन्होंने कहा, एक स्त्री ने उन संत के पैर छू लिए। और संत ने सात दिन का उपवास किया है आत्म-शुद्धि के लिए। इसलिए संख्या बहुत बढ़ गई है। और संख्या किनकी बढ़ गई है? स्त्रियों की संख्या बढ़ गई है। स्त्रियां दीवानी होकर उस संत के दर्शन करने जा रही हैं जो कि स्त्री के छूने से अपवित्र हो गया है।

कोई पूछे इन संत को कि पैदा कहां से हुए थे? नौ महीने किसके पेट में रहे थे? खून किसका दौड़ता है तुम्हारी नसों में? हड्डियां किससे बनी हैं? मांस किससे पाया है?

अब तक ऐसा तो उपाय नहीं हो सका कि संत पुरुषों के पेट में रह कर पैदा हो सकें। लेकिन जिस स्त्री से मांस-मज्जा बनती है, हड्डी बनती है, जिसके खून से जीवन चलता है, नौ महीने तक जिसके शरीर का हिस्सा होकर आदमी रहता है, उसी स्त्री के छूने से वह अपवित्र हो जाता है! और स्त्री के अतिरिक्त तुम्हारे पास है क्या तुम्हारे शरीर में जो अपवित्र हो गए? और स्त्रियां ही भीड़ लगा कर पूजा करेंगी कि संत बहुत बड़ा संत है, स्त्री के छूने से अपवित्र हो जाता है।

मूढ़ता की भी कोई सीमा होती है! जहालत की भी कोई हद्द होती है!

किन्होंने स्त्री को अपमानित किया है और उसके व्यक्तित्व से आत्मा छीन ली है?

उन लोगों ने स्त्री को अपमानित किया है और उसकी आत्मा का हनन किया है, जो लोग इस जीवन, इस जगत, इस धरती के विरोध में हैं। और उनके विरोध में एक संगति है। जो लोग भी मानते हैं कि असली जीवन मरने के बाद शुरू होता है, जो लोग मानते हैं कि असली जीवन मोक्ष में शुरू होता है, स्वर्ग में शुरू होता है, जो लोग भी मानते हैं कि यह पृथ्वी पापपूर्ण है, यह जीवन असार है, जो लोग भी मानते हैं कि यह जीवन निंदित है, कंडेम्ड है, यह जीवन जीने के योग्य नहीं है, ऐसे सारे लोग नारी को गाली देंगे। क्योंकि इस जीवन को जो निंदित करते हैं वे नारी को भी निंदित करेंगे, क्योंकि यह जीवन नारी से ही निकलता और विकसित होता और प्रभावित होता है। इस जीवन का द्वार नारी है और इसलिए नारी नरक का द्वार है, क्योंकि इस जीवन को कुछ लोग नरक मानते हैं। जिन लोगों ने इस जीवन की निंदा की है, उन लोगों ने स्त्री को भी अपमानित किया है।

दुनिया में मुश्किल से कोई धर्म होगा जिसने स्त्री को कोई भी इज्जत दी हो। आपने मस्जिद में कभी स्त्री को जाते देखा है? स्त्री मस्जिद में नहीं जा सकती है। स्त्री मस्जिद में

नहीं जा सकती? स्त्री मस्जिद में नहीं जा सकती, स्वर्ग में कैसे जा सकेगी? मुसलमान स्त्री आज तक मंदिर में प्रविष्ट नहीं हुई।

जैनों के हिसाब से कोई स्त्री मोक्ष की अधिकारिणी नहीं है, पहले उसे पुरुष की तरह जन्म लेना पड़ेगा, फिर मोक्ष मिल सकता है। और इसकी एक बड़ी मजेदार घटना है। जैनियों के चौबीस तीर्थंकर में एक तीर्थंकर स्त्री थी—मल्लीबाई। लेकिन दिगंबर जैन मानते हैं कि स्त्री का तो मोक्ष ही नहीं हो सकता, तो स्त्री तीर्थंकर कैसे हो सकती है? उन्होंने मल्लीबाई को बदल कर मल्लीनाथ कर लिया। वे कहते हैं, वह पुरुष है।

देखते हैं मजा! एक तीर्थंकर को स्त्री मानने के लिए तैयार नहीं हैं। स्त्री कैसे तीर्थंकर हो सकती है? तो वे जरूर पुरुष ही रहे होंगे। उनका नाम ही मल्लीनाथ कर लिया है मल्लीबाई से। अब कोई दिक्कत नहीं है। अब मल्लीनाथ जा सकते हैं मोक्ष में। मल्लीबाई नहीं जा सकती थी। नाम बदल लेने से काम हो गया।

उन्नीस सौ पचास के करीब वहां हिमालय की तराई में नीलगाय नाम का जो जानवर होता है, उसने खेतों को बहुत नुकसान पहुंचाया था। लेकिन नीलगाय को गोली नहीं मारी जा सकती, क्योंकि गाय जो लगा हुआ है उसमें, धार्मिक दिक्कत हो जाएगी। तो दिल्ली की संसद ने एक प्रस्ताव पास किया कि पहले नीलगाय का नाम नीलघोड़ा कर दो। फिर गोली मारी जा सकती है। नीलगाय का नाम नीलघोड़ा कर दिया गया और फिर उसे धुआंधार गोली मारी गई और हिंदुस्तान में किसी ने एतराज नहीं किया, क्योंकि नीलघोड़े को मारने में क्या दिक्कत है? वह नीलगाय को मारने में दिक्कत थी।

लेबल बदल कर भी काम चला लिया जाता है। बेचारे मल्लीबाई का लेबल बदल कर मल्लीनाथ कर दिया।

स्त्री की यह हैसियत उन लोगों ने विकृत की है जिन लोगों ने इस जीवन की हैसियत को विकृत किया है। यह तथ्य समझ लेना जरूरी है, तो ही नारी के जीवन में आने वाले भविष्य में कोई क्रांति हो सकती है और नारी को आत्मा मिल सकती है। जब तक पृथ्वी का जीवन भी स्वीकार योग्य नहीं बनता, जब तक यह जीवन भी अहोभाग्य नहीं बनता, जब तक इस जीवन को भी आनंद और इस जीवन को भी परमात्मा का प्रसाद मानने की क्षमता पैदा नहीं होती, तब तक नारी की आत्मा को वापस लौटाना मुश्किल है।

जब तक परलोक महत्वपूर्ण रहेगा, नारी अपमानित रहेगी। जब तक परलोक श्रेष्ठ रहेगा, तब तक नारी श्रेष्ठ नहीं हो सकती। परलोकवाद में और नारी के व्यक्तित्व में बुनियादी संघर्ष चल रहा है। और इसलिए परलोकवादी जो संत, साधु, महात्मा हैं, वे नारी के जन्मजात दुश्मन हैं। उनको लगता है कि नारी ही मनुष्य को उलझाती है—जन्म देती है, प्रेम में डालती है, वासना में बांधती है–और यह सारा का सारा जीवन का जो उपक्रम है, नारी चलाती है, नारी केंद्र है।

यह बात थोड़ी दूर तक सच है कि जीवन के केंद्र पर नारी है। लेकिन यह बात गलत है कि जीवन असार है। यह बात गलत है कि जीवन त्याज्य है। यह बात गलत है कि इस

जीवन को लात मारने से कोई बड़ा जीवन उपलब्ध होता है। बड़ा जीवन उपलब्ध होता है इसी जीवन को ठीक से जीने से। बड़ा जीवन उपलब्ध होता है इसी जीवन की सम्यक अनुभूति से। बड़ा जीवन उपलब्ध होता है इसी जीवन को सीढ़ी बनाने से।

लेकिन अब तक दुनिया का कोई धर्म जीवन को अंगीकार नहीं कर पाया। दुनिया के सारे धर्म लाइफ निगेटिव हैं। वे जीवन का निषेध करते हैं, लाइफ अफरमेटिव नहीं हैं। और जब तक पृथ्वी पर लाइफ अफरमेशन का, जीवन स्वीकार का धर्म पैदा नहीं होता, तब तक नारी को आत्मा नहीं मिल सकती है। जीवन का जब तक निषेध चलेगा, नारी सम्मानित नहीं हो सकती है। जीवन का निषेध करने वाले लोगों ने नारी को अपमानित किया है और उसके व्यक्तित्व को दीन-हीन कर दिया है।

इसलिए पहली क्रांति नारी को करनी है तथाकथित धार्मिक लोगों, धर्मगुरुओं, धर्मों के खिलाफ। पहली क्रांति धर्मों के खिलाफ, और वह इस आधार पर कि इस जीवन की स्वीकृति होनी चाहिए, इस जीवन की धन्यता होनी चाहिए, इस जीवन का आनंद होना चाहिए; इस जीवन की दुश्मनी नहीं, शत्रुता नहीं।

लेकिन इस जीवन की धन्यता को स्वीकार करने के लिए हमें जीवन की सारी वैल्यूज, सारे सिद्धांत, सारे आधार बदल देने होंगे। क्योंकि अब तक हम मानते हैं—जो जीवन को छोड़ देता है वह आदमी श्रेष्ठ है, जो आदमी जीता है वह आदमी नहीं। और जीवन को छोड़ने का मतलब क्या होता है? संन्यासी जो भागते हैं, कहते हैं, घर छोड़ कर आ गए हैं। अगर उनके 'घर' में बहुत गौर करो तो घर का मतलब होगा स्त्री। घर का मतलब वैसे स्त्री ही होता है। वह स्त्री को छोड़ कर भागने वाला संन्यासी इतना आदृत हुआ है। वह क्यों आदृत हुआ है? स्त्री को छोड़ते ही लगता है, एक आदमी जीवन का विरोधी हो गया।

लेकिन जीवन को छोड़ने की इन लंबी परंपराओं ने जीवन की सारी जड़ों को विषाक्त कर दिया है। जीवन से सारा आनंद, सारा रस, सारा सौंदर्य छीन लिया है। जीवन को एक उदासी और एक दुख की कालिमा दे दी है। जीवन से सारी मुस्कुराहट छीन ली है। धर्म एक नृत्य करता हुआ धर्म नहीं रह गया, धर्म एक गीत गाता हुआ धर्म नहीं रह गया। धर्म उदास, चेहरे लटके हुए लोगों की, भागे हुए लोगों की एक लंबी कतार हो गई।

यह सारी की सारी कतार स्त्री के विरोध में है। इस देश में चूंकि जीवन विरोधी चिंतकों का बहुत प्रभाव रहा है...और जीवन के विरोध में कुछ लोग क्यों हो जाते हैं?

आपने सुनी होगी ईसप की एक छोटी सी कहानी।

एक लोमड़ी एक बगीचे से गुजरती है। अंगूरों के गुच्छे लगे हैं। वह छलांग लगाती है उन गुच्छों को पाने के लिए। लेकिन गुच्छे दूर हैं और हाथ उसके नहीं पहुंच पाते। बहुत कोशिश करती है। तभी चारों तरफ देखती है कि कुछ खरगोश एक झाड़ी में से झांक कर देख रहे हैं। फिर वह खड़ी हो जाती है और शान से रास्ते पर वापस लौटने लगती है। वे खरगोश उससे पूछते हैं, देवी, अंगूर कैसे थे? वह देवी कहती है, अंगूर? अंगूर खट्टे थे, खाने योग्य नहीं थे, इसलिए मैंने छोड़ दिए।

लोमड़ी यह नहीं कहती कि अंगूर पाए नहीं जा सके; लोमड़ी यह नहीं कहती कि मेरी छलांग छोटी थी; लोमड़ी यह नहीं कहती कि अंगूर मुझे मिल ही नहीं सके, चखने का सवाल नहीं उठा। लेकिन अहंकार भीतर से कहता है कि नहीं, अंगूर तो मैं पा लेती, लेकिन वे खट्टे थे इसलिए छोड़ दिए हैं।

जो लोग जीवन के रस को उपलब्ध नहीं कर पाते, वे बजाय यह कहने के कि हमें जीवन जीने की कला नहीं आती, यही कहना पसंद करते हैं कि जीवन असार है, जीवन खट्टा है, जीवन पाने योग्य नहीं है। जितने लोग जीवन को पाने में, जीवन के सत्य को अनुभव करने में असमर्थ हो जाते हैं, वे सारे लोग जीवन विरोधी हो जाते हैं। और इन जीवन विरोधी लोगों ने सारे लोगों के चित्त को विकृत करने, परवर्ट करने का काम किया है। और उन्होंने ऐसी बातें समझाई हैं कि धीरे-धीरे बच्चा पैदा नहीं होता, और उसके दिमाग में हम जीवन की दुश्मनी की बातें भरना शुरू कर देते हैं।

मैं भावनगर था। तेरह-चौदह वर्ष की एक लड़की मेरे पास आई और कहने लगी कि यह जीवन तो बेकार है। आवागमन से छुटकारा कैसे हो, इसका कोई मार्ग बताइए!

तेरह-चौदह साल का बच्चा जिस देश में पूछने लगे कि आवागमन से छुटकारा चाहिए, उस देश का भविष्य कभी भी सुंदर नहीं हो सकता। जिसमें जीवन में आने के पहले जीवन से भागने के भाव पैदा होने लगते हों, उस देश की शिक्षाएं खतरनाक हैं। उस देश के समझाने वाले लोग घातक हैं। वह देश आत्मघात की तैयारियां कर रहा है। छोटे से बच्चे अभी खिल भी नहीं पाए, अभी उनके फूलों में कलियां भी विकसित नहीं हो पाईं, अभी वे पूछने लगे कि मुरझाएं कैसे, मरें कैसे, मोक्ष कैसे जाएं। हम मरना सिखाते रहे हैं या जीना सिखाते रहे हैं?

जब तक हम मरना सिखाते रहेंगे और जब तक धर्म स्युसाइडल होगा, आत्मघाती होगा, तब तक नारी का सम्मान नहीं हो सकता है। जिस दिन जीवन को जीने की कला बनेगा धर्म, जिस दिन हम जीवन के जीने को ही, जीवन के जीने की ठीक विधि को ही, जीवन को जीने की कला और आर्ट को ही धर्म कहेंगे, उस दिन नारी सम्मानपूर्ण रीति से स्वीकृत हो सकती है।

लेकिन कोई पूछ सकता है कि हिंदुस्तान में जहां धर्म का इतना प्रभाव है नारी अपमानित हुई, तो पश्चिम में, यूरोप में, अमेरिका में, जहां धर्म का इतना प्रभाव नहीं है वहां नारी की क्या स्थिति है?

वहां भी नारी अपमानित है, लेकिन दूसरे ढंग से।

हिंदुस्तान में नारी का एक ही उपयोग है कि जिसको स्वर्ग या मोक्ष जाना हो, वह नारी को छोड़ कर भागे। ऐसा निगेटिव उपयोग है। नारी का एक ही उपयोग है और वह यह कि जिसको मोक्ष जाना हो, नारी को छोड़ कर भागे। हिंदुस्तान ने नारी को छोड़ कर आदर दिया है। ठीक इससे दूसरी एक्सट्रीम पश्चिम में पैदा हुई है। और वह यह है कि नारी का एक ही उपयोग है कि उसका भोग किया जाए। वहां भी नारी को आत्मा नहीं मिल

सकी है। यहां नारी का उपयोग है कि उसका त्याग किया जाए: पश्चिम में उसका उपयोग है कि भोग किया जाए।

लेकिन नारी न त्याग के लिए बनी है और न नारी भोग के लिए बनी है। नारी का अपना कोई अस्तित्व भी है त्याग और भोग से पृथक, उसकी अपनी कोई गरिमा भी है, अपनी कोई आत्मा भी है।

पश्चिम एक अति पर है कि नारी भोग्य है, उसे भोग लेना है और फेंक देना है, इससे ज्यादा उसका कोई उपयोग नहीं है। पश्चिम में भी नारी की आत्मा नहीं उठ पाई है ऊपर। पश्चिम में नारी का उपयोग भी एक शोषण है और पूरब में भी शोषण है। इसलिए दुनिया में कहीं भी नारी नहीं पैदा हो पाई है। नारी को आत्मा का विकास करने का कोई मौका नहीं मिल पाया है। एक तरफ धर्मगुरुओं ने नारी को अपमानित किया है, दूसरी तरफ धर्म के विरोधी लोगों ने नारी को दूसरी दिशा से अपमानित किया है। लेकिन ऐसा मालूम पड़ता है कि पुरुष नारी को अपमानित करने को तत्पर है, वह उसको अंगीकार और स्वीकार नहीं करना चाहता।

और बड़ी हैरानी की बात है, बाप अपनी बेटी से कहता है कि मैं तुझे प्रेम करता हूं। पति अपनी पत्नी से कहता है कि मैं तुझे प्रेम करता हूं। बेटे अपनी मां से कहते हैं कि हम तुझे प्रेम करते हैं। लेकिन यह प्रेम बड़ा अजीब है पुरुषों का कि नारी को व्यक्तित्व नहीं दे पाया हजारों साल के प्रेम के बाद भी। यह प्रेम कैसा है जो दूसरे व्यक्ति को आत्मा नहीं दे पाता? यह प्रेम कैसा है जो दूसरे की गर्दन जकड़ लेता है, लेकिन उसको मुक्त नहीं कर पाता? जो प्रेम बांधता है वह प्रेम नहीं है, जो प्रेम मुक्त करता है वही प्रेम है। प्रेम अगर मुक्त न कर सके तो फिर प्रेम में और घृणा में अंतर क्या है?

अगर एक पति अपनी पत्नी को प्रेम करता है, तो इस प्रेम का एक ही अर्थ होगा कि पहले इसे आत्मा, इसे व्यक्तित्व, इसकी अपनी इंडिपेंडेंट इंडिविजुअलिटी पैदा करने में सहयोगी बने। और जब यह एक व्यक्ति होगी, तभी प्रेम का कोई अर्थ है। हम जिसे प्रेम करते हैं उसे व्यक्ति बनाना चाहते हैं। लेकिन पुरुष ने आज तक नारी को व्यक्ति नहीं बनने दिया है, बल्कि वह व्यक्ति न बन जाए, इसकी सारी कोशिश की है।

हजारों वर्ष तक नारी को शिक्षा नहीं मिलने दी, क्योंकि शिक्षा एक व्यक्तित्व देती है। तो शिक्षा को रोक रखा कि नारी को शिक्षा की कोई जरूरत नहीं है। नारी को शिक्षा वर्जित रखी हजारों साल तक, क्योंकि शिक्षा जैसे ही मिलेगी, नारी में विचार पैदा होंगे। विचार विद्रोह लाते हैं, विद्रोह व्यक्तित्व लाता है। नारी को अशिक्षित रखने की साजिश जारी रही। फिर किसी भांति नारी ने अगर थोड़ी-बहुत शिक्षा लेनी शुरू की, तो एक नई साजिश शुरू हुई कि नारी को ठीक पुरुष जैसी शिक्षा दे दो। नारी को पुरुष जैसी शिक्षा देने से भी नारी की आत्मा प्रकट नहीं होती। वह नंबर दो का पुरुष बन जाती है, कार्बन कापी बन जाती है। अब सारी दुनिया में नारी को शिक्षा देने के लिए पुरुष मजबूरन राजी हुआ है, लेकिन उस राजी में एक नई साजिश शुरू हुई कि जो पुरुष की शिक्षा है वही नारी को दे दो।

नारी के पास अपना व्यक्तित्व है, पुरुष से बहुत भिन्न, बहुत अलग आयाम, बहुत अलग डायमेंशन है उसके व्यक्तित्व का। उसके मनस का बहुत अलग रूप है। उसके मनस की दिशा बहुत भिन्न है। वह ठीक पुरुष जैसी नहीं है। और यही तो कारण है कि पुरुष और उसमें जो भेद है, जो भिन्नता है, वही उनके बीच आकर्षण का कारण है। वे बिलकुल दो उलटे ध्रुव हैं। और जिस दिन...स्त्री को या तो शिक्षा मत दो, तब वह गुलाम बन जाती है, तब वह पंगु हो जाती है। और अगर मजबूरी में शिक्षा देनी पड़े, तो उसे ठीक पुरुषों जैसी शिक्षा दे दो, ताकि वह नंबर दो का पुरुष बन जाए, कार्बन कापी हो जाए और व्यर्थ हो जाए।

हिंदुस्तान में नारी दास है, पश्चिम में नारी कार्बन कापी है। और कार्बन कापी की भी अपनी कोई आत्मा नहीं होती। स्त्री को खतम करने के लिए एक उपाय यह था कि शिक्षा मत दो, दूसरा उपाय यह है कि वही शिक्षा दे दो जो तुम पुरुष को दे रहे हो। तब वह पुरुष जैसी क्लर्क बन जाएगी, पुरुष जैसी पाइलट बन जाएगी, पुरुष जैसी फौज का जवान बन जाएगी। वह सब बन जाएगी, लेकिन एक बात पक्की है कि पुरुष जैसा होने में वह स्त्री नहीं रह जाएगी, नारी नहीं रह जाएगी। और आज पश्चिम में यह दुर्घटना दिखाई पड़नी शुरू हो गई है।

पूरब में स्त्री स्त्री नहीं है, सिर्फ दासी है। वह जो स्त्रियां लिखती हैं न प्रेम-पत्र, तो नीचे लिखती हैं—आपकी दासी। और जिसको लिखती हैं वे बड़े प्रसन्न होते हैं, पति परमेश्वर वगैरह जो होते हैं। और उनको खयाल भी नहीं आता कि जिसको हमने दासी लिखने को मजबूर कर दिया है, जो हमारे सामने मुकाबले पर खड़ी नहीं रह गई है, उससे प्रेम पाने का आनंद कभी भी नहीं मिल सकता। प्रेम पाने का आनंद उनके साथ है जो समकक्ष हैं, उनके साथ कभी नहीं है जो हमसे नीचे हैं। क्योंकि जो हमसे नीचे हैं उनसे प्रेम डिमांड किया जा सकता है, मांगा जा सकता है, लिया जा सकता है।

और ध्यान रहे, प्रेम मांग कर कभी भी नहीं मिलता है। प्रेम मिलता है तो बिना मांगे मिलता है। प्रेम मांग कर कभी नहीं मिलता। और प्रेम देने के लिए मजबूर कभी नहीं किया जा सकता। लेकिन स्त्री को आज तक यही समझाया गया है कि वह प्रेम दे। पति परमेश्वर है, उसको प्रेम देना ही चाहिए।

प्रेम कोई कर्तव्य नहीं है कि करना चाहिए। जो प्रेम करना पड़ता है, वह तत्काल प्रेम नहीं रह जाता, तत्क्षण प्रेम नहीं रह जाता। इसलिए जहां गुलामी है वहां प्रेम कभी भी नहीं हो सकता। गुलाम कभी प्रेम नहीं करते। गुलाम भयभीत होते हैं, प्रेम नहीं करते।

पत्नियां भयभीत हैं पतियों से। और पत्नियां जब तक भयभीत हैं तब तक उनसे प्रेम नहीं मिल सकता है। और जब पत्नियों से प्रेम नहीं मिलता है तो पुरुष खोजता है प्रेम को कहीं और–वेश्याओं में खोजता है, बाजारों में खोजता है। और उसे पता नहीं कि जब पत्नी से प्रेम नहीं मिलता तो वेश्या से कैसे प्रेम मिल सकता है? हालांकि उसकी बुद्धि वही है। वह पत्नी में और वेश्या में बुनियादी फर्क नहीं मानता है। पत्नी स्थायी वेश्या है,

जिसको सदा के लिए खरीद लाया है। बिना प्रेम के जिसे खरीद लाया गया है उसमें और एक रात के लिए स्त्री को खरीदने में बुनियादी फर्क नहीं है। फर्क सिर्फ डिग्री का है, मात्रा का है, एक रात के लिए खरीदा है कि पूरी जिंदगी के लिए खरीदा है।

जब तक पुरुष बिना प्रेम के एक स्त्री को घर में बांध लाता है, तब तक प्रेम की कोई संभावना नहीं है। और फिर जिंदगी भर कोशिश करो कि हम प्रेम करते हैं, वह दिखावा रहेगा, बातचीत रहेगी। ऊपर से कहेंगे कि हम प्रेम करते हैं, प्रेम के पत्र भी लिखे जाएंगे, भीतर कहीं भी प्रेम नहीं होगा।

पूछें पति अपने मनों से: कभी अपनी पत्नियों को प्रेम किया है? पूछें पत्नियां अपने मन से: कभी प्रेम किया है? जिनको हम कहते हैं कि हम प्रेम करते हैं। कि वह सब बातचीत हो गई है? अगर हमने प्रेम किया होता तो घरों की ऐसी स्थिति होती जैसी आज है—चौबीस घंटे कलह की, संघर्ष की, वैमनस्य की? घरों का यह रूप होता? यह कुरूपता, यह अग्लीनेस होती घरों में? यह परिवारों की हालत होती कि आज हर आदमी परिवार से भाग जाने को आतुर होता है?

मैं कुछ दिन तक युनिवर्सिटी में था। युनिवर्सिटी की कक्षाएं तो साढ़े बारह बजे शुरू होती थीं, लेकिन प्रोफेसर्स साढ़े दस बजे आकर कॉमन रूम में बैठ जाते। मैं बहुत हैरान हुआ कि आप इतने जल्दी क्यों आ जाते हैं? उन्होंने कहा, किसी तरह घर से बच जाएं, बस इसकी कोशिश में। तीन बजे युनिवर्सिटी की क्लासेज खतम हैं, लेकिन प्रोफेसर्स पांच बजे तक बैठे हैं, जब तक चपरासी दरवाजा बंद नहीं करे। क्यों बैठे हैं आप यहां? घर वह पत्नी रास्ता देख रही है।

पति और पत्नियों के बीच संबंध प्रेम के अतिरिक्त और कुछ भी होगा, प्रेम का नहीं है। प्रेम की बातचीत है, निपट बातचीत है। और बातचीत से भरने की कोशिश चलती है, लेकिन बातचीत से जिंदगी नहीं भरती। और तब एक बेचैनी शुरू होती है और वह बेचैनी सारे जीवन को रुग्ण कर देती है। प्रेम के बिना कोई भी आदमी अधूरा रह जाता है—स्त्रियां भी और पुरुष भी। और सारी मनुष्य-जाति अधूरी है, उसके भीतर कुछ कमी है जो पूरी नहीं हो पाती। जीवन भर दौड़ कर भी प्रेम नहीं मिल पाता।

प्रेम नहीं मिल सकता है इस भांति। प्रेम मिलता है समकक्ष से। और जब तक स्त्री परुष के समकक्ष नहीं होती, तब तक स्त्री से प्रेम नहीं मिल सकता है। और अच्छा होगा कि स्त्रियां यह कह दें कि जब तक हम दासी हैं, तब तक हमसे प्रेम लिया जा सकता है, लेकिन हम दे नहीं सकते हैं। और यह उचित होगा।

लेकिन पति परमात्मा बहुत प्रसन्न होते हैं यह जान कर कि पत्नी उनकी दासी है। और उन्हें कभी खयाल नहीं है कि जिसको आपने दासी बना लिया, उससे मनुष्यता खो गई, वह मनुष्य नहीं रहा। पूरब की हालत है दासियों की और पश्चिम की हालत? पश्चिम की हालत और भी बदतर हो गई है। पश्चिम की स्त्री और भी खिलवाड़ का साधन हो गई है। जब दिल आए, स्त्री को बदला जा सकता है।

अमेरिका में कोई चालीस प्रतिशत तलाक हैं। और ये तलाक चालीस प्रतिशत असलियत को जाहिर नहीं करते। कुछ लोग हिम्मतवर नहीं हैं इसलिए तलाक नहीं दे पाते हैं, लेकिन तलाक का चिंतन दिन-रात चलता है। सौ वर्षों के भीतर अमेरिका में शायद सौ प्रतिशत तलाक हो जाएंगे। शादी की और शायद पहले से ही तलाक का इंतजाम रखना पड़ेगा।

एक स्त्री ने, मैंने सुना है कि अट्ठाइस पति बदले। और जब उसने अट्ठाइसवां पति बदला तो सात या आठ दिन बाद पता चला कि ये सज्जन एक बार पहले भी पति रह चुके हैं। इतने जल्दी-जल्दी बदला कि कुछ खयाल में नहीं रहा होगा। एक जिंदगी में अट्ठाइस पति बदलने पर कहां स्मरण रह जाएगा कि एक आदमी पहले भी एक बार पति रह चुका है। यह तो सारा का सारा जीवन खिलवाड़ हो गया। इस जीवन में न कोई गरिमा रही, न कोई स्थायित्व रहा। इस जीवन में न कोई सौरभ रहा, इस जीवन में न कोई प्रेम रहा। इस जीवन में सिर्फ कामुकता रह गई और कामुकता के उपाय रह गए।

पूरब में स्त्री दासी होकर गुलाम हो गई है, उसने अर्थ खो दिया। पश्चिम में वह हाथों का खिलवाड़ हो गई है और अर्थ खो रही है। क्या ऐसा ही चलता रहेगा या कोई क्रांति होगी और स्त्री की आत्मा प्रकट होगी?

स्त्री की आत्मा प्रकट होने के लिए दो बातें ध्यान में रखनी जरूरी हैं।

पहली बातः स्त्री को दासी नहीं रहना है।

और दूसरी बात : स्त्री को पुरुष का खिलवाड़ भी नहीं बनना है।

अगर इन दो बातों से बचा जा सके तो नारी का व्यक्तित्व पैदा हो सकता है। और इन दोनों बातों से बचा जा सकता है। आज मौका आ गया है बचने का, बचने की सुविधा भी है। स्त्री शिक्षित हो रही है। लेकिन शिक्षित होने के साथ स्त्री को सारी दुनिया में एक आंदोलन चलाना चाहिए कि हम पुरुष जैसी शिक्षा लेने को राजी नहीं हैं।

यह शायद आपको खयाल न हो कि हम जिस तरह की शिक्षा लेते हैं, हमारा व्यक्तित्व धीरे-धीरे उसी तरह का बन जाता है। शायद आपको यह भी खयाल न हो कि हम जिस तरह के आदमी बनते हैं उसमें नब्बे प्रतिशत शिक्षा के कारण बनते हैं।

कोई बीस साल पहले बंगाल के जंगल में दो बच्चे पकड़े गए थे, जो भेड़ियों ने पाल लिए थे। उन बच्चों की उम्र दस-बारह वर्ष थी। जब वे बच्चे लाए गए तो वे बारह वर्ष के बच्चे आदमी के बच्चे नहीं कहे जा सकते थे, क्योंकि न तो वे दो पैर से खड़े हो सकते थे, न बोल सकते थे। वे भेड़ियों जैसे चार हाथ-पैर से भागते थे और भेड़ियों जैसे हमला भी करते थे और कच्चा मांस खा जाते थे।

फिर अभी उत्तर प्रदेश में तीन वर्ष पहले एक लड़के को पकड़ा गया जिसकी चौदह वर्ष उम्र थी। वह भी भेड़ियों ने पाल लिया था। चौदह साल का लड़का भी दोनों पैरों से खड़ा नहीं हो सकता था। छह महीने मसाज कर-करके बामुश्किल उन सज्जन को दोनों पैरों पर खड़ा किया जा सका। और साल भर मेहनत करने पर एक शब्द बोलना सिखाया

जा सका। उनका नाम रख लिया था राम, तो एक साल मेहनत करने पर वे 'राम' बोल देते थे, यह उनकी कल भाषा थी।

चौदह साल भेड़ियों के पास रहने पर आदमी भेड़िया हो जाता है। तो हम जो आदमी हैं वह आदमी के पास रहने की वजह से हैं। हम जो सीखते हैं, हम जो जिंदगी से सीखते हैं, वही हमें बनाता है। अगर स्त्रियों को पुरुषों जैसी शिक्षा दी गई तो स्त्रियों में पुरुष जैसे भाव प्रकट होने बिलकुल स्वाभाविक हैं। पश्चिम में यह होना शुरू हुआ है। पश्चिम की स्त्री का जो लालित्य है, उसका जो सौंदर्य है, उसका जो अपना होना है, वह क्षीण होता चला जा रहा है। पश्चिम की स्त्री का जो व्यक्तित्व है वह धीरे-धीरे पुरुष के जैसा बनता चला जा रहा है। अगर स्त्रियों को कवायद करवाई जाए, घोड़ों पर बिठाया जाए, गणित सिखाया जाए, फिजिक्स सिखाई जाए, तो धीरे-धीरे उनके भीतर कुछ सुकुमार तत्व है, जो मर जाता है, जो मर ही जाएगा।

मैं एक आश्रम में गया था। उस आश्रम में वे लड़कियों को ठीक लड़कों जैसा ही रखते हैं। बड़ी मेहनत करते हैं, उनको वैसे ही कपड़े पहनाते हैं, कवायद करवाते हैं, पानी में तैराते हैं, घोड़ों पर बिठाते हैं। मैं एक बात देख कर दंग रह गया कि उन लड़कियों के व्यक्तित्व में ठीक लड़कों जैसी पेशियां, मांसपेशियां, ठीक लड़कों जैसी मसल्स और एक बड़ा आश्चर्य कि करीब-करीब तीस प्रतिशत लड़कियों के ओंठों पर बालों का आना, मूंछ का आना।

अगर ठीक लड़कों जैसी कवायद करवाई जाए तो ठीक लड़कों जैसी ग्रंथियां शरीर की काम करना शुरू कर देती हैं। और लड़कियों का जो व्यक्तित्व है वह विलीन हो जाता है, उसकी जगह लड़कों का व्यक्तित्व आ जाता है।

लेकिन पुरुष इससे भी बहुत खुश होता है। आपने सुना होगा न, हम गीत गाते हैं: खूब लड़ी मर्दानी, झांसी वाली रानी थी। अगर कोई स्त्री मर्दों जैसा व्यवहार करे तो हम कहते हैं कि बड़ी शान की बात है। और कोई पुरुष अगर स्त्रियों जैसा व्यवहार करे तो कोई नहीं कहता कि बड़ी शान की बात है। स्त्री को मर्द बनाने में बड़ी शान मालूम पड़ती है, लेकिन अगर कोई आदमी स्त्रियों जैसा व्यवहार करे तो लोग कहेंगेः छी! वह आदमी नामर्द है। उसको कोई नहीं कहेगा कि स्त्रियों जैसा शानदार आदमी! कोई नहीं कहेगा।

लेकिन यह बड़ी अजीब बात है। अगर एक स्त्री पुरुषों जैसी होकर शानदार हो जाती है. उसकी मर्ति बनानी पड़ती है और कवियों को गीत लिखने पड़ते हैं, तो एक परुष अगर स्त्रियों जैसा हो जाए तो किसी कवि को गीत लिखने चाहिए, किसी को मूर्ति भी बनानी चाहिए। लेकिन इसमें मामला क्या है?

नहीं, इसमें मामला है: पुरुष मूल्य है, स्त्री मूल्य नहीं है। स्त्री अस्वीकार योग्य है, पुरुष स्वीकार योग्य है। पुरुष श्रेष्ठ है, स्त्री निकृष्ट है। और इसलिए पुरुष जैसा कोई स्त्री व्यवहार करे तो हम खुश होते हैं।

स्त्रियों को पुरुष अपनी शक्ल में ढालने की कोशिश में लगा है, क्योंकि स्त्रियां कहती हैं कि हमें तुम्हारे समकक्ष होना है। वह कहता है, हम तुम्हें समकक्ष बना देंगे। हम तुम्हें

ठीक अपने जैसा बना देंगे। पश्चिम के कपड़े आप देखते हैं? स्त्री और पुरुष के कपड़ों में साम्यता आती जा रही है। धीरे-धीरे स्त्री के कपड़े विलीन हो रहे हैं, वे पुरुष के कपड़े ही होते जा रहे हैं।

मैंने एक घटना सुनी है कि एक जगह टिकट खरीदने के लिए किसी सर्कस का क्यू लगा हुआ था। एक आदमी ने सामने खड़े हुए एक सज्जन को पूछा कि आप देखते हैं, वह नंबर एक पर जो लड़का खड़ा हुआ है, वह कैसे अजीब से कपड़े पहने हुए है! उन सामने वाले सज्जन ने कहा, महाशय, वह लड़का नहीं है, वह मेरी लड़की है। उन्होंने कहा, माफ करिए, हमें पता नहीं था कि आपकी लड़की है। तो आप उसके बाप हैं? उन सज्जन ने कहा, माफ करिए, आप समझे नहीं; मैं उसकी मां हूं।

यह हम स्त्रियों को ठीक पुरुषों जैसे कपड़े, पुरुषों जैसा व्यक्तित्व, उनके पुरुषों जैसे बाल, हम स्त्रियों को पुरुषों की कार्बन कापी बना कर उनको आत्मा नहीं दे सकते हैं।

स्त्री का अपना साइक है, उसका अपना चित्त है, उसका अपना मानस है। वह मानस बहुत भिन्न है। वह पुरुष से बहुत भिन्न है। पुरुष के मानस के मूल-सूत्र, आर्च टाइप अलग हैं; स्त्री के मानस के मूल-सूत्र अलग हैं। स्त्री के सोचने का ढंग अलग है। स्त्री के जीने का ढंग भी अलग है। स्त्री के चित्त के काम करने की प्रक्रिया भी अलग है। स्त्री का सारा व्यक्तित्व अलग है। और उस अलग व्यक्तित्व के लिए अलग तरह की शिक्षा, अलग तरह का प्रशिक्षण...उस स्त्री की आत्मा प्रकट हो सके, उसके लिए सब कुछ अलग तरह का चाहिए। हमें पता नहीं होता कि छोटी-छोटी चीजें कितना प्रभावित करती हैं।

आपको शायद खयाल नहीं होगा। अगर आप चुस्त कपड़े पहने हुए हैं और अगर आप सीढ़ियां चढ़ रहे हैं तो आप दो-दो सीढ़ियां एक साथ चढ़ जाएंगे। आपको पता भी नहीं चलेगा कि दो-दो सीढ़ियां सिर्फ चुस्त कपड़े पहनने की वजह से चढ़ रहे हैं आप। अगर ढीले कपड़े पहने हुए हैं तो आप दो-दो सीढ़ियां कभी एक साथ नहीं चढ़ेंगे। आप आहिस्ता से चढ़ेंगे। वे कपड़े आपको चुस्ती भी ला सकते हैं, शिथिलता भी ला सकते हैं। कैसे कपड़े आप पहनते हैं, पीछे पूरा व्यक्तित्व उससे निर्मित होता है। आप कैसे चलते हैं, कैसे उठते हैं, क्या पढ़ते हैं, क्या सोचते हैं, सब कुछ निर्मित होता है।

एक बहुत बड़ा गणितज्ञ था, हेरोडोटस। वह एक बार...उसने सबसे पहले एवरेज का सिद्धांत खोज लिया था। उसी ने सबसे पहले पता लगाया था औसत के सिद्धांत का। वह अपनी पत्नी को लेकर पिकनिक पर गया हुआ था। बीच में एक छोटा नाला पड़ता था। हेरोडोटस के पांच-छह बच्चे थे, पत्नी थी। वे नाले पर से गुजरने लगे तो पत्नी ने कहा कि जरा देख लो, एक-एक बच्चे को सम्हाल कर निकाल दो। हेरोडोटस ने कहा, रुक जा, बच्चों को सम्हालने की जरूरत नहीं। मैं बच्चों की औसत ऊंचाई और नाले की औसत गहराई नापे लेता हूं।

हेरोडोटस ने बच्चों को नाप लिया। गहराई नाप ली। कोई बच्चा बड़ा था, कोई छोटा था। कहीं नाला गहरा था, कहीं उथला था। औसत बच्चों की ऊंचाई औसत गहराई से

ज्यादा थी। गणित में मामला हल हो गया। हेरोडोटस ने कहा, बिलकुल बेफिक्र रहो, कोई बच्चा कभी नहीं डूब सकता, औसत बच्चे औसत गहराई से ऊंचे हैं।

गणितज्ञ और अर्थशास्त्री इसी तरह सोचते हैं। सारा मुल्क डूब जाए, वे अपना औसत लगाते रहते हैं। औसत सब ठीक है।

हेरोडोटस आगे चल पड़ा, बच्चे बीच में चले, पत्नी पीछे चली। पत्नी को गणित पर भरोसा नहीं हो रहा था। स्त्रियों को गणित पर कभी भी भरोसा नहीं होता। हो भी नहीं सकता। उनका चित्त गणित की तरह काम नहीं करता है। वह डरी हुई थी, अपने बच्चों को सम्हाले थी। आखिर एक बच्चा डुबकियां खाने लगा। वह चिल्लाई हेरोडोटस को—कि यह बच्चा डूब रहा है! लेकिन हेरोडोटस को बच्चा डूबता नहीं दिखाई पड़ा। हेरोडोटस भागा नदी के किनारे जहां रेत पर उसने हिसाब किया था। उसने कहा, यह कैसे हो सकता है! हिसाब में क्या कोई गलती रह गई? हेरोडोटस भागा उस किनारे पर। पत्नी ने किसी तरह बच्चे को बचाया और कहा कि तुम पागल हो? हिसाब पीछे देख लेते, बच्चे को पहले बचाना जरूरी था।

लेकिन पुरुष को गणित ज्यादा अर्थपूर्ण है, हृदय उतना अर्थपूर्ण नहीं। यह जो दुनिया बनाई है, पुरुष ने बनाई है, इसलिए दुनिया में हृदय बहुत कम है, गणित बहुत ज्यादा है। इसमें गणित ही गणित है। इसलिए पुरुष ने जो दुनिया बनाई है, उसमें मिलिटरी में आदमियों के नाम नहीं होते, उसमें अंक होते हैं, नंबर्स होते हैं। ग्यारह नंबर! अब कोई आदमी ग्यारह नंबर होता है? आदमी मर गया। वह आदमी किसी का बाप था, वह आदमी किसी का पति था, वह आदमी किसी का बेटा था, वह आदमी किसी का भाई था, वह आदमी किसी का दोस्त था। मिलिटरी में खबर देते हैं वे : ग्यारह नंबर गिर गया। ग्यारह नंबर न किसी का बाप होता है, ग्यारह नंबर न किसी का बेटा होता है, ग्यारह नंबर न किसी का पति होता है, ग्यारह नंबर सिर्फ नंबर है। नंबरों के कहीं पति और पत्नियां हुए हैं! वह ग्यारह नंबर गिर गया। अखबार में खबर आती है: ग्यारह नंबर गिर गया मिलिटरी का। कुछ भी नहीं छूता कहीं। नंबर के गिरने से कहीं कुछ बनता-बिगड़ता है।

यह पुरुष की दुनिया है, जिसमें गणित से सारा हिसाब लगा रखा है। इस दुनिया में स्त्री का कोई हाथ नहीं है, अन्यथा यह दुनिया बहुत दूसरी तरह की होती। यहां गणित कम महत्वपूर्ण होता, हृदय ज्यादा महत्वपूर्ण होता। यहां गणित का हिसाब कम होता, प्रेम का हिसाब ज्यादा होता। लेकिन वह नहीं हो सका है, क्योंकि स्त्री के पास कोई आत्मा नहीं है। इसलिए स्त्री का कोई कंट्रिब्यूशन भी नहीं है इस संस्कृति के लिए, सभ्यता के लिए।

और यह आदमी की बनाई हुई गणित की संस्कृति मरने के करीब पहुंच गई है। अगर इस संस्कृति को बचाना है तो स्त्री को व्यक्तित्व देना जरूरी है। और स्त्री को व्यक्तित्व देने का अर्थ है: उसे पुरुष जैसा नहीं, स्त्री के ही अनुकूल क्या उचित हो सकता है, उसकी शिक्षा, उसका प्रशिक्षण; उसके व्यक्तित्व का सारा का सारा उसका ही ढंग, ताकि एक नारी उपलब्ध हो सके। और वह नारी अगर उपलब्ध हो सकती है तो हम मनुष्य-जाति के

जीवन में बहुत आनंद जोड़ सकते हैं। क्योंकि वह नारी न मालूम कितने अर्थों में जीवन का केंद्र है।

जोड ने लिखी है एक किताब और उस किताब में उसने लिखा है कि जब मैं पैदा हुआ, तो पश्चिम में होम्स थे, घर थे। और अब जब मैं मरने के करीब हूं, तो पश्चिम में सिर्फ हाउसेज रह गए हैं, होम बिलकुल नहीं। सिर्फ मकान रह गए हैं, घर कोई भी नहीं।

किसी ने जोड को पूछा कि तुम्हारा मतलब क्या है? होम और हाउस में फर्क क्या करते हो?

जोड ने कहा कि जिस हाउस में एक नारी होती है उसको मैं होम कहता हूं और जिस हाउस में नारी नहीं होती वह होटल हो जाता है, मकान हो जाता है।

और पश्चिम में नारी खो गई है। पूरब में है ही नहीं। यह मत सोच लेना कि यहां है। यहां है ही नहीं। दासियों से घर नहीं बनते। लेकिन क्या किया जा सकता है?

दो-तीन संक्षिप्त बातें और मैं अपनी बात पूरी करूंगा।

पहली बात, नारी को पुरुष से पृथक व्यक्तित्व उपलब्ध करना है। न उसे पुरुष का गुलाम रहना है और न पुरुष का अनुकरण करना है। नारी को अपने व्यक्तित्व की खोज करनी है। और उसे स्पष्ट यह घोषणा कर देनी है कि हम स्त्री हैं और स्त्री ही रहेंगे और स्त्री ही होना चाहते हैं। क्योंकि ध्यान रहे, हम जो होने को पैदा हुए हैं, जब वही हो जाते हैं, तभी हम आनंदित होते हैं। हम अन्यथा कुछ भी हो जाएं, हम कभी आनंदित नहीं होते हैं। गुलाब का फूल खिल जाए और गुलाब बन जाए तो आनंदित होता है। घास का फूल खिल जाए और फूल बन जाए तो आनंदित होता है। घास का फूल गुलाब बनने की कोशिश करने लगे कि फिर मुश्किल शुरू हो गई, फिर कभी आनंद नहीं होगा।

नारी को नारी ही होना है। और नारी को अपने व्यक्तित्व का सम्मान सीखना चाहिए। उसे अपने व्यक्तित्व का सत्कार सीखना चाहिए। और उसके व्यक्तित्व को चोट करने वाले जितने गिरोह हैं, चाहे वे साधुओं के हों, चाहे संतों के, उन सारे गिरोहों के खिलाफ नारी को बुनियादी रूप से खड़ा हो जाना चाहिए। नारी जब तक खड़ी नहीं हो जाती, तब तक उन गिरोहों की साजिश जारी रहेगी।

और दूसरी बात, अब नारी शिक्षित हो रही है, उसे अपनी पृथक, अपने योग्य शिक्षा की मांग करनी चाहिए। ठीक पुरुषों जैसी शिक्षा की नहीं।

इसका यह मतलब नहीं है कि पुरुष और स्त्रियां अलग-अलग पढ़ें। पढ़ें एक ही जगह, रहें एक ही साथ। एक ही हॉस्टल में लड़के और लड़कियां रहने चाहिए, क्योंकि लड़कियों और लड़कों के बीच कोई दुश्मनी और दीवाल खड़ी करने की जरूरत नहीं है, वे साथ रहें। लेकिन पुरुष पुरुष बने, स्त्री स्त्री बने। और एक ही संस्था में, एक ही जगह उनके अपने व्यक्तित्व को पाने की व्यवस्था का आयोजन होना चाहिए।

और ध्यान रखना जरूरी है कि पुरुष ने जो सभ्यता विकसित की है वह एकदम तर्क की, गणित की, यंत्र की व्यवस्था है। उसमें हार्दिक कुछ भी नहीं है, उसमें हार्दिक है ही

नहीं। उस हार्दिक दान को लाने के लिए स्त्री को बहुत मेहनत करनी है कि वह हृदय भी दे सके इस संस्कृति को। नहीं तो पुरुष एटम बम बनाएगा, हाइड्रोजन बम बनाएगा और सुपर बम बनाएगा। और पुरुष बनाता चला जा रहा है। और उसकी समझ के बाहर हो गया है कि अब क्या करें। और वह इनको बनाता चला जाएगा और यह भी हो सकता है कि वह सारी मनुष्य-जाति को खत्म कर ले। अगर स्त्री ने हृदय नहीं दिया संस्कृति को तो यह संस्कृति बहुत दिन चलने वाली नहीं है। पुरुष उसे आखिरी चरम सीमा पर ले आया है, जहां वह खत्म होने के करीब है।

आइंस्टीन को किसी ने पूछा था मरने के कोई आठ दिन पहले कि आप बता सकते हैं कि तीसरे महायुद्ध में क्या होगा?

आइंस्टीन ने कहा, तीसरे की बात ही मत करो, बताना बहुत मुश्किल है, आदमी का कोई भरोसा नहीं। लेकिन चौथे के बाबत मैं कुछ बता सकता हूं।

वे लोग बड़े हैरान हुए। उन्होंने कहा, जब तीसरे के बाबत नहीं बता सकते, चौथे के बाबत क्या बता सकते हैं?

आइंस्टीन ने कहा, एक बात पक्की है, चौथा महायुद्ध कभी नहीं होगा। क्योंकि तीसरे के बाद आदमी के बचने की कोई उम्मीद नहीं।

आदमी अंतिम जगह आ गया है। पुरुष की सभ्यता कगार पर आ गई है। स्त्री का मुक्त होना जरूरी है। स्त्री के जीवन में क्रांति होनी जरूरी है ताकि स्त्री स्वयं को भी बचा सके और मनुष्य की पूरी सभ्यता को भी बचा सके। यह स्त्री के ऊपर इतना बड़ा दायित्व है जो स्त्री के ऊपर कभी भी नहीं था। अगर स्त्री अपनी पूरी हार्दिकता, अपने पूरे प्रेम, अपने पूरे संगीत, अपने पूरे काव्य, अपने व्यक्तित्व के पूरे फूलों को लेकर जगत पर छा जाए, तो युद्ध आज बंद हो सकते हैं। लेकिन पुरुष जब तक हावी है दुनिया पर, तब तक युद्ध बंद नहीं हो सकते। वह पुरुष के भीतर युद्ध छिपा हुआ है।

लेकिन स्त्रियां भी अजीब हैं! पुरुष युद्ध करते हैं, वे टीके लगा कर उनको युद्धों में भेजती हैं! शायद स्त्रियों को पता ही नहीं कि वे क्या कर रही हैं। वे पुरुष के हाथ में सब तरह से खिलौना हैं। पाकिस्तान की मां अपने बेटे के तिलक करती है कि जाओ और हिंदुस्तान के बेटे की हत्या करो। और हिंदुस्तान की मां अपने बेटे के तिलक करती है और कहती है कि जाओ पाकिस्तान के बेटे की हत्या करो। और दोनों को खयाल नहीं आता कि दोनों बेटे किसी मां के बेटे होंगे।

अगर दुनिया की स्त्रियां यह तय कर लें कि कल से युद्ध नहीं होने देना है, तो कैसे युद्ध हो सकता है? युद्ध असंभव है। लेकिन स्त्रियों को पता ही नहीं। और स्त्रियों को यह भी पता नहीं कि पुरुष के दिमाग से युद्ध का मिटना बहुत मुश्किल है। पुरुष के दिमाग में एक तनाव है और उस तनाव के बहुत गहरे कारण हैं। उसके कारण बायोलाजिकल हैं, उसके कारण जैविक हैं, उसके कारण बहुत गहरे हैं, उनका पता लगना मश्किल है। थोड़ा सा एक कारण आपको जरूर कहना चाहूंगा, ताकि बुनियादी बात खयाल में आ जाए।

मां के पेट में जैसे ही बच्चा निर्मित होता है, तो चौबीस सेल मा से मिलते हैं और चौबीस सेल पिता से मिलते हैं। पिता के सेल्स में दो तरह के सेल होते हैं, एक में चौबीस सेल होते हैं और एक में तेईस सेल होते हैं। अगर तेईस सेल वाला अणु मां के चौबीस सेल वाले अणु से मिलता है तो पुरुष का जन्म होता है। पुरुष के हिस्से में सैंतालीस सेल होते हैं और स्त्री के हिस्से में अड़तालीस सेल होते हैं। स्त्री का जो व्यक्तित्व है वह सिमिट्रीकल है, पहली ही बुनियाद से। उसके दोनों तत्व बराबर हैं चौबीस-चौबीस।

बायोलाजी कहती है कि स्त्री में जो सुघड़ता, जो सौंदर्य, जो अनुपात, जो प्रपोर्शन है वह उन चौबीस-चौबीस के समान अनुपात होने के कारण है। और पुरुष में एक इनर टेंशन है, उसमें एक तरफ चौबीस अणु हैं, दूसरी तरफ तेईस अणु हैं। उसका तराजू थोड़ा नीचा-ऊपर है। उसके भीतर एक बेचैनी है, वह बेचैनी जिंदगी भर उसको बेचैन रखती है और तनाव से भरा रखती है। वह कुछ न कुछ उपद्रव करने में लगा रहता है; वह कुछ न कुछ करता ही रहेगा। पुरुष के भीतर बायोलाजिकल टेंशन है। और उस टेंशन की वजह से पुरुष युद्ध से कभी मुक्त नहीं हो सकता। वह किसी न किसी तरह के युद्ध जारी रखेगा। अगर हाथ-पैर से लड़ने का मौका नहीं मिलेगा तो वह विवाद से लड़ेगा, लेकिन कुछ जारी रहेगा। अगर पुरुष के हाथ में ही सभ्यता है पूरी की पूरी, तो दुनिया से युद्ध बंद नहीं हो सकते, हिंसा बंद नहीं हो सकती।

पुरुषों में भी कुछ लोगों ने हिंसा के बंद करने की बात की है। जैसे बुद्ध ने, जैसे महावीर ने, जैसे गांधी ने। तो शायद आपको पता नहीं होगा कि जर्मनी के एक विचारक फ्रेड्रिक नीत्शे ने क्या कहा है। नीत्शे ने कहा है कि बुद्ध और जीसस स्त्रैण मालूम होते हैं। ये पुरुष नहीं मालूम होते। और वह बात ठीक कह रहा है, क्योंकि वह यह कह रहा है कि पुरुष में तो लड़ना बुनियादी है। उसकी बात थोड़ी दूर तक ठीक है। वह ठीक कह रहा है। और हो सकता है कि बुद्ध और जीसस में, व्यक्तित्व में इतना समानुपात है कि उनका व्यक्तित्व करीब-करीब स्त्रियों के व्यक्तित्व के करीब आ गया हो। गांधी को तो किसी ने लिखा है कि वे मेरी मां हैं। बराबर लिख सकते हैं। 'गांधीः माई मदर' किसी ने किताब लिखी है। लिख सकते हैं, गांधी में भी वह व्यक्तित्व स्त्री के करीब आ गया है।

यह बड़ी अदभुत बात है कि आज तक दुनिया में जितने महापुरुष पैदा हुए हैं, उन महापुरुषों का व्यक्तित्व धीरे-धीरे स्त्री के करीब आ जाता है। क्योंकि जैसे ही वे हार्दिक होते हैं, वे स्त्री के करीब आने लगते हैं।

यह भी जान कर आपको हैरानी होगी कि महावीर या बुद्ध या राम और कृष्ण को आपने दाढ़ी-मूंछ नहीं देखी होगी। आपने कभी खयाल किया कि यह मामला क्या है? कभी आपने सोची यह बात? उसके पीछे कारण है। मूर्तिकार ने बहुत सोच कर यह बात निर्मित की है। उनका सारा व्यक्तित्व स्त्री के इतने करीब आ गया होगा कि दाढ़ी-मूंछ बनानी उचित नहीं मालूम पड़ी होगी। उसे अलग कर देना उचित मालूम पड़ा होगा। व्यक्तित्व इतना समानुपात हो गया होगा।

ये थोड़ी सी बातें मैंने कहीं।

एक क्रांति की जरूरत है सारे जगत में। और सबसे बड़ी क्रांति की। वह क्रांति न आर्थिक है, वह क्रांति न राजनैतिक है। वह क्रांति है: सेक्सुअल रेवोल्यूशन, वह है ये जो मनुष्य के काम-संबंध है और ये जो मनुष्य के काम-केंद्र हैं: स्त्री और पुरुष, इनके बीच इनके संबंधों, अंतर्संबंधों में एक क्रांति। स्त्री को पुरुष के बराबर, लेकिन पुरुष जैसा नहीं, पुरुष के समान, लेकिन पुरुष के जैसा नहीं, पुरुष के बराबर, लेकिन पुरुष होने जैसा नहीं, ऐसा व्यक्तित्व उपलब्ध होना चाहिए। ऐसी शिक्षा जो उसके स्त्रैण को, उसके स्त्रीत्व को विकसित करे, उसे नारी बनाए। और नारी की अपनी एक आत्मा—संबंधों से अलग, उसकी अपनी एक हैसियत। और यह हैसियत उसे तभी मिलेगी जब वह धर्मों के पुराने जाल को तोड़े और पश्चिम के भोग के नये जाल को तोड़े और एक नई दिशा में श्रम करे। और उस दिशा में वह न दासी बनने को तैयार हो, न पुरुष की अनुचर बनने को तैयार हो। अगर इन दो कुएं और खाई से स्त्री बच सकती है तो नारी के जगत में एक क्रांति सुनिश्चित हो सकती है। और यह क्रांति हो तो मनुष्य का बड़ा सौभाग्य होगा। इसके द्वारा पूरी सभ्यता भी बच सकती है। पूरी सभ्यता हार्दिक हो सकती है।

ये थोड़ी सी बातें मैंने कहीं। जरूरी नहीं कि मेरी बातें सब ठीक हों। गलत हो सकती हैं। इसलिए सोचना मेरी बातों पर। हो सकता है कोई बात सोचने से ठीक मालम पड़े। और अगर ठीक मालूम पड़े, तो यह दायित्व हो जाएगा, उस सीख के अनुसार थोड़े प्रयोग करना। नारी को अपने जीवन में न तो भोग बनाना, न नारी को अपने जीवन में दासी बनाना–अगर पुरुष हैं आप। और अगर आप नारी हैं तो दासी बनने को राजी मत होना और पुरुष का अनुकरण मत करना। एक आग चाहिए जो बदल दे इस जिंदगी के पुराने सारे ढांचे को, तो हम एक नये मनुष्य को पैदा कर सकते हैं।

मेरी बातों को इतने प्रेम से सुना, उससे बहुत अनुगृहीत हूं। अंत में सबके भीतर बैठे परमात्मा को प्रणाम करता हूं। मेरे प्रणाम स्वीकार करें।